Le Silence des Hirondelles

Yolaine KRYS

Le Silence des Hirondelles

YOLAINE KRYS

Dépôt légal : Octobre 2023
ISBN : 979-8865937272
Livre auto-édité
Yolaine KRYS

Illustrations de couverture © Imaginer

By Suzie WATH – 2023
www.imaginer57.com
imaginer57@gmail.com

L'accent circonflexe est l'hirondelle de l'écriture.
Jules RENARD

Le Silence des Hirondelles

PREMIÈRE PARTIE

Le Silence des Hirondelles

Chapitre 1

Ce matin-là, Lorraine se réveilla de bonne heure. Après une nuit agitée, elle ne tenait plus en place. Aujourd'hui, représentait pour elle, un grand jour, celui des résultats de son concours pour être titularisée en qualité d'enseignante. Après des études en littérature, jusqu'à la licence, un premier poste de professeure de français dans un collège du Grand-Est venait de lui être proposé. Très consciencieuse, sa première inspection avait révélé ses qualités de pédagogue et une vocation qui ne demandait qu'à s'exprimer. Après trois années passées dans le même établissement, elle maîtrisait à présent son métier et savait mener une classe. Ses cours étaient préparés avec beaucoup de minutie et de professionnalisme mais le statut de fonctionnaire représentait son nouveau défi et l'obligeait à reprendre des études universitaires. Obtenir son Master lui permettrait de rester dans l'enseignement, le niveau exigé pour être professeur ayant été réévalué. Il lui restait à passer le concours pour voir son rêve se réaliser.

Alors qu'elle avait préparé son examen avec le plus grand soin, lésinant sur toutes les sorties que ses amis lui proposaient, elle fut déçue, la première et seconde fois. Recalée il y a deux ans, alors que ses résultats étaient très honorables, par manque de postes vacants dans l'Académie, elle avait tenté l'examen, une seconde fois, sans succès. Démoralisée par tous ces vains efforts, elle avait pleuré amèrement et pestait contre le mauvais sort qui la reléguait toujours en arrière-plan, sans pour autant, accepter d'abandonner.

Son père, Fabien, retraité des Houillères, lui avait conseillé, à maintes reprises, de s'orienter dans un autre domaine lucrativement plus rentable, qui reconnaîtrait ses qualités et saurait valoriser son Master, brillamment passé, mais Lorraine était têtue — elle avait de qui tenir — et elle n'en démordait pas : elle serait professeure de français titulaire, un point c'est tout ! Sa maman, Sophie, employée administrative au pôle emploi, l'aidait à préparer son concours, pleine d'espoir.

* * *

Lorraine fila sous la douche et laissa l'eau chaude se répandre sur ses membres ensommeillés. Elle attrapa sa sortie de bain accrochée à la patère et se frictionna longuement avant de s'enduire de lait de corps, se sécha soigneusement les cheveux blonds bouclés qui auréolaient son beau visage et enfila une robe en coton beige. Un trait de maquillage pour mettre ses beaux yeux verts en valeur et une pointe de parfum, une parure composée de petits cœurs que ses parents lui avaient offerte pour son dernier anniversaire et elle était prête pour affronter les résultats de son examen. Elle jeta un dernier regard sur son reflet dans la glace et se trouva plutôt jolie, avec sa poitrine voluptueuse et ses hanches bien arrondies.

Elle chaussa des chaussures brunes à boucle et petits talons mettant ses longues jambes en valeur.

Dans la cuisine silencieuse, elle se prépara un chocolat chaud et deux tranches de pain grillé avec beurre et confiture et alluma la radio, en sourdine, pour rendre l'atmosphère moins pesante. Elle se décida, enfin, à mettre son ordinateur en route, attendit pour mettre son code d'accès, qu'elle entra les mains moites avant d'aller sur le site de l'Académie. Elle attendit, le cœur battant que les résultats s'affichent, ferma les yeux, inspira l'air et les rouvrit pour découvrir, dépitée, qu'elle était, une fois de plus, recalée.

Ce n'était pas possible ! Que fallait-il donc faire pour réussir ce fichu examen ! Elle se sentait vidée, le cœur au bord des lèvres. Elle inspira profondément pour ne pas rendre son petit déjeuner et soudain les larmes coulèrent comme une fontaine. Elle hoqueta si fort que Sophie, qui venait d'entrer dans la cuisine, accourut apeurée.

— Qu'est-ce qui t'arrive, ma chérie ? Pourquoi tu pleures autant ?

— Oh, maman ! C'est tellement injuste ! J'ai préparé mon examen avec tant de conviction, j'ai appris tous les soirs jusque tard dans la nuit et j'ai, une fois de plus, échoué. Je n'en peux plus ! Je suis au bout de mes forces.

— Mais ce n'est pas vrai, s'exclama Sophie ! Tu as tout fait pour réussir. Mais qu'est-ce qu'il leur faut, bon sang ! Je suis sûre qu'il y a du pistonnage là-dessous ! Autrement, je ne m'explique pas pourquoi tu échoues à chaque fois. Il n'y a pas plus studieuse que toi.

— Je sais bien, maman, mais je pense, tout simplement, qu'il y a énormément de candidats et très peu de postes à pourvoir, voilà tout.

— Tu devrais peut-être changer de métier comme le pense papa, ma chérie. Tu gagnerais certainement mieux ta vie et tu n'aurais pas à repasser ce concours de malheur qui ne fait que te démoraliser.

— Oh maman ! Que va penser papa de moi ? Il va dire que je ne suis pas faite pour être prof.

— Il ne penserait jamais une chose pareille, crois-moi ! Il te conseillera de changer de voie, comme je te l'ai dit, parce qu'il croit en tes facultés.

— Je verrai, mais pour le moment, je termine mon année scolaire et je me paye des vacances, et au retour, je prendrai ma décision. Je dois avouer que je suis totalement à plat et ma motivation vient d'en prendre un sérieux coup. Il faut que je m'aère l'esprit et que je pense à autre chose.

— Tu as bien raison ma chérie. Viens dans mes bras. Papa et moi, sommes très fiers de toi et tu finiras par trouver le métier qui te convient le mieux.

— Merci maman, pour tes encouragements. Dis-le à papa. Moi je n'ai pas très envie d'en parler. Je vais voir mes notes pour comprendre ce qui n'a pas fonctionné.

— D'accord. Il faut que je parte travailler mais n'hésite pas à m'appeler si tu ne vas pas bien. J'essaierai de prendre mon après-midi.

— Ne t'inquiète pas, maman, j'assume. J'ai l'habitude, maintenant. Je m'en remettrai.

Sophie embrassa sa fille et s'engagea dans l'allée. Elle n'avait plus le temps de prendre un petit-déjeuner. Un café au bureau et un croissant quand le boulanger passera, cela devrait pouvoir se faire. Elle était furieuse contre l'administration, en général et ne comprenait pas comment on pouvait exiger autant d'une jeune fille pleine de bonne volonté. Il y avait de quoi décourager les plus motivés, à n'en pas douter.

Arrivée au bureau, elle se servit un café et composa le numéro du portable de Fabien. Il était parti à la chasse, tôt ce matin, mais elle devait lui parler, sans tarder. Il répondit à la seconde sonnerie.

— Allo ! Sophie ? Quelque chose ne va pas ?

— Oh Fabien ! C'est Lorraine. Elle vient encore une fois d'être refusée à l'examen.

— Non, tu racontes des histoires. Tu veux me mener en bateau, c'est ça ?

— Non ! Je te parle très sérieusement. Ce matin, en descendant à la cuisine, je l'ai trouvée en larmes. Elle m'a confirmé que ses résultats n'avaient pas satisfait le jury. Elle va voir ses notes pour essayer de comprendre.

— La pauvre ! Elle qui a tant travaillé ! Elle aurait mieux fait de faire la fête avec ses amis, cela lui aurait apporté un peu de satisfaction, au moins.

— Tu sais combien elle est studieuse. Elle aurait été incapable de faire les choses à moitié.

— Je pense que maintenant elle va enfin changer de métier et se chercher un poste dans un domaine où on saura reconnaître ses mérites ?

— Pour le moment, elle veut partir en vacances et réfléchir. En rentrant, elle prendra une décision. Laissons-la faire, Fabien. On peut lui prodiguer des conseils mais son avenir est entre ses mains. Il ne faut pas qu'on l'influence.

— Comme tu penses, Sophie.

— Bon, je te laisse, j'ai du travail. À ce soir.

— Oui, à ce soir.

* * *

Lorraine rejoignit ses amis, ce soir-là pour se changer les idées. Elle les avait négligés ces derniers mois mais ils ne lui en voulaient pas. C'étaient des jeunes gens réfléchis, qui travaillaient et comprenaient fort bien, son attitude.

Sa meilleure amie, Emma, occupait un poste administratif en mairie et son statut de fonctionnaire était à envier. Jordan, avec lequel elle avait flirté pendant une année, était son confident. Ils s'étaient quittés en entrant à l'université. Leurs chemins s'étaient séparés et il fréquentait, à présent, Maélis. Tous deux travaillaient dans un cabinet d'expertise comptable. Logan terminait des études de vétérinaire et Fanny travaillait comme aide-maternelle. Ils se retrouvèrent dans le petit bar « Chez Antoine » et reprirent avec bonheur, leurs bonnes vieilles habitudes : billard, flipper, jeux de quilles. Lorraine expliqua très rapidement, qu'elle venait se ressourcer, après son nouvel échec à l'examen. Ils levèrent leur verre à sa réussite future et plus personne n'en reparla. Ils discutèrent de leurs jobs respectifs, des prochaines vacances, de l'actualité, des projets qu'ils avaient et la soirée fit oublier, pendant un temps, la déception que venait de vivre Lorraine.

Chapitre 2

Emma et Fanny acceptèrent de partir en vacances avec Lorraine durant une quinzaine. Elles avaient opté pour un séjour en Grèce, dans un hôtel grand luxe, avec sauna, spa, piscine. La formule All Inclusive leur permettrait de se laisser vivre, sans soucis. Avec l'avion, et quelques heures de vol, seulement, elles profiteraient du soleil, de la mer et du dépaysement, exactement ce qu'il fallait à Lorraine pour tourner une nouvelle page de sa vie.

* * *

L'hôtel tenait ses promesses : plongeant dans une mer d'un bleu limpide, un ciel sans nuages, un soleil qui ressource et un cadre paradisiaque. Elles passèrent des vacances exquises, profitant du bord de mer pour nager, bronzer, lire et musarder. Elles firent quelques excursions pour visiter l'île en bus et parcourir les côtes en bateau.

Les soirs, elles profitaient de la discothèque pour se défouler sur la piste de danse.

Pour éviter de trop arrondir leurs jolies hanches, elles mangeaient avec modération, goûtant un peu de tout, sans excès et se hâtant pour faire du sport en salle ou marcher en bord de plage. Elles étaient très complices toutes les trois et riaient, chaque fois qu'un garçon les abordait. Pour les relations sérieuses, elles avaient bien le temps…

Mais Lorraine était partie en vacances pour une autre raison, également. Elle réfléchissait sérieusement à son avenir. Devait-elle encore tenter cet examen de malheur ou plutôt s'orienter vers un autre domaine, comme le suggérait son père ? Il lui arrivait d'envier le poste d'Emma, qui ne stressait jamais et partait au travail, chaque matin, de bonne humeur. À la mairie, une bonne ambiance régnait, comme elle le disait souvent, et son travail n'était pas très fatigant. Elle travaillait à l'état civil et répondait à la demande des administrés. Mais, elle, Lorraine, supporterait-elle cette routine, ce calme, cette monotonie ? Son métier d'enseignante lui semblait bien plus palpitant, ne laissant place à aucun train-train. Chaque année, de nouveaux élèves arrivaient. Il fallait apprendre à les connaître, à les canaliser, à les aider à assimiler le programme. Souvent, elle recevait les confidences de jeunes ados, mal dans leur peau, qui recherchaient une oreille attentive pour les aider à avancer dans la vie. Même son année scolaire différait de celle de ses amis. Les emplois du temps n'étaient jamais les mêmes. Certains jours, elle travaillait uniquement le matin, lui laissant son après-midi pour flâner, préparer ses cours du lendemain, s'adonner à sa passion pour la peinture. D'autres jours, elle ne mettait pas le pied sur son lieu de travail et restait un peu plus longtemps sous la couette. L'année était rythmée par les congés scolaires qui lui permettaient de voyager régulièrement et de se reposer.

Lorraine voyait enfin, que le métier d'enseignante lui permettrait, plus tard, d'élever des enfants et d'être très présente pour eux et cela comptait à ses yeux.

Le seul *hic*, restait ce fameux examen qu'elle devait décrocher à tout prix. Elle avait pris connaissance de ses notes et à sa grande surprise, ses résultats étaient plus qu'honorables. Elle avait compris que le problème ne venait pas d'elle, mais du fait qu'il y avait trop de candidats pour le nombre de postes à pourvoir. En effectuant des recherches, une lumière avait jailli ! Il fallait impérativement qu'elle postule pour une académie, délaissée, dans laquelle les demandes en postes étaient nombreuses et les candidats rares. Et elle avait trouvé ! L'année prochaine, elle présenterait le concours dans le Pas-de-Calais. Les Hauts-de-France se dépeuplaient de plus en plus, depuis la fermeture des mines et la région se mourait lentement, mais il y avait des chances supplémentaires pour qu'elle y soit reçue ! Resterait, ensuite, à faire une demande de mutation et attendre patiemment qu'un poste se libère dans le Grand-Est, pour revenir au pays. Elle venait de trouver LA solution ! Elle en parlerait à ses parents dès son retour. Sa décision était longuement réfléchie et elle ne changerait pas d'avis. Si, à l'issue de ce nouvel essai, elle n'était toujours pas reçue, elle continuerait à enseigner aussi longtemps qu'un poste lui serait confié et tenterait de trouver une autre place, plus tard. Lorraine était heureuse d'avoir réglé son problème et un avenir se dessinait à nouveau !

À son retour de vacances, ses parents l'attendaient à l'aéroport. Toutes les trois, elles avaient préféré ne pas laisser leur voiture sur un parking durant quinze jours. Ce fut avec un sourire rayonnant que Fabien et Sophie retrouvèrent leur fille. Ils se lancèrent un regard, en coin, rassurés.

Leur fille allait bien et les vacances semblaient lui avoir réussi. Fabien s'empara des valises des trois vacancières et les déposa sur un chariot et tout le monde se dirigea vers la voiture.

Les bagages furent chargés, le chariot rendu à l'aéroport, et Fabien prit la route.

Chacune des trois filles voulut raconter en détail son séjour et bientôt, une belle ambiance régna dans l'habitacle, au grand bonheur de Sophie qui s'était fait du mauvais sang pour sa fille.

Fabien déposa au passage Emma qui demeurait au village voisin de celui de Lorraine. Fanny, qui avait laissé sa voiture chez Lorraine, partit une demi-heure plus tard.

Lorraine défit sa valise avec l'aide de sa maman et toutes deux bavardèrent avec entrain. Sophie se réjouissait de retrouver sa fille en pleine forme, elle qui appréhendait son retour. Elle n'osait cependant, pas lui poser de questions et attendait que Lorraine parle pour lui répondre.

— Je vous ai ramené des tasses de Grèce, pour le petit déjeuner, commença Lorraine.

— Merci, ma chérie, c'est très gentil, répondit Fabien.

— Si on s'asseyait autour d'un verre, proposa Lorraine. Papa, maman, j'ai à vous parler.

Sophie et Fabien étaient tendus comme des arcs et avaient l'estomac noué. Ils prirent place autour de la table de cuisine et Lorraine sortit trois verres et une bouteille de Perrier, avant de s'installer.

— Voilà ! J'ai profité de mes vacances au soleil pour réfléchir à mon concours et j'ai pris une décision.

— Ah ! Nous t'écoutons, dans ce cas, répondit Fabien, espérant que sa fille s'oriente vers un autre métier.

— Donc, après mûre réflexion, j'ai décidé de me représenter une dernière fois au concours.

— Tu penses vraiment que c'est une bonne idée, demanda Fabien ?

— Papa, je sais ce que tu penses, mais le métier d'enseignante me colle à la peau et je veux continuer à former les jeunes.

Je me sens épanouie dans ce que je fais et je pense être compétente dans mon domaine. J'ai bien réfléchi. Le problème de ma réussite, ne vient pas de moi. J'ai vérifié auprès de plusieurs Académies et j'ai pu constater que pour Nancy-Metz, on enregistre trop de demandes et fort peu de postes à pourvoir. Le problème vient du fait qu'il est impossible d'être mis sur une liste d'attente, pour être titularisé l'année suivante. Le concours est à repasser, à chaque fois et cela nous remet en concurrence avec toute une série de candidats supplémentaires.

— Mais comment comptes-tu réussir dans ce cas, demanda Sophie ?

— J'ai vérifié et conclu qu'il fallait que je me présente dans une autre Académie.

— Une autre Académie ? demanda Sophie. Laquelle ?

— Je vais me présenter au concours du Pas-de-Calais.

— Le Pas-de-Calais, s'exclama Fabien ? Mais c'est une région désolante. Tu vas t'ennuyer comme un rat mort, là-bas !

— J'y ai bien réfléchi, papa. Personne ne veut y aller, donc j'ai toutes mes chances pour être reçue. Ensuite, il suffira que je fasse une demande de mutation, pour revenir par chez nous. Cela ne se fera pas tout de suite, mais je sais être patiente.

— Si tu penses que c'est ce qu'il y a de mieux à faire, nous te soutenons, déclara Sophie.

Le reste des vacances se passa dans la joie et la bonne humeur. Lorraine passait beaucoup de temps en compagnie de Fanny, en vacances scolaires, comme elle. Elles sillonnèrent la région, profitèrent de la piscine, organisèrent des pique-niques, rejoignirent la bande les week-ends.

Bientôt, la rentrée s'annonça et Lorraine reprit le chemin des cours. On lui avait accordé un poste dans le même établissement que l'an passé et elle se réjouissait de retrouver ses collègues.

La pré-rentrée eut lieu par une journée ensoleillée et un été indien semblait pointer le bout de son nez. Cette année, Lorraine fut enchantée par son emploi du temps qui se déroulait en trois jours et demi, lui laissant toute la fin de semaine libre pour se préparer au concours. Elle sentait que, cette fois, elle allait réussir ! Changer de région, elle y penserait après. Son unique préoccupation se résumait à être reçue au concours et tout le reste n'avait pas d'importance à ses yeux. Elle était prête à démarrer sa nouvelle année scolaire. Elle avait quatre classes à gérer, et retrouvait avec bonheur les sixièmes de l'an passé, pour les préparer au programme de la classe de cinquième. Elle se réjouissait d'y retrouver quelques élèves qui l'avaient marquée l'an passé. La première jeune fille s'appelait Gabrielle et montrait de réelles capacités en lecture et son imagination était fertile. C'était une gamine que la vie n'avait pas gâtée, vivant chez les grands-parents, avec un père peu présent et une mère ayant abandonné le domicile conjugal pour vivre sa vie de femme. Lorraine faisait tout pour inciter Gabrielle à réussir ses études, lui expliquant que son seul moyen de vivre une vie réussie, était de se battre et de prendre son destin en mains. Le second élève pour lequel Lorraine était enthousiaste, s'appelait Nicolas. Pourquoi, lui ? Elle n'en savait trop rien. Il était discipliné et elle aimait son beau visage et son sourire.

Ensuite, venaient les deux jumeaux Maxence et Ophélie qui ne se quittaient jamais, comme deux doubles ne faisant qu'un. Ils s'épaulaient dans le travail. Il y avait, enfin, la jolie frimousse de Léa, qui participait toujours activement à ses cours et montrait un réel intérêt pour le français et Julia, sa grande copine qui tentait toujours de faire mieux qu'elle.

L'année scolaire se rythma entre cours et congés, avec quelques événements culturels intermédiaires, telle que la pièce de théâtre « Le Cid » où Lorraine emmena sa classe de sixième ou la visite du musée de la mine, avec sa classe préférée.

Durant toute cette période, Lorraine prépara activement son concours. Elle passa de nombreuses nuits blanches à réétudier les sujets des années précédentes pour tenter d'y apporter des améliorations. Elle bûchait activement, se rendant régulièrement à la bibliothèque, demandant des conseils à ses collègues, lisant énormément pour connaître les auteurs.

* * *

Elle passa le concours sereinement, résignée. Cette fois les choses étaient claires dans son esprit : 1 Elle réussissait et partait s'installer dans Les Hauts-de-France. 2 Elle ratait et poursuivait sa carrière de prof tout en cherchant un nouveau métier qui pourrait lui permettre de s'épanouir, peut-être dans le tourisme ou la communication comme sa sœur Chloé, actuellement formatrice et conférencière.

Après les épreuves, elle poursuivit sa vie, nonchalamment, pensant simplement à finir l'année scolaire et à boucler les programmes. Elle ne songea pas un seul instant à son concours et le jour des résultats, elle donna code et mot de passe à sa mère, lui demandant de vérifier pour elle.

Sophie était énervée et anxieuse quand elle arriva au bureau ce fameux matin où elle devait se charger de vérifier les résultats de sa fille. Elle travailla jusqu'à 10 h 00, essayant de ne pas trop penser et à sa pause, elle tenta de se connecter mais le serveur était surchargé et elle n'eut aucun résultat. Elle attendit l'heure du déjeuner qu'elle prit en compagnie de sa collègue de travail à la cafétéria du centre commercial le plus proche, pour tenter de se reconnecter. Elle avait son *PC* portable avec elle et l'ouvrit sur la table, écartant son assiette. La page s'ouvrit, elle tapa le code et attendit…

Quand elle posa son regard sur l'écran, sa vue fut d'abord brouillée, un instant, tant la tension montait.

Elle tenta de se contrôler et lut, clairement et nettement : Mlle Lorraine Michaud, reçue au concours. Elle poussa un hurlement qui fit se retourner les habitués de la cafétéria et sursauter sa collègue.

— Qu'est-ce qui t'arrive, Sophie ? lui demanda-t-elle, à moitié remise de sa frayeur.

— Ma fille, c'est ma fille… commença Sophie.

— Quoi, ta fille ? demanda Sarah, inquiète.

— Sarah, ma fille a réussi son concours. Elle est définitivement professeure de français ! Tu comprends ! C'est la quatrième fois qu'elle se présente et là, elle est enfin reçue.

— Félicitations ! Elle est persévérante, ta fille, dis donc !

— C'est vrai que c'est une battante, ma Lorraine. Elle n'a pas abandonné, là où d'autres auraient déjà jeté l'éponge depuis longtemps. Je suis tellement fière d'elle, Sarah, si tu savais, poursuivit Sophie en sanglotant ;

— Oh, dis donc ! Il ne faut pas te mettre dans des états pareils. Je vais nous chercher deux cafés. Ne bouge pas.

— Merci Sarah. Je vais en profiter pour appeler ma fille.

Sophie composa le numéro du portable de sa fille et, les mains tremblantes, attendit qu'elle réponde. Une première sonnerie se fit entendre et elle tomba sur le répondeur de Lorraine.

« Bonjour ! Vous êtes bien sur la messagerie de Lorraine. Je ne suis pas disponible pour le moment, mais laissez-moi un message et je vous rappellerai. Salut ! »

Surprise de ne pas entendre la voix de sa fille, Sophie resta tout d'abord silencieuse. Elle reprit ses esprits et recomposa le numéro. Elle retomba sur la messagerie et décida de laisser un mot.

« Ma chérie, c'est maman. J'ai vérifié pour ton concours, comme tu me l'avais demandé et je suis la plus heureuse. TU AS RÉUSSI ma chérie ! Te voilà enseignante titulaire. Je suis si fière de toi. Rappelle-moi quand tu auras ce message. »

Elle raccrocha, un peu déçue de n'avoir pu parler à sa fille mais soudain soulagée que le résultat soit positif. Sarah revenait avec les deux cafés et elle sentit toute la tension retomber.

— Tu ne peux pas savoir Sarah, comme je suis heureuse pour Lorraine. Elle prend les choses tellement à cœur, contrairement à Chloé.

— C'est vrai que tes deux filles sont très différentes, répondit Sarah.

— Oh oui ! Le seul souci, vois-tu, c'est que Lorraine a passé le concours pour l'académie du Pas-de-Calais et donc, elle va être mutée.

— Dans le Pas-de-Calais ! Mais pourquoi ce trou perdu ?

— Parce qu'il y avait de nombreux postes à pourvoir. Elle avait vu juste. Personne ne veut y aller et donc, il y a des places disponibles. Lorraine avait raison.

— Elle va devoir se chercher un appartement.

— Oui mais c'est ce qu'elle voulait faire. Il faut laisser les enfants suivre leur chemin. Elle n'est pas la première, ni la dernière, à s'éloigner de ses parents pour des raisons professionnelles.

— C'est bien vrai la conjoncture actuelle ne permet plus à nos jeunes de rester dans le giron familial. Ils doivent se déplacer, suivre des formations, s'ils tiennent à conserver un emploi. Bien sûr, mais avec Chloé, actuellement aux Etats-Unis et Lorraine qui doit changer de région, c'est difficile déclara Sophie.

— Je comprends, conclut Sarah !

Chapitre 3

Lorraine avait pris la nouvelle de sa réussite à l'examen avec beaucoup de calme et de résignation. Elle était, certes, très heureuse de sa réussite, mais elle savait qu'il lui faudrait, à présent, partir loin de ses parents, de ses amis, de ses collègues de travail et de tous ceux qu'elle côtoyait régulièrement, et elle s'y préparait mentalement.

Son année scolaire s'était fort bien déroulée et elle quittait son établissement scolaire avec du vague à l'âme. Elle se souvenait du jour où le facteur avait déposé un courrier à son nom dans la boîte aux lettres. Ses mains avaient tremblé pour décacheter le pli et elle avait lu, à haute voix, à ses parents :

— Nomination pour le poste de professeure de Français au Collège Septentrion de Bray-Dunes.

Elle se rappelait le regard que ses parents s'étaient lancé, les yeux brillants et la gorge nouée par l'émotion.

Elle leur avait confirmé que tout se passerait bien et que très rapidement, elle tenterait d'obtenir une mutation pour revenir dans le Grand-Est. Ils avaient hoché la tête en signe d'assentiment mais aucune parole n'était sortie.

— J'ai effectué des recherches sur Internet pour situer Bray-Dunes. C'est un endroit charmant, en bord de mer. Je suis persuadée que je vais m'y plaire.

— Ce sera tout de même difficile, au début, argua sa mère. Tu ne connaîtras personne et tu te sentiras très seule, surtout le soir.

— On communiquera par téléphone et sur WhatsApp et vous viendrez me voir. Cela vous fera des vacances.

— Bien sûr qu'on viendra te voir, confirma son père. Mais pour le moment, il faut te chercher un appartement, pas trop cher.

— Là aussi, j'ai déjà regardé les offres sur le net et j'ai eu un coup de cœur pour un T3. L'appartement est entièrement rénové et se situe dans un petit immeuble proche de la mer. Il est composé d'une entrée, d'une pièce principale avec cuisine aménagée, d'une chambre, d'un bureau et d'une salle de bains. De plus, j'ai un parking et une terrasse avec vue sur la mer.

— On dirait que tu as déjà pris ta décision ? s'étonna Fabien.

— Regarde, papa ! Je viens de retrouver l'appartement sur Internet. Jettes-y un coup d'œil. Il est vraiment sympa et le loyer n'est que de cinq-cent-trente-cinq euros sans les charges, évidemment.

— Il est chauffé comment ?

— Chauffage électrique.

— Il va falloir que tu chauffes seulement quand tu es là, sans quoi tu vas te ruiner, déclara Sophie.

— Non, maman, ce sont des radiateurs à inertie dernier cri qui ne consomment plus énormément. Les choses ont changé.

— Si l'appartement te plait, il vaudrait mieux le réserver le plus rapidement possible, déclara son père.

— J'ai déjà appelé la propriétaire. Elle me le réserve durant une semaine. Je compte descendre pour le visiter et en profiter pour signer les papiers. Papa, tu m'accompagnes ?

— Evidemment que je t'accompagne, voyons ! Je veux m'assurer que tout est aux normes et que la logeuse est correcte.

— Papa, tu es incroyable ! J'ai vingt-huit ans et je pense être suffisamment adulte pour m'autogérer, tu ne crois pas ?

— Pour moi, tu resteras toujours ma petite fille, que tu le veuilles ou non. Et puis, c'est le rôle des parents de prendre soin de leurs enfants, tu ne crois pas ?

— Tu es merveilleux mon papounet et toi aussi maman, tu es formidable. Je vous aime tous les deux mais il va falloir que vous me laissiez vivre ma vie. Un jour où l'autre, l'oiseau s'envole du nid. Regarde Chloé, elle a trouvé sa voie !

— Oui, c'est sûr mais pour des parents, c'est toujours trop tôt, déclara Sophie, émue.

* * *

Ils prirent la route, samedi matin, Sophie tenant à les accompagner. Ils firent une pause en cours de route, pour se restaurer et arrivèrent devant l'immeuble en question pour 14 h 00. La propriétaire les attendait déjà sur le pas de la porte. En les voyant arriver, elle vint à leur rencontre et les salua avec un grand sourire. C'était une dame d'une cinquantaine d'années, avec des cheveux auburn coiffés en un carré plongeant. De beaux yeux gris rieurs, quelques taches de rousseur, un nez retroussé et une bouche bien pleine, la rendaient fort jolie. Elle portait un tailleur beige, des petits talons assortis et un chemisier blanc en dentelle.

— Bonjour ! Je suis Madame Maréchal. Vous devez être Lorraine Michaud ?

— Oui, bonjour Madame Maréchal. Je vous présente mes parents.

— Enchantée, Monsieur et Madame Michaud. Suivez-moi ! Je vais vous faire visiter l'appartement.

Ils montèrent les deux étages et suivirent Madame Maréchal qui venait d'ouvrir la porte donnant sur un long couloir avec placards muraux. Elle les fit entrer et les précéda dans chaque pièce, commentant chaque partie de l'appartement. Lorraine était enchantée. Son futur T3 était lumineux et les murs peints en couleurs pastel. Cuisine et salle de bains étaient carrelées et le reste des pièces bénéficiait d'un beau parquet beige. En ouvrant la porte fenêtre donnant sur la terrasse, Lorraine sentit qu'elle serait très heureuse, installée dans cet appartement. Elle se tourna vers ses parents pour obtenir leur assentiment. Elle vit son père inspecter chaque pièce dans les moindres détails pendant que sa mère vérifiait la propreté de la cuisine à éléments beige. Ils ne trouvèrent rien à redire. Tout était propre, les murs repeints, la cuisine quasi neuve et des placards de rangement dans le couloir, la chambre et la salle de bains économiseraient de nombreux meubles.

— Alors, vous en pensez quoi de mon appartement ?

— Il est très bien, commença Sophie. La vue sur la mer est très belle et tout est lumineux.

— C'est vrai qu'il est plutôt agréable cet appartement, dut reconnaître Fabien.

— Dans ce cas, je le prends, déclara Lorraine, si vous voulez toujours de moi comme locataire, bien sûr, Madame Maréchal.

— Vous me semblez être une jeune fille très réfléchie et vous me plaisez. Si vous voulez, nous pouvons descendre au premier, à mon appartement, pour signer le bail.

Ils suivirent la propriétaire jusqu'à son T4 et s'installèrent dans le salon, pendant que Madame Maréchal prenait les documents à remplir.

— Je vous sers un café ? demanda-t-elle.

— Avec plaisir, accepta Fabien, d'emblée.

Cette femme lui inspirait confiance. Son appartement était très bien rangé et décoré avec goût. Lorraine avait bien choisi, il en était persuadé.

Madame Maréchal revint avec un plateau bien garni. Elle déposa les soucoupes et les tasses sur une petite table basse et servit le café qui sentait divinement bon. En accompagnement, elle avait coupé quelques parts de brioche aux pépites de chocolat.

— Goûtez ma brioche et vous m'en direz des nouvelles. Je l'ai faite ce matin, en prévision de votre venue.

— C'est vraiment très gentil à vous, déclara Sophie.

Ils prirent le temps de savourer la brioche et se régalèrent. Les conversations allaient bon train, Madame Maréchal étant une femme très ouverte et communicative. Lorraine lui expliqua qu'elle était enseignante et qu'elle venait d'être reçue à son concours et mutée à Bray-Dunes. Madame Maréchal lui assura qu'elle serait très heureuse ici et que les gens étaient très chaleureux. Elle lui confia également que l'établissement scolaire dans lequel Lorraine allait enseigner, bénéficiait d'une excellente réputation, tant par la qualité de ses enseignants que par les adolescents sérieux qui le fréquentent. Lorraine fut totalement rassurée. Elle avait, à présent, hâte de s'installer dans son appartement, de le décorer et aussi de découvrir Bray-Dunes.

Après avoir signé le bail et complété l'état des lieux, Lorraine remplit le chèque de caution et s'empara, heureuse, des clés de son nouvel appartement. Ils prirent congé de la propriétaire et se retrouvèrent bientôt dans la rue, face à la mer.

— Ton appartement nous plaît beaucoup, commença Sophie. Tu vas t'y sentir à ton aise.

— Merci maman, je suis si contente que vous ayez pu m'accompagner. Votre avis compte beaucoup pour moi.

À présent, il me reste à le meubler. Que diriez-vous de m'accompagner pour m'aider à tout choisir ?

— Nous allons tout d'abord, nous chercher un bon petit restaurant, en bord de mer, pour déjeuner. Moi, j'ai déjà faim, déclara Fabien.

— Oh, papa, tu es toujours affamé, dit Lorraine en riant.

— C'est normal, ma fille, les émotions, ça creuse.

Ils trouvèrent un bel établissement qui proposait des fruits de mer et s'installèrent à la terrasse. Ils se sentaient en vacances et mangèrent avec bon appétit le plat de moules marinières et frites, que la serveuse leur apporta. Ils accompagnèrent leur repas d'un bon vin et discutèrent longuement de l'installation dans l'appartement de Lorraine.

Après deux heures, ils reprirent la route pour choisir le mobilier nécessaire et trouvèrent leur bonheur très vite. Sophie et Fabien bénéficiaient d'une carte d'achat dans une hyper du meuble, permettant ainsi à leur fille de régler son mobilier et la déco en plusieurs fois sans frais. La livraison était prévue pour la dernière semaine d'août, Lorraine comptant venir sur place, un peu avant la rentrée.

Ils reprirent l'autoroute du retour, heureux d'avoir réglé les moindres détails. Après un arrêt dans un relai pour faire une pause, ils arrivèrent en fin de journée, fatigués mais satisfaits. Fabien se sentait un peu plus rassuré. Il avait inspecté le futur appartement de sa fille, l'avait aidée à le meubler et se sentait confiant, après le bon accueil que leur avait réservé la propriétaire, Madame Maréchal. Il comptait venir régulièrement passer du temps avec Lorraine, au début, afin qu'elle ne se sente pas trop isolée. Dès qu'elle serait entourée, d'amis, de collègues, il espacerait ses venues.

De toute façon, les congés scolaires toutes les sept semaines, permettraient à Lorraine de rentrer et de retrouver ses marques.

Le travail d'enseignante, avait, -il devait bien se l'avouer-, quelques avantages, tout de même. Sophie était contente de les avoir accompagnés. En voyant l'appartement et le lieu où sa fille vivrait, elle se sentait rassurée et d'ici quelques années, Lorraine pourrait revenir à la maison, en obtenant un poste définitif dans un collège du coin.

Le Silence des Hirondelles

Chapitre 4

Le jour du déménagement arriva. Lorraine avait soigneusement rangé tous ses vêtements dans des cartons, vidé son bureau de tout son matériel scolaire, emporté photos, déco et objets personnels et Fabien chargeait la remorque au fur et à mesure. Sophie encore en congés les accompagnera jusqu'à Bray-Dunes où elle et Fabien comptent séjourner durant quelques jours pour aider Lorraine à réceptionner ses meubles et s'installer. Ils prirent la route de bonne heure, Fabien au volant, Sophie silencieuse et Lorraine plongée dans ses pensées. Elle avait passé le samedi soir en compagnie de ses amis et les avait invités à venir lui rendre visite. Elle partait le cœur lourd car l'envie de quitter la région était inexistante mais elle se rendait, fière et résignée, dans le Nord de la France, pour ne pas renoncer à son métier d'enseignante. Elle était contente que ses parents restent quelques jours sur place pour l'aider à emménager et pour lui permettre de ne pas se retrouver seule, trop tôt. Ce n'était pas une solitaire et elle avait besoin des gens qu'elle aime autour d'elle.

Mais sa détermination était telle, qu'elle tiendrait bon, jusqu'au moment où elle obtiendrait sa mutation.

Ils arrivèrent pour 10 h 00 et attendirent une demi-heure que le camion livre les achats pour l'appartement. Très rapidement, le petit T3 se remplit de meubles, planches en bois, charnières, portes d'armoires… À midi, les meubles étaient installés et le camion reparti. Ils décidèrent de retourner dans le petit restaurant en bord de mer, pour déjeuner. Le temps était encore très ensoleillé et ils purent retourner en terrasse. Ils commandèrent un steak frites salade, un quart de vin et terminèrent leur repas par une tarte maison et un bon café.

De retour dans l'appartement, Sophie mit les draps sur le lit et aida Lorraine à accrocher ses vêtements dans le placard de la chambre. Bientôt, les cartons se vidèrent et ils décidèrent de faire une pause pour prendre un bon café. Fabien terminait d'installer les étagères dans le bureau et la salle de bains. Ils avaient emporté le nécessaire pour manger et ne pas être forcés de faire des courses dès leur arrivée. Sophie coupa quelques tranches du gâteau au chocolat qu'elle avait cuit la veille et chacun s'installa sur le canapé du salon. L'appartement commençait à prendre forme. Dans la chambre, Lorraine avait opté pour un lit deux places et deux chevets ainsi qu'une commode, en blanc. Les placards muraux représentaient un gain de place non négligeable et lui avaient évité de s'encombrer d'une armoire. Pour sa pièce de travail, elle avait trouvé un bureau laqué noir avec retour, idéal pour pouvoir y étaler les copies de correction et placer son ordinateur. Elle l'avait complété par un meuble à roulettes placé en-dessous et une chaise confortable. La pièce se complétait d'étagères et d'un clic-clac, idéal pour accueillir des visiteurs. Dans la cuisine, elle avait rajouté une table ronde et quatre chaises, le reste étant déjà sur place.

Le salon était suffisamment grand pour y mettre le canapé d'angle qu'elle avait choisi en noir et une table basse en blanc brillant donnant un beau contraste.

La pièce se terminait par une bibliothèque sur laquelle son père avait déjà posé et branché la télé. Des étagères terminaient l'ensemble. La salle de bains était déjà équipée d'un meuble de rangement avec miroir. Elle l'avait complétée par quelques étagères pour y déposer ses produits. Il ne restait qu'à brancher les lampes et défaire les derniers cartons. Sophie lui avait donné une partie de sa vaisselle dont elle ne se servait plus et Lorraine pourrait, ainsi, se débrouiller jusqu'à ce qu'elle s'achète elle-même le nécessaire. Comme elle ne comptait pas rester dans le Nord, il était inutile de s'encombrer. Le déménagement serait facilité, si elle n'entassait pas trop d'affaires. Sophie la voyait déjà revenir à la maison, alors que sa nouvelle année scolaire n'avait pas encore commencé…

Le soir, tous trois partirent en ville pour le souper. Fabien dénicha un restaurant italien qui proposait des plats de pâtes alléchants. Ils passèrent un moment fort agréable avant de rentrer. Le restaurant étant situé sur la zone piétonne, ils profitèrent de la douceur du soir pour faire quelques pas dans la ville avant de rejoindre la voiture. De retour à l'appartement, ils passèrent à tour de rôle sous la douche puis Fabien et Sophie se retirèrent dans la chambre, la journée avait été longue. Lorraine resta éveillée un moment et regarda une émission musicale pour se détendre. Ce soir-là, fatiguée, elle dormit profondément, confortablement installée sur le clic-clac du bureau.

Elle se réveilla en sentant la bonne odeur du café, enfila ses pantoufles et sa robe de chambre et se dirigea vers la cuisine. Ses parents étaient déjà attablés, la table était dressée, le café fumant attendait d'être servi et le pain toasté sautait du grille-pain. Elle embrassa ses parents et s'installa à table.

Tout était prêt. Sophie avait même pensé à presser un jus d'orange frais et à ramener la confiture de mirabelles, faite maison. Lorraine était émue et remerciait le ciel d'avoir des parents aussi formidables.

Elle ne voulait pas se l'avouer, mais les premiers temps seraient certainement très difficiles pour elle, le temps qu'elle trouve ses repères, qu'elle se fasse quelques amis parmi ses collègues de travail. Elle tentait de ne pas trop y penser mais c'était dur. Elle but une gorgée de jus d'orange pour avaler la boule qui se formait au fond de sa gorge. Il fallait qu'elle se ressaisisse, après tout, elle l'avait voulue cette situation ! À elle, à présent, de l'assumer.

— Tu as bien dormi, ma chérie ? voulut savoir Sophie.

— Comme un loir, maman, merci. Et vous deux, alors ?

— Ton père a l'habitude d'un lit plus grand, tu sais, mais la nuit s'est bien passée, malgré tout.

— Tant mieux, parce qu'il nous reste encore du travail à abattre. Papa va devoir accrocher les lampes, les tringles à rideaux et nous deux, on va vider les derniers cartons, maman.

— Bonne idée, ma fille, mais nous allons d'abord prendre notre temps pour le petit-déjeuner.

Ils firent une pause pour le repas de midi et décidèrent de se restaurer au self du centre commercial. Cela leur permettrait ensuite, de faire les courses nécessaires pour acheter ce qui manquait.

L'après-midi passa très rapidement. Après le repas et les courses, ils déchargèrent la voiture et montèrent le tout à l'appartement et firent le rangement. Fabien termina ses derniers travaux pendant que Sophie aidait sa fille pour la déco. Lorraine posa des coussins colorés sur le canapé, plaça ses livres sur les étagères du salon, avec quelques objets décoratifs et des cadres photos représentant sa famille, sa sœur Chloé, ses amis, ses anciens élèves lors d'une sortie pédagogique.

Ils restèrent le soir à l'appartement et commandèrent des pizzas installés devant un bon film à la télé.

Le lendemain, Fabien chargea les cartons vides dans sa voiture pendant que Sophie lavait entièrement l'appartement. Lorraine était partie pour 8 h 00 à la pré-rentrée des enseignants.

Sophie était un vrai paquet de nerfs et attendait que sa fille rentre pour connaître sa première impression. Ils décidèrent de se préparer un repas et Sophie mijota un émincé de volaille dont elle avait le secret. La cuisine embaumait et Fabien s'installa à table avant que le repas ne soit terminé, tant il en avait l'eau à la bouche. Il servit un Perrier à sa femme et se prit une bière pour accompagner les petites tartelettes salées qui venaient de sortir du four.

Lorraine fut de retour pour 17 h 00 et trouva ses parents, assis devant le téléviseur à regarder une émission de cuisine, sans vraiment y prêter attention. Ils se levèrent ensemble.

— C'est toi, ma chérie, demanda Sophie ?

— Bien sûr que c'est moi, maman. Quelle question !

— Alors ? demanda simplement Fabien ?

— Je me sers un verre d'eau et je viens vous rejoindre.

Elle partit vers la cuisine et en revint quelques instants après, avec son verre en main. Elle sortit une pochette de son sac et l'ouvrit, installée entre ses deux parents entre lesquels elle s'était glissée.

— Voilà mon emploi du temps. Il est plutôt sympa. Comme vous pouvez le voir, j'ai un long week-end, du jeudi 16 h 00, au lundi 10 h 00. Les dix-huit heures de cours sont réparties sur quatre jours et j'ai quatre classes à suivre, deux classes de sixième et deux de cinquième.

— C'est un bon début, non ? suggéra Sophie.

— C'est formidable, tu veux dire ! Je vais me renseigner sur les horaires de trains et peut-être que je pourrai rentrer à la maison certains week-ends, du moins au début.

— C'est une bonne idée, renseigne-toi, ma chérie, proposa Sophie. Et l'établissement alors ? Et les collègues ?

— L'établissement est vraiment très accueillant, les salles de classe ne sont pas vieillottes.

Les enseignants ont du bon matériel à leur disposition pour travailler dans les meilleures conditions : rétroprojecteurs, salles informatiques super-équipées, bibliothèque bien fournie et espace détente coloré et accueillant.

— C'est prometteur tout ça ! conclut Fabien.

— Tout le monde m'a fait bonne impression. Le proviseur m'a présentée et l'après-midi, quand l'équipe pédagogique s'est regroupée, j'ai fait la connaissance de plusieurs collègues qui m'ont paru fort sympathiques. De toute façon, j'ai le contact facile et je devrais me faire des relations sans trop de problèmes. Il faudra déjà se concerter pour discuter des différentes classes, ce qui créera forcément un lien.

— On est très heureux pour toi, ma fille, déclara Fabien. Pour fêter ton installation, que dirais-tu de sortir ?

— Papa, c'est toujours ton estomac qui parle !

— Bien manger est un des plaisirs en ce bas monde, ma fille, crois-moi !

— Je le sais bien et j'accepte ton invitation, avec plaisir.

* * *

Fabien et Sophie reprirent la route le surlendemain et Lorraine se prépara à accueillir ses premiers élèves.

Elle se demandait comment allaient se passer ses cours, saurait-elle faire preuve de suffisamment de poigne, pour se faire respecter de ces nouveaux jeunes ? Arriverait-elle à motiver son public pour que le travail se fasse dans une bonne ambiance et un respect mutuel ? Elle allait le découvrir dès lundi matin. Elle n'était pas professeur principal et devait simplement se présenter à chacune de ses quatre classes, leur parler brièvement du programme et du matériel nécessaire durant l'année scolaire. Les cours devaient débuter mardi matin, dès 8 h 00.

Elle angoissait malgré son habitude d'enseigner. Mais ici, tout était nouveau pour elle : nouvel établissement, nouveaux collègues, nouveaux élèves, personne de connu, pas d'alliés, aucun contact sérieux pour le moment. Elle aurait aimé être à Noël, déjà, avec quelques semaines de pratique derrière elle, des classes bien menées et quelques collègues sympathiques parmi ses nouvelles relations.

Le Silence des Hirondelles

Chapitre 5

Il est 6 h 45 et vous écoutez votre radio locale. Aujourd'hui, le temps est brumeux mais le soleil devrait percer à travers les nuages, en fin de matinée, pour laisser place à un après-midi ensoleillé. Toute l'équipe et moi-même, nous vous souhaitons une bonne journée, et tout de suite, je vous laisse avec *Julien Doré* et son nouveau titre qui fait déjà un carton.

Lorraine rejeta la couette, s'étira et se leva pour éviter de se rendormir. Elle éteignit son radioréveil et fila sous la douche. Elle avait passé une nuit agitée. La rentrée des élèves lui faisait toujours le même effet, jusqu'à ce qu'elle s'habitue à son public et que les jeunes l'acceptent. Elle se prépara un copieux petit déjeuner, puis repartit dans sa chambre pour enfiler son pantalon noir et un chemisier vert pomme. Elle se glissa dans ses mocassins confortables, jeta un dernier coup d'œil dans la glace pour voir si sa coiffure et son maquillage convenaient.

Elle attrapa son sac de cours, ses clés de voiture et claqua la porte de son appartement avant d'y donner un tour de clé. Sa Clio bleu acier l'attendait sur sa place de parking. Elle démarra le moteur et fila pour rejoindre le collège. Le trafic était dense et elle avait pris de l'avance pour éviter d'arriver en retard. Elle exécrait les personnes qui n'étaient jamais à l'heure. Pour elle, tout était une question d'organisation et de bon sens. En arrivant sur le lieu de travail, sur les chapeaux de roues, elle était quasi certaine que la journée se passerait mal et que tous les aléas possibles et imaginables seraient de la partie.

Elle gara sa Renault sur le parking des enseignants et se dirigea vers la salle des professeurs où une bonne odeur de café flottait déjà. De nombreux collègues étaient installés autour des tables et conversaient. Elle se dirigea vers un petit groupe et le salua discrètement. Immédiatement, une belle jeune femme aux cheveux longs noirs de jais, lui proposa de s'installer à ses côtés.

— Vous êtes la nouvelle, si je me souviens bien ?

— Oui, je m'appelle Lorraine Michaud, professeure de français.

— Enchantée, ajouta la collègue. Moi, c'est Annie. J'enseigne l'anglais depuis trois ans dans cet établissement.

— Très heureuse de faire votre connaissance, ajouta Lorraine.

— Oh, tu peux me tutoyer, tu sais. Ici, tout le monde se tutoie. Alors je te présente : sur ma droite se trouve notre collègue de sciences naturelles, Dominique.

Elle désignait une jolie blonde, aux cheveux courts, coiffés en brosse, soigneusement maquillée. Elle portait un jean bleu et un haut coloré, des bottines à talons et un long collier doré et des créoles. Lorraine la trouva, tout de suite, très sympathique.

— À côté de Dominique, Vincent enseigne les mathématiques, puis Jérôme qui est notre professeur d'éducation physique.

Liliane, la belle rousse est professeure d'allemand. Les autres collègues, tu les découvriras au fil du temps.

— Je te remercie pour ton accueil. Bonjour à tous. J'espère me plaire à Bray-Dunes.

— Tu verras, l'établissement est très bien fréquenté et l'administration nous soutient toujours, en cas de petit souci.

Les conversations furent interrompues par l'arrivée d'un homme, grand, aux cheveux gris bouclés et à la moustache bien fournie.

— Bonjour Messieurs, Dames. Nous allons pouvoir démarrer avec l'appel des élèves par classe. On va commencer par les sixièmes, puis les cinquièmes. Les quatrièmes et troisièmes n'arriveront qu'à 10 h 00. Nous ferons un nouvel appel, après la récréation.

Les collègues se placèrent à l'extérieur et chaque professeur principal se chargea du matériel et accompagna sa classe, en salle de cours. Commençait, ensuite, la distribution des carnets de liaison, des divers documents administratifs, avant l'emploi du temps, noté au tableau. Il ne restait ensuite, qu'à noter la liste du matériel nécessaire pour l'année scolaire et d'attendre les collègues qui devaient se présenter, tout en commentant le règlement intérieur.

Lorraine arriva dans sa première salle pour se présenter aux sixièmes A.

— Bonjour ! Je suis Mademoiselle Michaud, votre professeure de français pour cette année scolaire. Nous allons comparer nos emplois du temps pour vérifier qu'il n'y a pas d'erreur et je vous noterai au tableau, le matériel nécessaire.

Elle donna les diverses explications, avant de quitter la sixième A, pour se diriger vers la salle occupée par les sixièmes B et reprit les mêmes commentaires.

Elle fit ensuite de même, avec ses deux classes de cinquièmes, avant de rejoindre la salle des professeurs pour la pause de 10 h 00.

Elle avait pris contact avec les jeunes qu'elle côtoierait cette année et elle dut reconnaître que la première impression était plutôt bonne. Personne ne l'avait regardée de travers, elle n'avait surpris aucun commentaire, ni aucune moquerie, et se sentait prête à démarrer ses cours, dès le lendemain.

Durant la pause, elle échangea des propos avec Anne et Dominique qui semblaient l'avoir adoptée.

— Comment tu te sens, loin de chez toi, voulut savoir Anne ?

— Un peu seule, je dois l'avouer, mais déterminée à réussir, avant tout, répondit Lorraine.

— Tant mieux, déclara Dominique. Tu verras, tout se passera bien, et si tu as des soucis, des questions, tu pourras toujours m'en parler durant les récréations.

— Merci, c'est très gentil.

— Tu loges où, voulut savoir Anne ?

— J'ai trouvé un T3 en bord de mer, chez Madame Maréchal. Si vous voulez, après notre première journée, je vous invite à prendre un verre chez moi. Nous pourrons ainsi faire plus ample connaissance. Je ne connais personne pour le moment et je serais très heureuse, si vous acceptiez mon invitation.

— Avec plaisir, répondirent les deux demoiselles, en cœur.

— On mange ensemble à midi ? proposa Anne.

— Avec joie, répondit Lorraine. Je me demandais justement où déjeuner ? J'ai tout à découvrir ici. Je n'ai fait qu'un tour rapide de Bray-Dunes, mais je n'ai pas encore trouvé mes repères et une aide de votre part, serait la bienvenue.

— Alors, c'est parti ! On t'emmène à midi au bistrot de Robert et Lili. C'est tout près du collège et ils ont toujours un plat du jour sympa.

— Vous êtes formidables, les filles. Je me sens déjà beaucoup mieux, décréta Lorraine.

— Mais, je viens juste de voir que nous partageons la classe de sixième A, lança Dominique.

— C'est vrai ? Je ne connais pas encore vos noms de famille, donc je n'ai pas fait le rapprochement, poursuivit Lorraine.

— Nous travaillerons en équipe, tu verras, ce sera très agréable.

— Je n'en doute pas. J'ai beaucoup de chance de vous connaître, je me sentais totalement déboussolée, ce matin, en me réveillant.

— Il n'y a pas de quoi, affirma Anne. À partir de maintenant, nous serons tes chaperons.

— Vous êtes géniales, les filles, dit Lorraine en riant de bon cœur. Aujourd'hui, pour vous remercier, je vous paie le déjeuner.

— Cela commence bien, décréta Dominique. Je sens qu'on va devenir très copines.

À midi, Lorraine attendait ses collègues et nouvelles amies, en salle des professeurs. Anne et Dominique arrivèrent en même temps, déjà lancées dans une discussion animée sur les programmes des sixièmes.

Elles descendirent, à pied, la série de marches située à l'arrière de l'établissement, traversèrent la route pour rejoindre un petit établissement aux murs crépis, beige. À l'intérieur du bistrot, une bonne odeur de bœuf bourguignon flottait. Anne entraîna Lorraine au fond de la salle pour s'installer à la dernière table, côté fenêtre. Lili lança gaiement un « salut les filles ». Je suis à vous dans un petit moment.

— Salut Lili. Tu peux nous mettre deux cocas, comme d'habitude.

— Tu bois quoi, Lorraine ?

— La même chose.

— Trois cocas, Lili !

— Je vous apporte ça de suite.

Les filles s'installèrent confortablement et Lorraine détailla le petit bistrot choisi par ses collègues.

C'était un endroit très moderne avec des tables et chaises blanches. Au mur, étaient accrochés des portraits de vedettes de cinéma américain. On retrouvait Marylin Monroe et sa jolie robe blanche qui se soulève lorsqu'elle passe sur une grille avec soufflerie. Dans le coin opposé, Elvis dévoile son beau sourire, pendant qu'à ses côtés, Mickaël Jackson soulève son chapeau noir pour saluer la salle. D'autres, tel Tom Cruise, Mat Damon ou Kévin Costner observaient l'assistance de leur regard complice. Le bar était installé tout en longueur, noir avec des lumières qui éclairaient l'enseigne « Chez Robert et Lili ». Dans l'arrière-salle, se trouvaient un billard et un jeu de fléchettes, pour les étudiants qui devaient également y passer du temps.

— Bonjour, Mesdemoiselles, commença Lili, en déposant les trois cocas sur la table. Je vois que vous me ramenez une nouvelle collègue ?

— On te présente Lorraine. Elle nous vient de l'Est de la France.

— De l'Est de la France ? s'exclama Lili. Comment se fait-il que vous ayez eu envie de venir vous perdre chez nous ?

— J'ai réussi le concours, tout simplement, et j'ai été mutée ici, et me voilà, répondit Lorraine.

— Dans ce cas, bienvenue dans notre bistrot. Je vous ramène trois plats du jour ?

— Oui, merci Lili, répondirent les demoiselles ensemble.

Elles déjeunèrent avec appétit, le bœuf bourguignon étant tendre à souhait. Lili leur apporta, ensuite la tarte aux pommes du jour et un café.

Elles discutèrent longuement des élèves, du fonctionnement de l'établissement scolaire, du proviseur et de son adjointe, des inspecteurs, des programmes, avant de se quitter. Anne et Dominique avaient convenu de venir rejoindre Lorraine, à son appartement pour 18 h 00, afin de partager un repas entre filles.

Elles s'échangèrent leurs numéros de portable et notèrent leurs adresses respectives, avant de se quitter.

Lorraine rejoignit sa Clio et se rendit au supermarché où elle fit quelques courses, pour recevoir ses collègues, le soir. Elle avait prévu de préparer des toasts et mini-pizzas, pour rendre le moment très convivial. Pour le dessert, une glace ferait l'affaire. Elle se réjouissait d'avoir de nouvelles connaissances. Avec le temps, elles deviendraient peut-être amies.

En rentrant, elle rencontra sa logeuse et s'arrêta quelques instants pour lui parler.

— Alors, comment vous vous plaisez, dans votre nouvel appartement ? voulut savoir Madame Maréchal.

— Je m'y sens très bien, merci, répondit Lorraine.

— Et vos cours ? Vous avez bien repris ?

— Oui, tout va bien de ce côté. Les élèves semblent agréables et sérieux et les collègues m'ont réservé un bon accueil.

— Tant mieux, cela me rassure. Si vous avez besoin de compagnie, n'hésitez pas à passer me voir, en soirée.

— Merci pour votre invitation. C'est très gentil à vous. Cela fait toujours du bien de savoir qu'on peut compter sur quelqu'un, quand on vient d'une autre région et qu'on ne connaît personne.

— Tout à fait, c'est pourquoi, je réitère mon offre. Si vous vous sentez seule, n'hésitez pas à venir frapper à ma porte.

— Merci encore. Bonne soirée, Madame Maréchal.

— Merci, de même, Mademoiselle Michaud.

Lorraine déchargea ses courses, posa ses affaires, se prépara un verre de vin blanc et commença à préparer ses petits salés. Elle enfourna deux plateaux de petites pizzas qu'elle laissa cuire quelques minutes. Il lui resterait à terminer la cuisson, à l'arrivée des filles. Elle prépara plusieurs plateaux de toasts et venait de finir quand la sonnette de la porte retentit.

Elle appuya sur l'interphone pour s'assurer que c'étaient bien ses collègues qui sonnaient, - on n'est jamais trop prudente - et appuya sur le bouton pour ouvrir la porte d'entrée.

Anne et Dominique avaient les bras chargés. Elles déposèrent sur la table du salon, un bouquet de fleurs, une boîte de chocolats, une bonne bouteille de vin, des Danette à la vanille, et tendirent à Lorraine un petit paquet enrubanné.

— Oh les filles, vous êtes folles d'avoir apporté autant de choses ! J'ai tout prévu pour ce soir, vous savez ! Qu'est-ce que vous m'avez ramené dans ce paquet ?

— Ouvre, et tu verras, suggéra Anne.

Le paquet contenait un cadre blanc dans lequel Anne et Dominique avaient glissé un message de bienvenue, à l'intention de Lorraine. Elle fut émue en le lisant :

« Lorraine,

Tu nous arrives de ta Lorraine, seule et angoissée.

Ton beau visage, auréolé de boucles blondes, tu souris à la ronde.

Ton regard cherche une âme disponible, pour te connecter et te sentir intégrée.

Anne et Dominique sont là pour te faire entrer dans la grande famille du collège Septentrion.

Tes yeux s'éclairent, ton joli sourire répond : merci ! Et nous sommes enchantées.

Bienvenue à toi, Lorraine. Nous serons à tes côtés, pour t'épauler, au quotidien jusqu'au jour où tu sentiras que tu fais partie de la grande famille et voleras de tes propres ailes.

À partir de maintenant, nous serons « LES TROIS INSÉPARABLES ».

BIENVENUE DANS NOS VIES, BIENVENUE DANS NOTRE COLLÈGE.

ANNE & DOMINIQUE »

Lorraine sentit les larmes lui monter au visage. Était-il possible de rencontrer, en si peu de temps, des collègues aussi épatantes ! Elle les embrassa chaleureusement avant de se diriger vers la cuisine. Elle en rapporta la bouteille de vin blanc et trois verres et proposa un toast :

— Je bois à mes nouvelles collègues, aux trois inséparables !

— Aux trois inséparables, répétèrent Anne et Dominique.

— Installez-vous les filles, je ramène les plateaux.

— Tu as besoin d'aide, demanda Anne ?

— Si tu veux, tu peux débarrasser la table du salon et m'aider à déposer les plateaux. J'ai fait simple : quelques amuse-bouches chauds et des plateaux de toasts.

— C'est super, affirma Dominique. Après, tu nous fais faire le tour de ton appartement.

— Promis ! Mais pour le moment, mangeons et buvons, à notre heureuse rencontre. Je veux tout savoir de vous, d'où vous venez, où vous vivez, si vous avez un petit ami, absolument tout, annonça Lorraine.

Elle apprit, ainsi, que sa collègue d'anglais, Anne était âgée de vingt-cinq ans, qu'elle vivait à Calais.

Elle occupait le poste de professeure d'anglais pour la troisième année consécutive et travaillait comme contractuelle. Elle ne souhaitait pas préparer sa titularisation et prévoyait de changer de branche d'activité en cas de non-nomination. Elle pouvait travailler dans un syndicat d'initiative, comme interprète ou encore comme guide touristique. En attendant, elle profitait de sa qualité d'enseignante pour travailler au contact des jeunes, tout en pensant à ses loisirs. Elle adorait voyager et envisageait d'accompagner Lorraine, chez elle, lors des vacances scolaires, pour découvrir l'Est de la France. Elle n'était pas mariée, ni pacsée et n'avait pas de petit ami, pour l'heure, n'ayant rencontré aucun jeune homme suffisamment intéressant, pour le moment.

Dominique venait de franchir la trentaine. Son parcours était très différent puisqu'elle avait vécu trois ans en couple avec un pharmacien avec lequel elle avait rompu il y a tout juste six mois, car il l'avait trompée lors d'un voyage d'affaires. Il affirmait que ce n'était qu'une passade et qu'il tenait à elle, mais Dominique n'acceptait pas qu'on la salisse. Elle avait récupéré ses affaires pour retourner vivre dans son appartement à Bray-Dunes, qu'elle avait, fort heureusement gardé. Elle travaillait dans l'établissement depuis cinq ans déjà et avait obtenu son statut de fonctionnaire. Elle n'avait pas eu d'enfant de sa relation avec Laurent, et s'en félicitait. Elle n'envisageait pas de se remettre en couple de sitôt et profitait de son célibat retrouvé pour se faire plaisir. Elle partageait de nombreux loisirs avec Anne : yoga, sorties en discothèque, marche, natation. Elle se réjouissait, tout comme Anne, d'intégrer une nouvelle venue dans leur duo, qui devenait ainsi un trio. Toutes deux comptaient faire découvrir Bray-Dunes à Lorraine et l'intégrer dans leur vie.

* * *

Mardi, les premiers cours débutèrent et Lorraine accueillit sa classe de sixième A. Elle leur fit remplir une fiche d'identité afin de mieux connaître chaque élève avant de démarrer son premier cours qu'elle avait préparé avec beaucoup de soin. L'heure se passa sans encombre, et c'est, rassurée, qu'elle rejoignit la salle des professeurs. Elle avait une heure de libre avant son prochain cours et voulait en profiter pour faire des tirages et se rendre à la bibliothèque.

Chaque soir, Sophie l'appelait pour prendre des nouvelles. Elle fut très heureuse d'apprendre que Lorraine s'était fait des amies et que tout se passait au mieux, durant ses cours.

Lorraine lui expliqua que pour le moment, elle ne comptait pas rentrer les week-ends parce qu'elle voulait s'avancer dans son travail. Elle lui confirma que tout allait bien et qu'elle s'habituait à sa nouvelle vie.

* * *

Elle fut de retour, à la maison, pour les vacances de Toussaint et retrouva avec bonheur ses amis. Ils lui manquaient, de même que ses parents. Elle profita de ses journées de repos pour faire le plein d'énergie, avant de rejoindre Bray-Dunes. Anne et Dominique lui envoyaient des textos régulièrement et gardaient le contact.

En décembre, elle dut prendre huit jours d'arrêt maladie pour une mauvaise bronchite. Dans le Nord, un vent très froid soufflait, surtout proche de la mer et elle avait contracté une mauvaise toux. Fabien avait fait la route pour venir la rejoindre et s'occuper d'elle.

Il faisait les courses et réchauffait les petits plats que Sophie avait préparés pour leur fille. Anne et Dominique l'appelèrent régulièrement pour prendre des nouvelles. Cela lui faisait du bien d'avoir son père à ses côtés, pour la choyer et l'aider au quotidien.

Il restait quinze jours avant les vacances de Noël et elle avait hâte de rentrer chez elle. Elle avait sympathisé avec l'équipe pédagogique et savait tenir ses classes mais la grisaille, le vent, le mauvais temps qui régnaient ici, la déprimaient.

Après les conseils de classe et le repas de Noël organisé par le chef d'établissement, elle prit congé de ses collègues et retourna chez elle. Lorraine se demandait combien d'années elle serait obligée de vivre, loin des siens, avant de pouvoir enseigner près de chez elle…

* * *

Quand le beau temps s'installa sur Bray-Dunes, le moral de Lorraine remonta en flèche. L'année scolaire était déjà bien entamée et son travail lui plaisait. Anne et Dominique l'avaient entraînée dans leur sillage. Elle connaissait, à présent, fort bien, sa nouvelle ville pour laquelle elle s'était documentée à la bibliothèque.

Elle apprit que Bray-Dunes comptait à l'époque environ quatre-mille-six-cent-cinquante habitants : les Bray-Dunois, pour une superficie de huit virgule cinquante-sept kilomètres carrés. La commune dépend du canton de Dunkerque-Est. Bray-Dunes est située dans le département du Nord de la France, à la croisée des chemins entre la mer du Nord et la frontière Belge. La première grande ville située à dix kms de Bray-Dunes est Dunkerque, puis De Panne en Belgique à huit kms.

Le climat de la ville est tempéré, océanique. La météo y est très contrastée ce qui explique la diversité de son climat et la vitesse avec laquelle, le temps change.

Lorsque le flux est d'ouest, on note des dépressions venues de l'océan Atlantique avec un vent fort, des tempêtes, des pluies, une humidité importante, un ciel gris, menaçant.

Quand le flux est de nord, la masse d'air est glaciale, descendue directement du pôle Nord, amenant neige et grêle.

Le flux d'Est ramène un air froid venu de Russie, rendant les températures glaciales.

Enfin, quand le flux est de Sud, les masses d'air qui ont traversé la France sont réchauffées en été et refroidies en hiver.

Durant la période estivale, les températures peuvent être caniculaires, avec des orages parfois violents. De quoi perturber Lorraine qui vient d'une région du même nom.

Bray-Dunes est très touristique avec ses plages et ses dunes. Chaque année, la ville organise un Festival des Folklores du monde, Festival de danse, chant, musique.

Bray-Dunes a subi les assauts de l'eau, venue de la mer qui en a fait un endroit marécageux et insalubre jusqu'au moment où un drainage en canaux a fini par prendre le dessus.

L'extension du chemin de fer a rendu finalement Bray-Dunes très attrayante pour les touristes. La construction de la digue de neuf-cents mètres permet la construction.

À Bray-Dunes, enfin, on peut visiter, notamment, le circuit de la dune du Perroquet, la réserve naturelle de la Dune Marchande, les dix kilomètres de plage de sable fin, le Marché des Terroirs et des Traditions.

Les collègues de Lorraine lui firent découvrir, tout au long de l'année, les beautés de Bray-Dunes, les plages de sable fin, les bons restaurants, les endroits branchés, les centres de loisirs, ce qui lui permit de mener à bien une année scolaire enrichissante.

Durant les congés d'été, ses deux collègues la rejoignirent dans l'Est de la France pour découvrir une nouvelle région. Lorraine organisa un circuit afin de faire vivre des moments forts à Anne et Dominique. Elles visitèrent les Vosges, l'Alsace, les coins touristiques tels que le Mont Saint-Odile, la ville de Colmar appelée « La petite Venise », le château du Haut-Koenigsbourg, Amnéville et ses thermes. Elles firent un détour par l'Allemagne pour découvrir Sarrebruck, avant de les emmener à Strasbourg où se trouve le Parlement Européen, puis Nancy avec la Place Stanislas dorée… Elles repartirent, les yeux pleins d'étoiles.

Après le départ d'Anne et Dominique, Lorraine prépara ses valises pour accompagner ses parents en voyage. L'année scolaire avait été longue et même si son père venait souvent la voir à Bray-Dunes, ils lui manquaient tous les deux. Ils avaient choisi de se ressourcer en Espagne durant quinze jours, profitant d'un hôtel luxueux, d'un ciel sans nuages, d'une mer calme et limpide. Lorraine retrouva le côté taquin de son père qu'elle aimait tant. Ils s'amusaient dans la piscine, se coulaient mutuellement, s'aspergeaient d'eau. Les longues balades en bord de mer furent bénéfiques pour retrouver le calme, après une année scolaire fatigante.

Lors des repas, ils parlèrent de l'avenir de Lorraine. Fabien voulait savoir si Lorraine comptait prochainement faire une demande de mutation ? Elle lui expliqua qu'elle avait, pour le moment, très peu de chances de revenir dans l'Est, étant célibataire, sans enfants. Par rapport à d'autres collègues de son âge, elle ne bénéficiait pas de suffisamment de points pour prétendre à une mutation.

Il lui faudrait, sans doute, attendre encore trois ou quatre années supplémentaires, avant le retour au pays.

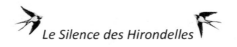

Le Silence des Hirondelles

Chapitre 6

Une nouvelle année scolaire débuta pour Lorraine et elle retrouva, avec bonheur ses deux collègues. Elle se sentait, à présent, totalement intégrée au collège du Septentrion et s'y rendait, le cœur léger. Son appartement lui plaisait, c'était son cocon, décoré avec goût, son havre de paix, au centre duquel elle s'adonnait à la peinture. Elle avait réussi deux très belles toiles représentant Bray-Dunes, au soleil d'été, puis avec une mer déchaînée, en période automnale. Ses deux premiers tableaux étaient encadrés et donnaient une note chaude à son appartement. Anne et Dominique lui avaient assuré qu'elle avait beaucoup de talent et qu'elle devait persévérer pour qu'un jour, ses toiles soient exposées lors de vernissages.

Cette année, Lorraine envisageait néanmoins de demander sa mutation pour retourner au pays. Elle s'était intégrée, ici, il est vrai, mais sa famille, ses amis et même la région lui manquaient. Elle se sentait toujours, déracinée et n'envisageait pas de rester sur place, durant toute sa carrière.

C'est avec une immense joie, qu'elle retourna dans l'Est, pour les congés de Noël.

Elle n'était pas remontée pour les vacances de Toussaint, ses parents l'ayant rejointe à Bray-Dunes pendant quelques jours. Les fêtes de famille la confortèrent encore davantage dans son souhait de revenir définitivement auprès des siens. Pour couronner le tout, elle fit une rencontre très sympathique le jour du Nouvel An. Jordan et Maélis avaient organisé une fête chez eux et des amis y étaient conviés. La soirée avait pour thème : « Nouvel An aux temps des rois » et chacun devait porter un déguisement de l'époque. Lorraine se déguisa en Marie-Antoinette et fut accueillie avec des sifflements admiratifs. Lors de la soirée, un copain de Jordan faisait office de *DJ* et l'ambiance était festive à souhait. À minuit, les masques devaient être retirés, mais avant cela, les vingt invités, devaient jouer le jeu de l'incognito.

Lors d'une série de slows, les lumières furent tamisées et Louis XIV, ou plutôt, son sosie, vint inviter Lorraine à danser. Il était grand et bien bâti et portait fièrement la perruque. De beaux yeux marron et un sourire éblouissant faisaient battre le cœur de Lorraine, à tout rompre. Que lui arrivait-il ? Était-ce le costume qui l'impressionnait ou plutôt les beaux yeux noisette, du roi ? De plus, il dansait divinement bien et son parfum envoûtant lui montait à la tête. Lorraine ne le connaissait pas, elle en était certaine. Elle ne l'avait jamais rencontré, auparavant et se demandait qui pouvait être ce jeune homme ? Était-il en couple ? Quel âge pouvait-il avoir ?

Elle se posait encore des questions, quand la musique cessa. Les lumières furent rallumées et des airs de Disco suivirent, séparant les couples. Lorraine partit au bar, se servir un verre de vin blanc. Elle était toute retournée, par cette simple série de musique langoureuse. Elle chercha le roi, des yeux mais ne le vit nulle part. Elle devrait attendre minuit, pour en savoir plus.

Après la dernière série de disco, tous les convives s'installèrent autour de la grande table, dressée pour l'occasion. Son partenaire de danse discutait avec une jolie soubrette qui riait ouvertement de la conversation que lui tenait son voisin de table. Lorraine en fut un peu jalouse et s'en voulut, immédiatement. Après tout, son danseur était peut-être déjà en couple, et l'avait invitée, par pur hasard, à danser. Elle décida de profiter du repas et partagea des conversations et fous-rires avec Emma et Fanny dont elle connaissait le déguisement. Emma incarnait l'impératrice Sissi, alors que Fanny avait choisi d'être Catherine De Médicis.

La soirée se déroula dans la joie et la bonne humeur. Lorraine se sentait bien, de retour chez elle et la présence de ses amis lui emplissait le cœur d'une joie nouvelle, la confortant dans son désir de demander sa mutation. Le *DJ* invita, enfin, tout le monde à prendre son verre en mains, minuit allant sonner dans quelques instants. Ils comptèrent, tous ensemble :

10 -9 -8 -7 -6 -5 -4 -3 -2 -1, Bonne Année ! Les embrassades commencèrent et les meilleurs vœux pour la nouvelle année, suivirent. Louis XIV vint à sa rencontre et elle sentit ses jambes flageoler. D'une voix suave, il glissa deux bises prononcées sur ses joues rosies par l'émotion et lui glissa à l'oreille :

— Bonne et heureuse année, belle Marie-Antoinette.

— Merci, bredouilla Lorraine. Bonne année, à vous également.

— Et maintenant, à bas les masques, s'écria le *DJ*.

Les masques tombèrent, les perruques glissèrent et bientôt, il ne resta que les beaux costumes. Lorraine se dirigea vers Jordan pour lui demander qui était ce fameux roi Louis.

— Jordan, dis-moi, c'est qui l'homme au bout du comptoir, avec les cheveux blonds ?

— Ah Ha ! Je te reconnais, là, Lorraine. Toujours à l'affût de nouvelles connaissances !

— Non, c'est juste que, je ne le connais pas. Je ne l'ai jamais vu auparavant et je me demandais si c'était un de tes amis ?

— En fait, c'est le frère de Maélis.

— Oh, d'accord ! J'ignorais qu'elle avait un frère.

— Viens ! Je vais te le présenter.

— Non, arrête Jordan. Je ne suis pas intéressée.

— Comme tu veux. Mais si tu changes d'avis, n'hésites pas !

— Promis ! répondit Lorraine très incertaine.

La soirée se poursuivit entre discussions, danses et petits plats. Lorraine se tourna pour prendre un verre de champagne et se heurta malencontreusement à la personne qui se trouvait juste derrière elle. Elle empêcha, de justesse, son verre, de se déverser sur son voisin et se tourna pour s'excuser. Elle se retrouva nez à nez avec son bel inconnu.

— Je vous pardonne, à condition que vous m'accordiez la prochaine danse.

Une nouvelle série de slows venait de commencer et elle ne savait comment échapper à son bel inconnu. Elle chercha une excuse, bafouilla, avant de répondre :

— Une autre fois, merci.

Mais elle n'eut pas le temps d'en dire plus qu'elle se trouvait déjà dans les bras de son danseur. Les lumières baissèrent et le parfum envoûtant de son partenaire la laissa, une fois de plus, pantelante. Elle glissa sur la piste, se laissant porter par la musique, le visage enfoui dans le cou de son charmant compagnon.

— Comment vous vous appelez ?

— Lorraine, bredouilla-t-elle d'une toute petite voix.

— Enchanté, dans ce cas Lorraine. Moi c'est Damien.

Damien, quel beau prénom, pensa-t-elle ! *Un beau prénom pour un homme plein de charme.*

Elle adorait ses boucles blondes, son nez volontaire, la profondeur de ses yeux noisette et la petite fossette qui se formait sur sa joue quand il souriait. Elle devenait totalement gâteuse, face à cet homme. Cela ne lui était jamais arrivé. Elle se rassurait en se convainquant qu'il ne s'agissait que d'une attirance physique, rien d'autre. Il était normal de tomber sous le charme d'un bel homme, qui sent divinement bon et qui sait parler aux femmes. Demain, tout rentrerait dans l'ordre, et d'ici quelques jours, elle serait de retour à Bray-Dunes.

— Vous êtes une amie de Maélis ?

— Plutôt de Jordan, en fait.

— Moi, je suis le frère de Maélis. Je suis enchanté de faire votre connaissance.

— Moi de même, affirma Lorraine.

— Si nous prenions un verre, ensemble, après le slow, pour discuter ?

— Si vous voulez, accepta Lorraine.

Sa curiosité prenait le dessus, comme toujours et même si elle ne comptait pas revoir Damien, il était intéressant d'en savoir un peu plus sur lui.

Il l'accompagna au bar, se saisit de deux coupes de champagne et l'invita à le suivre sous la véranda. Elle le suivit, tout excitée par ce qui lui arrivait. Ils s'installèrent confortablement et Damien porta un toast :

— Je lève mon verre à notre belle rencontre.

— À notre rencontre, répéta Lorraine.

— Donc, très chère Lorraine, parlez-moi de vous ?

— Je préfère vous écouter, pour le moment, affirma Lorraine.

— Dans ce cas, que voulez-vous savoir ?

— Qui vous-êtes, ce que vous faites dans la vie, si vous avez une épouse ou une petite amie, la routine quoi !

— C'est un interrogatoire en bonne et due forme, dites-moi ! Mais je vais me plier, à vos désirs, jolie demoiselle, répondit Damien en riant.

Donc, comme je vous le disais, tout à l'heure, je suis le grand frère de Maélis, j'ai trente-quatre ans et je suis divorcé, depuis six mois. Je travaille dans les assurances et mon portefeuille clients me permet de bien gagner ma vie. J'ai ma propre maison et je suis libre comme l'air. A votre tour, à présent.

— Je m'appelle Lorraine et je suis une amie de Jordan. Je suis professeure de français…

— Professeure de français ! Attention ! Je n'ai plus qu'à bien me tenir, dans ce cas.

— N'importe quoi !

— Je plaisantais ! affirma Damien. Vous enseignez dans quel établissement ?

— Au collège du Septentrion à Bray-Dunes.

— Vous êtes sérieuse ?

— Tout ce qu'il y a de plus sérieuse, pourquoi ?

— Donc vous êtes là pour les vacances, si je comprends bien ?

— Tout à fait et je repars dans deux jours.

— C'est du direct, ça, au moins !

— Je suis toujours directe, autant l'annoncer tout de suite.

— J'aime les femmes qui ont du caractère, affirma Damien. Et vous avez un partenaire, à Bray-Dunes ?

— Pas pour le moment, confirma Lorraine.

— Dans ce cas, cela vous dirait qu'on se revoie ?

— Cela me semble légèrement compromis, étant donné que je dois repartir dans peu de temps.

— Demain, vous êtes libre ?

— Oui, pourquoi ?

— Je vous propose de passer la journée en ma compagnie. Si je vous ennuie ou si je vous agace, je promets de vous laisser vivre votre vie, sans plus donner de mes nouvelles.

— Cela me paraît être un bon compromis.

— Je peux passer vous prendre chez vous ?

— Je préfère venir vous rejoindre.

— Bien, bien, mademoiselle sait ce qu'elle veut. Dans ce cas, je vous propose de me retrouver sur le parking de la piscine à Forbach. Je vous emmènerai manger dans un bon restaurant à Sarrebruck.

— D'accord ! À quelle heure, voulez-vous que je vous rejoigne ?

— Disons pour midi.

— Parfait pour demain midi, accepta Lorraine.

La soirée se poursuivit jusqu'à quatre heures du matin avant que tous les convives ne rentrent chez eux ou décident de s'allonger sur le canapé ou dans la chambre d'amis. Lorraine avait passé un excellent nouvel an et se réjouissait, secrètement, de son rendez-vous du lendemain. Elle prit congé de ses amis, les remerciant pour cette belle soirée et promit de donner régulièrement des nouvelles. Damien lui fit un baisemain avant de la raccompagner jusqu'à sa voiture :

— À tout à l'heure, belle inconnue.

— À tout à l'heure, répondit Lorraine en riant.

Elle conduisit lentement, comme sur un nuage. Elle avait l'impression que sa Clio prenait la route du retour, sans être guidée, conduisant dans un état second, le sourire aux lèvres.

Elle dormit profondément, d'un sommeil plein de rêves de rois et reines, en belles tenues, qui valsaient sur un air de Johann Strauss.

Chapitre 7

Garée sur le parking de la piscine, Lorraine vérifiait les véhicules déjà stationnés. Elle avait oublié de demander à Damien, quelle voiture il conduisait.

— Vous cherchez quelqu'un ?

Lorraine poussa un cri, avant de se retourner, le cœur battant. Damien se trouvait juste derrière elle. Elle en frissonna. Il lui avait fait la peur de sa vie.

— Vous ne pouvez pas arriver normalement ? hurla-t-elle, encore sous le coup de la frayeur.

— Je suis désolé. Je ne voulais pas vous effrayer. Je vous ai vue arriver et je suis simplement venu vous rejoindre.

— À pas de loup, sans prévenir !

— C'est vrai que j'aurai pu vous appeler. Vous me pardonnez ?

— J'ai presque envie de retourner chez moi, pesta Lorraine.

— Vous avez un caractère volcanique, dites donc ! Je vous ai présenté des excuses, que voulez-vous de plus ?

— Rien, je ne veux rien, justement. Je me demande d'ailleurs pourquoi je suis venue. Je vais retourner chez moi. Oubliez-moi et restons-en là, voulez-vous ?

— Non, je refuse d'en rester là, répliqua Damien. J'ai réservé une table pour deux et je vous emmène déjeuner comme convenu. Après, vous pourrez décider.

Lorraine se ressaisit et accepta l'invitation, encore très en colère. Elle se décida à suivre Damien qui l'invita à prendre place dans sa BMV noire. Elle dut reconnaître qu'il avait du goût en ce qui concerne les voitures. Elle s'installa confortablement dans son siège en cuir et resta silencieuse tout le long du trajet, observant la route devant elle. Damien la trouvait de plus en plus séduisante et son caractère bien trempé ne lui faisait pas peur. Il gara sa BMV sur une place de parking et se hâta d'ouvrir la porte à Lorraine, tout en lui tendant la main pour descendre du véhicule. Lorraine l'ignora et se glissa subtilement hors de l'habitacle :

— Vous êtes une forte tête, on dirait ? osa Damien.

— N'en rajoutez pas, voulez-vous et allons déjeuner pour en finir.

— Décidément, la chance n'est pas de mon côté, aujourd'hui.

— Je le crains, confirma Lorraine.

Ils se dirigèrent vers le restaurant grec que Damien avait choisi pour leur premier tête-à-tête et peut-être le dernier, si la situation continuait à s'envenimer de la sorte. Damien poussa la porte et ils furent chaleureusement accueillis par Leila qui les invita à la suivre jusqu'à leur table, réservée dans un petit coin romantique. Elle prit leurs vestes et leur apporta les cartes de menus.

— Toujours fâchée contre moi ?

— J'accepte de faire la paix si vous me promettez de ne plus me surprendre comme vous l'avez fait aujourd'hui ?

— Cela veut dire que vous accepteriez de me revoir ?

72

— Je n'ai pas dit cela mais juste que je vous pardonnais pour votre manque de tact.

— Bien. Si on reprenait depuis le début ? Vous avez choisi votre plat ?

— Oui, je vais opter pour le numéro 15.

— Bon choix. Je vais prendre la même chose. Leur plat de poissons grillés est un vrai délice. Vous prenez du blanc, ou du rosé ?

— Je vous laisse le choix du vin, je ne suis pas une grande connaisseuse, en la matière.

— Un apéritif ? demanda Leila, qui venait d'arriver avec son carnet de commande.

— Pour moi, un amer, et vous Lorraine ?

— Je vais prendre un verre de Kir, s'il vous plait.

— Et pour le menu, vous avez choisi ?

— Apportez-nous votre plat de poissons grillés Leila et un Pinot blanc.

— Tout de suite.

La serveuse emporta les cartes et partit préparer les apéritifs. Damien tentait de relancer la conversation mais il se sentait mal à l'aise. Son premier rendez-vous avec Lorraine avait mal commencé et cela le désolait, d'autant que son souhait était d'entamer une relation avec elle. Cette fille lui plaisait énormément, malgré son fort caractère. Ses belles boucles blondes tourbillonnaient autour de son doux visage quand elle se mettait en colère et ses yeux brillaient d'un éclat ardent, comme ceux d'un félin prêt à se jeter sur sa proie. Il n'allait pas abandonner la partie aussi facilement.

La serveuse revint avec les apéritifs et des mises en bouches. Il leva son verre :

— À notre premier rendez-vous, déclara-t-il.

— À notre premier et unique rendez-vous, poursuivit Lorraine.

— Là vous n'êtes pas juste, se plaignit Damien. Vous dites que vous me pardonnez mais en même temps, vous me condamnez !

— Je pense simplement que nous faisons fausse route, tous les deux, expliqua Lorraine.

— Laissons l'après-midi se dérouler, voulez-vous ? proposa Damien.

Leila apporta le vin pour que Damien le goûte. Il acquiesça, satisfait, et la serveuse remplit les deux verres.

Le repas fut délicieux ce qui rendit le sourire à Lorraine. De plus, avec son Kir et deux verres de vin blanc, elle avait à nouveau, le verbe facile.

— On mange très bien ici et le cadre est charmant, déclara-t-elle.

— C'est vrai, confirma Damien. J'y viens souvent, avec mes clients et je n'ai toujours eu que des compliments. De plus, la serveuse est parfaitement bilingue, ce qui ne gâche rien et facilite les échanges.

Un jeune passa la porte, un gros bouquet de roses dans les bras. Il passa de table en table afin de proposer ses fleurs aux nombreux couples qui déjeunaient. Quand il arriva à la hauteur de la table de Lorraine, Damien sortit deux billets de vingt euros et désigna d'un geste circulaire qu'il prenait tout le bouquet. Le vendeur le remercia chaleureusement avec un sourire, en joignant ses deux mains en guise de reconnaissance.

Lorraine, confuse, se mit à rougir et remercia Damien, toute penaude d'avoir été aussi agressive, auparavant.

— Vous n'auriez pas dû, commença-t-elle.

— Si, au contraire, répliqua Damien. Vous méritez ces roses et je vous les offre avec plaisir. Je ferais tout pour revenir en arrière et réparer ma piètre arrivée, sur ce parking, croyez-moi.

Lorraine baissa enfin sa garde et trouva qu'elle avait été un peu trop brusque avec Damien. Il l'invitait à manger et sous prétexte qu'il était arrivé, sans prévenir, elle l'avait fusillé du regard et agressé verbalement. Si elle adoptait toujours une pareille attitude, elle serait encore célibataire à quarante ans.

— Merci, dans ce cas, pour ce beau bouquet de roses. Votre attention est charmante.

— Merci, Lorraine. Attendez-moi un instant, je vais régler la note et nous pourrons nous promener dans la vieille ville.

Ils passèrent le reste de l'après-midi à se découvrir, à se raconter leur vécu, leurs vacances, leurs passions, tantôt en marchant dans les rues de Sarrebruck, tantôt devant un verre.

Damien souhaitait passer la soirée en compagnie de Lorraine, mais elle préférait rentrer. Demain, elle devait reprendre la route et retourner sur Bray-Dunes et elle voulait passer une nuit au calme et accorder quelques heures à ses parents.

Ils se quittèrent sur le fameux parking de la piscine et échangèrent leurs numéros de portable. Lorraine devait bien admettre que Damien avait une certaine classe. De plus, il n'abandonnait pas facilement et possédait des qualités qui ne la laissaient pas indifférente, comme la galanterie, la générosité…

Elle devait revenir d'ici six semaines, pour les vacances de février, et d'ici là, elle comptait se donner à fond à son travail. Elle était persuadée que d'ici quelques jours, Damien l'oublierait et que tout rentrerait dans l'ordre.

Après un dernier regard, les yeux dans les yeux, deux bises échangées rapidement et un « À bientôt, je te téléphonerai », de la part de Damien, ils rejoignirent leur voiture respective.

Sur le chemin du retour, Lorraine revivait la journée, dans sa tête. Elle avait apprécié d'être en compagnie d'un bel homme.

Cela faisait un moment, qu'elle n'avait pas eu de petit copain, ou de rendez-vous galant et cela lui manquait. Elle avait besoin de tendresse et voyait les années défiler les unes après les autres, sans avoir rencontré celui qui saurait être le compagnon de sa vie. Elle ne pensait pas que Damien puisse être celui qu'elle attendait, mais elle se rendait compte qu'elle venait de passer un moment fort agréable.

Damien, quant à lui, était totalement déboussolé. Une fille comme Lorraine, il n'en avait pas encore rencontré. Elle lui plaisait infiniment mais son caractère ne serait pas facile à dompter. Il aurait aimé avoir plus de temps pour mieux la connaître, pour réussir à l'apprivoiser, à la comprendre, à répondre à ses attentes. Mais pour l'heure, elle retournait enseigner dans le Nord de la France et cette coupure l'aiderait à réfléchir. S'il ressentait un manque, un besoin de lui parler, d'entendre sa voix, il poursuivrait la relation. En revanche, si l'attirance s'estompait avec la distance, il ne chercherait plus à la revoir. Divorcé depuis peu, il souffrait encore de sa rupture avec Isabelle, même si la séparation avait semblé être la meilleure solution pour tous les deux. La cassure de son couple lui avait laissé un goût amer et il n'était pas prêt à se relancer dans une relation à long terme. Les sentiments ne se commandent pas, et on ne change pas de partenaire comme on change de chemise, c'était du moins, sa devise. Il faisait partie de ces hommes, qui doivent aimer profondément une femme, pour pouvoir s'engager. Il n'avait rien vu venir, quand Isabelle lui avait annoncé qu'elle demandait le divorce.

Elle disait qu'ils n'avaient plus rien à se dire, tous les deux, que leur couple était devenu routinier et qu'elle avait besoin de piment, d'aventure. Lui se sentait bien dans leur petite vie de tous les jours et avait du mal à tourner la page. Sa rencontre avec Lorraine avait fait craquer tous ses préjugés. Il se sentait à nouveau vulnérable et capable d'aimer.

Elle lui redonnait envie de se battre pour un nouvel idéal. Se sentant revivre et désireux d'entreprendre de nouveaux projets, il osa croire, à nouveau, à l'amour. Mais il n'avait pas dévoilé toute sa vie à Lorraine, de peur de la faire fuir, pour de bon. De toute façon, il était trop tôt pour révéler toute la vérité…

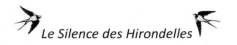 *Le Silence des Hirondelles*

Chapitre 8

Lorraine retourna sur Bray-Dunes avec le froid et la grisaille. Elle commençait à en avoir assez de la route à faire et envisageait de passer l'année scolaire dans le Nord, durant la période hivernale, si elle n'obtenait pas la mutation souhaitée. Elle retournerait voir les siens à la belle saison.

La vie reprit son cours et Lorraine se replongea assidument dans le travail. Très occupée, entre ses cours, la préparation des contrôles, les nombreuses corrections et la gestion de l'équipe pédagogique dont elle était le professeur principal, les semaines défilèrent.

Elle fut très surprise, au bout de trois semaines, de recevoir un message sur son portable, provenant de Damien. Il ne l'avait pas contactée jusque-là, et elle avait fini par oublier totalement son existence. Elle ouvrit le message :

« Bonjour, oh ma reine ! Le roi est désolé de vous avoir abandonnée aussi longtemps, mais il compte bien se rattraper. Lorraine, je peux t'appeler, ce soir, disons vers 20 h 00 ? »

Elle relut le message, en souriant, mais sans trop savoir si elle avait réellement envie de l'entendre.

Par politesse et parce que les soirées étaient longues, elle accepta et lui renvoya un message en retour :

« Bonjour Damien. Tu peux m'appeler ce soir, si tu veux. »

La réponse ne tarda pas :

« Merci, votre Majesté, je serai ponctuel ! À ce soir, Lorraine. »

Elle sourit, une fois de plus en lisant son message. Son humour lui plaisait. Elle ne pensait pas qu'il la relancerait, après autant de semaines de silence et se demandait ce qu'il allait bien pouvoir lui raconter.

A 20 h 00 précises, son portable se mit à sonner et à vibrer en même temps. Elle sursauta, avant de répondre :

— Allo !

— Bonsoir Lorraine.

— Bonsoir Damien.

— Je voulais tout d'abord te demander de m'excuser pour ne pas t'avoir appelée plus tôt.

— Il n'y avait aucune obligation de ta part, de me recontacter. Je suis d'ailleurs, très étonnée que tu le fasses.

— Vraiment ? Moi qui craignais que tu m'en veuilles parce que je ne t'avais pas encore recontactée.

— Ecoute, on a passé un super moment ensemble et maintenant, chacun de nous doit faire face à ses responsabilités. Moi j'enseigne à des kilomètres de l'endroit où tu vis et je vois mal comment nous pouvons garder le contact.

— On peut déjà apprendre à se connaître et de toute façon, tu reviens pour les congés scolaires.

— Tu sais, aussi longtemps que je n'ai pas obtenu de mutation, je préfère ne pas entamer de relation à distance. Je pense que c'est voué à l'échec, de toute façon.

— Je peux t'appeler de temps en temps, pour discuter, et aux prochaines vacances, on avisera, qu'en penses-tu ?

— Pourquoi pas ! Discuter ne peut pas nous faire de mal, après tout.

— Tu comptes revenir dans l'Est de la France ?

— J'y pense de plus en plus, oui. Mais obtenir une mutation, en étant célibataire, s'est courir après une chimère.

— Qui ne tente rien, n'obtient rien. Tu peux toujours remplir un dossier et l'avenir en décidera.

— C'est ce que j'ai prévu, de toute façon. J'ai beau m'être intégrée ici, mais mes amis et ma famille me manquent. Je me sens déracinée.

— Je te propose de t'appeler régulièrement, dans ce cas. On pourra se raconter nos journées et cela nous rapprochera.

— C'est une bonne idée. Je te laisse commencer. Comment s'est déroulée ta journée ?

— Alors, aujourd'hui, j'ai signé un nouveau contrat avec un gros client qui possède plusieurs bijouteries sur Metz et les environs. Il avait besoin d'une assurance plus performante, avec tous les cambriolages et braquages qui ont lieu en ce moment. Ensuite, j'ai déjeuné avec un ancien client qui possède une compagnie de transports et l'après-midi, j'ai fait de la paperasse au bureau. Et toi, ta journée s'est bien passée ?

— Oui, sans surprise. J'avais deux heures de cours ce matin et trois l'après-midi. J'ai déjeuné à la cantine avec mes deux collègues et amies. Entre temps, j'ai corrigé des copies et préparé mes cours pour demain avant de m'arrêter dans une supérette pour me nourrir. Comme tu peux le voir, rien de bien excitant.

— La routine, en sorte. Que fais-tu, quand tu te retrouves seule, le soir ?

— Je me détends en prenant un bon bain chaud ou je me plonge dans un bon roman, bien emmitouflée dans ma couette. Je peins également.

— Artiste, avec ça ! Quel genre de tableaux tu peins ?

— Essentiellement des paysages. J'aime la nature, capturer les couleurs, les jeux de lumière quand le soleil se couche.

— Il faudra que tu me montres tes réalisations, quand tu reviendras pour les vacances.

— Si tu veux. J'ai mes toiles en photo sur mon ordinateur. Et toi, quand tu as du temps libre, tu fais quoi ?

— Il faut dire qu'avec mon métier, j'ai très peu de temps libre, entre la visite des clients, la recherche de nouveaux assurés et toute la paperasse.

— Ne me dis pas que tu n'as pas de loisirs ?

— À mes heures perdues, je lis également, je fais mon jogging chaque matin, j'aime voyager.

— Quels pays tu as déjà eu l'occasion de visiter ?

— J'ai fait l'Espagne, la Grèce, l'Andalousie, l'Italie, le Portugal, la France également, entre autres.

— Là, c'est toi qui devras me montrer les photos.

— Avec plaisir !

Ils discutèrent ainsi une bonne heure, sautant d'un sujet à l'autre, avant de se quitter en se promettant de se rappeler dès le lendemain soir.

Lorraine était contente de sa conversation avec Damien. Ils avaient abordé toutes sortes de sujets et la solitude ne lui avait pas pesé ce soir. Dans la journée, le temps filait à grande vitesse, mais dès que le soir tombait, elle se sentait seule, vulnérable et nostalgique.

Le Silence des Hirondelles

Damien l'appela régulièrement et ils partagèrent de bons moments ensemble, apprenant à se découvrir, riant d'anecdotes racontées de part et d'autre. Ils étaient devenus amis et au téléphone, ils se comprenaient mieux. Il n'y avait pas de tension entre eux, pas de jeu de séduction, pas d'ambiguïtés. Ils passaient juste de bons moments ensemble à dialoguer, sans rien attendre d'autre.

 *Le Silence des Hirondelles*

Chapitre 9

Elle fut de retour pour les vacances de Carnaval, période qu'elle affectionnait tout particulièrement. C'était l'heure de la fête, de la musique, des déguisements, de la bonne humeur. C'était aussi l'occasion de bouger avec son groupe d'amis.

Mais cette année, les choses furent différentes, car Damien voulut la voir, dès son retour. Elle avait aussi très envie de passer du temps en sa compagnie. Les nombreuses conversations qu'ils avaient échangées, l'incitaient à se rapprocher de lui. Elle aimait le timbre de sa voix et appréciait les fous rires qu'ils avaient quand Damien racontait des anecdotes. Elle avait appris à l'intégrer dans sa vie. Il faisait partie de son quotidien et elle attendait toujours, avec impatience, son coup de fil, sans vraiment s'expliquer pourquoi. Il l'aidait à rompre sa solitude, à se sentir vivante et joyeuse.

Il vint la chercher chez ses parents dès le lendemain de son retour. Il avait organisé sa journée pour la lui consacrer et prévenu le bureau qu'il ne fallait le joindre, qu'en cas d'extrême urgence. Il avait réservé des billets pour emmener Lorraine à la Villa Pompéi pour se prélasser dans des bains à bulles, dans une ambiance feutrée, avant de l'emmener dîner, sur Amnéville.

Les retrouvailles furent bizarres, pour Lorraine. Elle avait l'impression que la voix qui l'appelait au téléphone n'avait pas le même effet sur elle que la présence de Damien, en chair et en os. Damien lui avait demandé de préparer son maillot de bain, en vue de la sortie détente et elle était prête à l'accompagner. Ses parents se réjouissaient de la voir fréquenter un jeune homme. Ils la trouvaient bien trop sérieuse et solitaire, ces derniers temps et espéraient la voir heureuse, en couple.

Damien invita Lorraine à prendre place dans sa BMV et mit un fond musical avant de prendre la route.

— Je suis très heureux de te revoir Lorraine. Tu m'as beaucoup manqué.

— Mais on ne s'est vu qu'une fois, protesta Lorraine.

— Non, deux fois, tu oublies le restaurant ?

— C'est vrai, j'oubliais. Mais on ne peut pas manquer à quelqu'un qu'on n'a vu que deux fois, tout de même.

— Pourquoi ? Je ne t'ai pas manqué ?

— Je dois dire que j'ai beaucoup aimé entendre ta voix au téléphone, mais quand on est face à face, je ressens comme un malaise que je ne m'explique pas.

— Oh, j'en suis désolé. Dis-moi ce que je peux faire pour que tu te sentes à l'aise en ma compagnie.

— Je ne sais pas, en fait. Cela ne s'explique pas. Au téléphone, tu es juste une voix et je peux être naturelle, tu comprends ?

— Mais là aussi, tu peux être toi ! j'ai une idée ! Ferme les yeux quand tu me parles et tu me retrouveras exactement comme au téléphone.

— Pourquoi pas, après tout.

Elle ferma les yeux et laissa Damien conduire tout en l'écoutant.

La magie opéra immédiatement et elle retrouva son partenaire virtuel, avec bonheur. Ils discutèrent de choses et d'autres et bientôt, la voiture se gara sur le parking de la villa Pompéi. Damien lui ouvrit la portière et l'aida à sortir de voiture. Cette fois, elle lui tendit la main, à son grand bonheur. Lorraine devait bien reconnaître qu'il était bel homme et ne la laissait pas indifférente.

À l'entrée, Damien remit les deux billets qu'il avait achetés sur Internet et ils se dirigèrent vers les cabines et les douches. Après avoir enfilé les maillots et mis les sacs dans les casiers, ils se retrouvèrent sous la douche et se regardèrent, un peu gênés. Damien entraîna Lorraine jusqu'aux divers bassins et lui proposa de commencer par les bains à bulles. Ils enlevèrent leurs sorties de bain et les accrochèrent avant de se diriger, maladroitement vers les divers bassins. Ils s'enfoncèrent dans l'eau et bientôt les bulles détendirent leurs deux corps. Damien se rapprocha de Lorraine et lui passa le bras autour des épaules. Elle sentit un frémissement la gagner et se laissa envelopper par la volupté de leurs deux corps chauds qui se frôlaient. Elle ferma les yeux et se laissa envahir par une onde de douceur, Damien lui caressant tendrement les épaules, puis descendant lentement le long de son dos. Elle sentit tout son corps frémir au contact de sa peau et oublia, pendant un instant, que Damien n'était qu'un copain. La voyant détendue et consentante, Damien la prit dans ses bras et elle rouvrit brusquement les yeux, avant de s'échapper, un peu plus loin, dans le bassin. Son cœur s'était, soudain, mis à battre la chamade et elle ne comprenait pas ce qui lui arrivait. Elle s'était éloignée de Damien, par réflexe, mais tout son corps se tendait vers lui. Elle avait une folle envie de se blottir dans ses bras, de sentir sa peau contre la sienne et luttait contre le désir qui s'emparait d'elle. Damien devina son trouble et plongea son regard dans le sien.

Elle commença à trembler de tous ses membres et il vint la rejoindre pour la reprendre dans ses bras. Cette fois, elle ne se dégagea pas et se laissa subjuguer par la douceur qui l'enveloppait, tout entière. Cela faisait tellement longtemps qu'elle n'avait plus ressenti de telles sensations. Elle avait soudain très envie que Damien lui fasse l'amour, qu'il la caresse, qu'il la serre fort, tout contre lui. Elle décida de laisser parler son corps et s'abandonna aux bras de son nouveau partenaire. Elle avait tant besoin de tendresse, qu'elle ne pouvait résister. Pendant de longues minutes, ils se frottèrent sans retenue l'un à l'autre, sentant leurs corps l'un sur l'autre. Damien avait une érection, bien involontaire de sa part et ne pouvait sortir de l'eau alors que Lorraine se collait à lui, avec extase. Ils se caressèrent, discrètement, sentant leurs deux corps brûlants de désir, l'un contre l'autre. Jamais aucun des deux n'avait ressenti cela auparavant. Ils furent gênés de ce qui leur arrivait et se séparèrent un moment, tout en reprenant leur souffle. Autour d'eux, personne ne s'était douté de ce qui se passait sous l'eau, mais eux, avaient vécu l'extase et n'en revenaient pas. Ils passèrent deux heures à se dévorer du regard, à se frôler, à se toucher sous l'eau, sans pouvoir se rassasier pour autant. Quand ils quittèrent la Villa Pompéi, quelque chose entre eux avait changé. Sans dire un mot, Damien la prit par la main et l'emmena jusqu'à un petit hôtel. Il la regarda avec des yeux interrogateurs et elle accepta d'un petit geste de la tête de le suivre pour aller plus loin dans l'aventure. Ils montèrent à l'étage et Damien introduisit la clé dans la porte, tout en entraînant Lorraine dans la chambre. Ils se déshabillèrent à la hâte et leurs deux corps nus se rapprochèrent comme deux aimants. Ils haletaient, tant le désir les consumait. Damien souleva Lorraine dans ses bras et la déposa sur le lit d'un geste tendre.

— Que tu es belle Lorraine. Tu as un corps magnifique, fait pour le désir et le plaisir.

— Oh Damien, viens ! Fais-moi vibrer, possède-moi, fais-moi l'amour, j'ai hâte…

Ne pouvant résister plus longtemps, Damien s'approcha de sa douce compagne et commença par lui caresser son beau visage. Lorraine entrouvrit ses jambes mais Damien voulait y aller lentement, malgré le désir qui brûlait en lui. Il embrassa délicatement son cou, très doux, descendit lentement entre les deux seins, sans les toucher pour autant. Lorraine était au supplice et respirait très rapidement, se demandant quand Damien allait, enfin, la faire sienne. Il prit alors ses beaux seins entre les mains et les caressa doucement, tout en la regardant de ses yeux de braise.

— Damien, je t'en prie, prends-moi ! N'attends plus, s'il te plait.

— Doucement, ma toute belle. Je veux que tu goûtes au plaisir de mes caresses avant de sentir mon érection en toi.

— Mais c'est un vrai supplice que tu me fais subir.

— Non, juste une montée de plaisir conduisant jusqu'à l'extase.

Il reprit ses caresses, descendant lentement sur son ventre plat, introduisant sa langue dans son nombril, ce qui la fit frémir et hurler de désir. Il descendit alors plus bas et la caressa de ses doigts experts avant d'introduire sa langue dans son vagin. Lorraine poussa un cri et sentit un orgasme la parcourir, avant même que Damien ne la pénètre de son sexe.

— Tu triches ma douce colombe.

— Je n'ai pas pu résister plus longtemps, Damien.

Il s'approcha d'elle et l'embrassa, d'abord lentement, délicatement avant de la manger avec avidité, faisant renaître ainsi le désir chez Lorraine.

Il la regarda un cours instant avant de descendre jusqu'à son entre-jambe qu'il ouvrit avant de glisser son sexe profondément dans le corps de sa douce partenaire. Elle poussa un cri en sentant son sexe la pénétrer et accompagna le va-et-vient avec son corps. Damien commençait lentement, entrant puis se glissant hors de son corps pour revenir, plus fort, plus rapide jusqu'au moment où il fut incapable de retenir plus longtemps son désir et l'entraîna jusqu'à la jouissance ultime. Il attendit quelques minutes avant de se retirer et de s'allonger à côté de Lorraine, fou de désir et de bonheur. Il avait vécu des moments formidables avec son épouse mais une telle osmose, il ne l'avait pas encore connue et Lorraine se disait la même chose.

Ils se reposèrent un moment, dans les bras l'un de l'autre, puis prirent une douche ensemble, toujours collés l'un à l'autre, comme drogués par le contact de leur peau.

Ils terminèrent la soirée dans un restaurant indien, au grand plaisir de Lorraine qui adorait les plats exotiques. Ils mangeaient, assis, l'un en face de l'autre, se dévorant toujours du regard et incapables d'analyser ce qui venait de leur arriver. Ils ne pouvaient toujours pas parler et mangeaient en silence, appréciant la bonne chair après l'effort physique qu'ils venaient de faire. Ils terminèrent par un thé oriental, avant de quitter le restaurant, rassasiés.

Ils reprirent la route du retour, toujours dans le calme, une musique de fond pour détendre l'atmosphère. Etaient-ils, à présent, ensemble ? Et si tel était le cas, comment feraient-ils pour vivre leur relation, à distance ? Lorraine tournait et retournait la situation dans sa tête et se disait que leur relation ne serait jamais comme elle le souhaitait. Elle avait besoin d'un partenaire avec lequel elle puisse envisager un avenir, pour fonder un jour une famille.

Or, là, plus de cinq-cents kilomètres les séparaient et les vacances ne seraient pas suffisantes pour concrétiser leur union, elle en était bien consciente. Ils avaient répondu à l'appel de la chair, c'était une évidence et personne n'y pouvait rien. Cela leur avait fait du bien, à tous les deux, mais dans quelques jours, elle devrait retourner à son travail et le temps serait long jusqu'aux prochains congés. Elle en était là de ses pensées, quand Damien, prit enfin la parole.

— Lorraine, j'espère que je n'ai rien fait qui te déplaise ?

— Bien sûr que non, Damien !

— Pourquoi tu ne me parles pas, dans ce cas ?

— Toi non plus tu n'es pas très loquace, tu ne trouves pas ?

— Je n'arrivais pas à analyser tes sentiments et j'avais très peur que tu sois déçue.

— Pas du tout. Cela fait bien longtemps que je n'ai pas ressenti une telle communion de deux corps. C'était un pur moment de plaisir, je t'assure.

— Dans ce cas, me voilà rassuré. On se revoit demain ?

— Je ne sais pas trop Damien. Dans quelques jours je dois repartir et je pense sincèrement que nous n'avons répondu qu'à la pulsion de nos deux corps.

— Tu veux dire que tu ne ressens rien pour moi et que tu as fait l'amour pour te faire du bien ?

— Pas exactement ! J'en avais autant envie que toi et c'était magique. Mais mon travail ne me permet pas d'entretenir une relation stable pour le moment.

— Mais bientôt tu vas revenir pour les grandes vacances et nous aurons plus de temps pour nous deux. Après tu verras si ta mutation aboutit.

— Laisse-moi le temps d'y réfléchir, veux-tu ? Je reconnais volontiers que je suis très attirée par toi, mais je ne vois pas comment nous pourrions envisager l'avenir ensemble, toi et moi.

— Pourquoi tu me fais ça ! Tu sais que ma rupture me fait encore souffrir et tu voudrais, qu'après t'être donnée, toute à moi, je renonce à toi ? Mais je t'ai dans la peau Lorraine, tu comprends ! Tu es la première femme qui me donne envie de revivre, depuis mon divorce. Tu ne peux pas m'abandonner comme ça, pas après ce qu'on vient de vivre !

— Je vais y réfléchir, c'est promis. Je ne sais plus trop où j'en suis. Ce n'est pas avec des pulsions sexuelles, qu'on construit une vie à deux.

— C'est évident, mais la sexualité et l'entente font partie intégrante d'un couple. Sans harmonie dans ce domaine, la relation est vouée à l'échec.

— Sans doute mais restons-en là pour ce soir veux-tu ? Je t'appelle demain, c'est promis. Merci en tous cas pour cette excellente journée.

Ils venaient d'arriver devant chez Lorraine. Damien coupa le moteur, espérant encore la convaincre qu'ils étaient faits l'un pour l'autre, mais elle ouvrit la porte, lui caressa doucement le bras avant de lui souhaiter une bonne nuit.

Il était sous le choc et mit un moment avant de faire redémarrer son moteur. Il était allé trop vite en besogne et s'en voulait sérieusement. Il était désespéré par l'attitude de Lorraine et ne savait plus comment réagir. Il rentra chez lui, comme un automate et se glissa sous la couette, encore secoué par les paroles qu'elle venait de prononcer. Il était persuadé qu'elle avait les mêmes sentiments que lui et qu'elle avait vécu un moment de pure extase et ne comprenait pas pourquoi elle réagissait de la sorte.

C'était une fille étrange avec laquelle on ne savait jamais où on allait réellement. Elle était changeante et indécise et cela le déstabilisait totalement. Il décida d'attendre le lendemain. Peut-être qu'elle changerait d'avis et qu'une belle idylle naîtrait entre eux. La nuit porte conseil.

Lorraine n'appela pas le lendemain, ni d'ailleurs, le surlendemain. Elle était très partagée entre son désir de revoir Damien et le fait qu'elle recherchait une réelle stabilité dans une vie de couple. Sa situation professionnelle était encore trop incertaine pour lui permettre de prendre la bonne décision et Damien avait déjà souffert de sa rupture avec sa femme. Elle craignait que la distance qui les sépare, perturbe leur relation naissante et qu'une nouvelle rupture fragilise d'avantage Damien. Elle passa du temps avec ses parents, trop heureux de la gâter, pendant ses quelques jours de congé.

En fin de semaine, elle décida enfin d'envoyer un message à Damien.

« Bonjour Damien. Je te demande de m'excuser pour mon long silence, mais j'avais besoin de réfléchir. Si tu tiens toujours à me revoir, je veux bien qu'on se retrouve autour d'un verre. Appelle-moi et nous conviendrons d'un rendez-vous. Lorraine. »

Damien était irritable depuis plusieurs jours. Il ne comprenait pas l'attitude de Lorraine. Elle était pourtant consentante ! Elle ne lui avait donné aucune explication et il attendait impatiemment de ses nouvelles. Quand son portable émit enfin un Bing, annonçant l'arrivée d'un TEXTO, il hésita avant de le lire, le cœur battant. Il craignait que Lorraine ne le quitte définitivement. Il se décida, enfin, à prendre connaissance du message et les battements ralentirent aussitôt. Lorraine lui proposait un rendez-vous. Tout espoir n'était pas perdu.

Il souffla quelques instants, avant de composer le numéro de Lorraine. Il entendit la première sonnerie retentir et les battements de son cœur s'accélérèrent à nouveau. Une seconde sonnerie, puis une troisième et enfin, la voix de Lorraine se fit entendre :

— Bonjour Damien. C'est gentil de me rappeler aussi rapidement.

— C'est normal Lorraine. Je me demandais quand tu allais reprendre contact avec moi ?

— Je suis désolée de mon silence, mais j'avais réellement besoin de réfléchir.

— À quoi avais-tu besoin de réfléchir Lorraine ? Il me semblait que tu ressentais la même chose que moi ?

— Parlons-en autour d'un verre, tu veux bien ? Au téléphone, ce n'est pas la même chose. J'ai besoin que tu me rassures, tu comprends ?

— Quand puis-je venir te chercher ?

— Après ta journée de travail, ce sera parfait.

— J'ai encore un dernier rendez-vous qui ne devrait pas s'éterniser et je passe chez toi. Disons que je te retrouve pour 18 h 30 ?

— Ce sera parfait. À tout à l'heure.

— À tout à l'heure, Lorraine.

Ils raccrochèrent et attendirent fébrilement de pouvoir se retrouver. Lorraine était tombée sous le charme de Damien et fondait littéralement, en repensant à leurs ébats. Quant à Damien, il était persuadé d'avoir retrouvé son âme sœur. Il craignait cependant que Lorraine ne fuie en connaissant toute sa vie. Il ne lui avait pas tout raconté et appréhendait de le faire, pourtant, il faudrait qu'il lui parle tôt ou tard. Pour le moment, il souhaitait simplement la revoir et poursuivre leur relation. Il serait toujours temps de discuter pendant les grandes vacances, quand Lorraine se serait attachée à lui.

À 18 h 30 Lorraine sortait de chez elle, quand Damien gara sa BMW dans l'allée de la maison. Il descendit de voiture et tint la portière côté passager ouverte, pour que Lorraine puisse s'installer confortablement. Ils se frôlèrent au passage et fermèrent les yeux, ensemble, quelques instants. L'osmose était toujours la même entre eux. Lorraine s'installa, un peu mal à l'aise, et attendit que Damien prenne place au volant de sa belle voiture. Il lui jeta un regard de braise, avant de démarrer le véhicule. Il prit la direction de Metz et mit, comme toujours, une musique en sourdine, pour déstresser.

— Tu es très belle, Lorraine, commença Damien.

— Merci Damien. Tu n'es pas mal, non plus, répondit-elle en riant.

L'atmosphère se détendit immédiatement et ils entamèrent la discussion, sans plus attendre.

— Ecoute Damien, j'ai beaucoup réfléchi à nous deux et j'ai besoin de savoir où je vais. Je crains qu'une relation à distance, ne donne rien de concret.

— Pour le moment, nous ne pouvons pas encore parler de relation, Lorraine. Nous apprenons à nous connaître et plus tard, nous aviserons.

— Nous avons tout de même eu des rapports ensemble, ajouta Lorraine.

— C'est très fréquent, vois-tu, quand deux adultes consentants se plaisent. Il n'y a aucun mal à cela.

— Evidemment, mais je ne suis pas le genre de fille à coucher avec un inconnu, dès la troisième rencontre.

— Je ne suis pas un inconnu, Lorraine et je tiens à toi. Je souhaite apprendre à mieux te connaître et j'envisage du long terme, avec toi. Je ne suis pas un Don Juan qui séduit les filles et les laisse tomber par après, tu comprends ?

— Oui, bien sûr. Mais que se passera-t-il quand je serai repartie ? Nous ne nous verrons pas durant des semaines.

— Je t'appellerai régulièrement et de toute façon, les grandes vacances ne sont pas loin.

— Et si je n'obtiens pas ma mutation pour revenir dans l'Est ?

— Dans ce cas, nous aviserons. Il nous faudra un peu plus de temps pour vivre ensemble, voilà tout !

— Tu sembles avoir réponse à tout, s'insurgea Lorraine.

— Je n'ai pas réponse à tout mais j'ai très envie d'entamer une relation avec toi. Je suis différent et je ne mets pas autant de barrières que toi en place. Je laisse venir et je vis l'instant présent, et tu devrais en faire autant. Tu sais, même les choses soigneusement préparées et les situations parfaites, peuvent déraper. Peut-être que nous nous rendrons compte, finalement, que nous ne sommes pas faits l'un pour l'autre, mais si tel est le cas, il faut au moins se laisser une chance, tu ne penses pas ?

— Si, bien sûr. Je me sens bien avec toi, mais je ne veux pas te faire souffrir. Si notre relation n'est que sexuelle, elle peut s'épuiser avec le temps, tu ne penses pas ?

—Elle peut aussi nous réunir pour toujours Lorraine. Sois un peu positive, veux-tu ?

— D'accord, dans ce cas, puisque tu es prêt à prendre le risque, je suis partante.

Face à la réponse de Lorraine, Damien arrêta le véhicule sur le bas-côté, détacha sa ceinture de sécurité et embrassa Lorraine fougueusement.

— Merci, ma colombe, je suis sûr que tout va bien se passer entre nous. Tu verras !

Lorraine, encore surprise par le désir de Damien, resta scotchée à son siège avant de se détendre et d'éclater de rire.

— Tu es unique Damien, vraiment, tu es spécial !

— Merci, mon Amour ! Je prends cela pour un compliment. Je t'emmène manger un morceau et ensuite nous irons nous détendre, si tu es d'accord.

— J'en meurs d'envie, déclara Lorraine, un sourire espiègle aux lèvres.

Ils passèrent un moment fabuleux ensemble, parlant en même temps, faisant des projets ensemble, avant de rejoindre la petite chambre d'hôtel que Damien avait pris soin de réserver. Cette fois, ils ne passèrent pas aux préliminaires, trop affamés, l'un de l'autre. Ils se dévêtirent en hâte et jetèrent leurs vêtements pêle-mêle, avant de sauter ensemble dans le grand lit moelleux qui s'offrait à eux. Damien arriva sur Lorraine comme un félin sur sa proie et elle rit, amusée et tentée par ce qui allait se produire. Damien attrapa sa chevelure et lui tira la tête en arrière avant de l'embrasser à pleine bouche. Il prit ses deux seins dans ses mains et la pénétra sans ménagement. Elle hurla de plaisir et se scotcha à son amant, l'attirant à elle. Ils firent l'amour, rageusement, comme deux bêtes qui se dévorent, mais avec un plaisir infime. Ils étaient en transe et poussèrent, ensemble, un cri d'extase, quand un orgasme vint les secouer. *Dieu que c'était bon.* Ils roulèrent sur le côté, épuisés mais heureux et assouvis. Ils se regardèrent et éclatèrent de rire ensemble.

— Je crois bien que nous étions en manque, tous les deux, ma belle, avança Damien.

— Tu peux le dire. Je n'avais qu'une seule hâte, sentir ton corps brûlant sur le mien et ton sexe en moi.

— Arrête, sans quoi je vais devoir recommencer, petite impudente.

— Défi relevé, reviens, si tu peux encore !

— Tu crois que j'en ai déjà fini avec toi ! Détrompe-toi, cela ne fait que commencer...

Il se tourna vers elle et commença à la caresser, en débutant par ses yeux, sa bouche, son cou, ses adorables petites oreilles. Elle frémissait de bonheur et attendait la suite. Il descendit lentement jusqu'à sa belle poitrine et prit ses petits tétons dans sa bouche et la chatouilla avec sa langue. Elle en profita pour prendre son sexe entre ses doigts. Il était déjà dur et prêt à la prendre une nouvelle fois. Elle toucha délicatement son gland et Damien poussa un petit cri de bien-être.

— Arrête Bébé, tu vas me faire jouir avant l'heure

— Dans ce cas, dépêche-toi, mon cœur.

— J'arrive, attends un peu que j'arrive jusqu'à ton entre-jambe et tu verras que je sais te donner du plaisir.

Il embrassa son ventre, le creux de son nombril avant d'atteindre son sexe, humide. Il joua avec son clitoris et fit glisser sa langue sur ses grandes lèvres. Il l'entrouvrit et caressa ses petites lèvres avant d'en arriver à la pénétrer, d'abord doucement, avec un doigt, puis un second et enfin, il glissa son pénis en elle et elle se cambra de délice. Ils firent l'amour à plusieurs reprises, comme insatiables, avant de s'endormir l'un contre l'autre.

Il se réveilla le premier et embrassa tendrement Lorraine, qui ouvrit bientôt ses yeux et l'observa longuement.

— Viens, bébé, allons prendre une douche. Ensuite je te ramène chez toi. Tes parents vont s'inquiéter.

Elle s'étira et se leva lentement. Elle se sentait épuisée et avait besoin d'un bon café. Après la douche, ils s'arrêtèrent à un bar, pour un dernier verre pour Damien et un café pour Lorraine. Ils ne parlèrent pas, observant les couples autour d'eux.

Lequel de ces couples vivait la même osmose en faisant l'amour ? Il paraît que très peu de couples savent donner du plaisir à leur partenaire.

Damien ramena Lorraine chez elle et ils prirent rendez-vous pour le lendemain.

À partir de ce moment-là, ils passèrent le plus de temps possible ensemble et profitèrent de chaque instant, avant le départ de Lorraine pour Bray-Dunes.

Damien lui téléphona régulièrement et Lorraine en fut très heureuse. Elle ne ressentait plus la solitude et se sentait épanouie. Damien fit l'effort de passer deux week-ends, chez elle, prenant le train, pour éviter la fatigue de la route. Il arrivait le vendredi, en fin d'après-midi et repartait le lundi par le premier train. Il gérait son travail grâce à son ordinateur portable et sa secrétaire l'épaulait professionnellement.

Durant les grandes vacances, ils partirent quinze jours en Andalousie et leurs premières vacances furent très réussies. Ils se promenèrent des heures en bord de plage, s'amusèrent comme de jeunes enfants dans la piscine, profitèrent des excursions pour découvrir le pays, apprécièrent les buffets servis midi et soir, musardèrent au soleil, dansèrent le soir en discothèque. Ils pratiquèrent également de l'aquagym, du volley, jouèrent au loto avec les clients de l'hôtel et s'aimèrent sans retenue.

Damien devait, cependant, parler à Lorraine, sans plus tarder. Il choisit d'attendre leur retour à la maison, pour entamer la conversation qui lui tenait à cœur. Il appréhendait toujours d'avouer la vérité à Lorraine, mais il n'avait pas le choix.

Deux jours après leur retour, il invita Lorraine à prendre un verre chez lui, pour lui faire découvrir sa maison. Lorraine resta bouche bée en voyant la belle demeure qu'occupait Damien.

Construite sur deux niveaux, elle était entourée de bosquets colorés et de fleurs multicolores.

— C'est magnifique, s'exclama Lorraine.

— Je n'ai aucun mérite, tu sais, commença Damien. Nous avons fait venir un paysagiste et mon épouse a su entretenir le jardin.

— Elle a beaucoup de goût, c'est le moins que l'on puisse dire.

— C'est vrai qu'elle sait harmoniser les couleurs. Viens, suis-moi dans la maison, je dois te parler.

— Tu m'intrigues, Damien, déclara Lorraine, un peu inquiète.

Lorraine continua à admirer la demeure. Construite sur deux niveaux, on voyait de grandes baies vitrées faire le tour de la propriété. La maison était lumineuse et construite avec goût. Partout, des coins et des recoins faisaient de son architecture, une véritable œuvre d'art.

L'intérieur était meublé en noir et blanc. Tout était spacieux, aéré. La cuisine était conçue en « U », avec un îlot central, dans les tons beige et brun et s'ouvrait sur un grand salon-séjour. Un immense canapé d'angle noir trônait dans la pièce avec des coussins blancs pour rehausser le tout. Une petite table carrée en verre et une bibliothèque contenant de nombreux livres, terminaient l'ensemble. La salle à manger blanche se composait d'un meuble bas blanc avec des finitions noires, des chaises en cuir noir et une immense table carrée avec un plateau en verre pouvant recevoir au moins quinze personnes. Partout, des peintures modernes ornaient les murs et la décoration florale donnait une note colorée à l'ensemble. Lorraine ne s'imaginait pas Damien dans un tel cadre. Il l'invita à prendre place sur le canapé et lui proposa un verre.

— Lorraine, je peux te servir un verre ?

Elle ne répondit pas tout de suite, encore sous le coup de la surprise, lorsque Damien lui toucha l'épaule et réitéra son offre.

— Je te sers un verre ?

— Euh ! Oui, je veux bien un verre d'eau, merci Damien.

Il partit en cuisine avant de revenir avec deux verres, une carafe d'eau et des petits salés. Il posa le tout sur la table basse avant de s'installer à côté de Lorraine.

— Lorraine, je t'ai fait venir dans ma maison pour te parler, commença-t-il.

— Tu as l'air bien sérieux, tout d'un coup, nota Lorraine

— Tout d'abord, bébé, je ne veux pas que tu penses que je t'ai caché quelque chose. Simplement, j'attendais le bon moment pour t'en parler.

— Je t'écoute Damien.

— Voilà ! Tu sais que j'ai été marié ?

— Oui, tu m'en as parlé le soir du nouvel an.

— Donc, lorsque ma femme a décidé de me quitter, j'étais très mal. Je ne m'y attendais absolument pas et surtout, je ne comprenais pas qu'elle puisse me quitter à ce moment précis.

Que veux-tu dire par là, demanda Lorraine, soudain sur ses gardes.

— Eh bien, nous avons un petit garçon de deux ans et demi. Il s'appelle Joe.

— Et tu ne m'as rien dit ? hurla Lorraine. Mais, Damien, tu aurais dû m'en parler tout de suite.

— Je craignais que tu ne veuilles pas de moi, en sachant que j'ai un fils dont je dois m'occuper.

— Tu aurais effectivement dû m'en parler. Maintenant nous sommes devenus très proches, nous avons eu des relations, nous sommes partis en vacances ensemble et nous avons même commencé à faire des projets, alors que tu m'as caché une partie de ta vie. Comment puis-je te faire confiance, à l'avenir ?

101

— Lorraine ne le prends pas aussi tragiquement. Cela ne change rien à mes sentiments pour toi, tu le sais bien.

— Mais cela change les choses, pour moi, vois-tu !

— Tu n'aimes pas les enfants ?

— Bien sûr que si et je compte fonder une famille, plus tard, quand je me serai définitivement fixée quelque part, mais pour le moment, c'est trop tôt, tu comprends ?

— Bébé, si tu m'aimes, tu aimeras forcément Joe. C'est un petit bout de chou adorable. Il n'est pas responsable de la séparation de ses parents, il n'a pas demandé à être pris entre un papa et une maman qui tentent, tous deux, de refaire leur vie, tu comprends ?

— Évidemment que je comprends, mais je ne suis pas prête à être mère, même occasionnellement. Je suis désolée.

Damien était totalement abattu. Ce qu'il craignait était en train de se réaliser. Lorraine ne voulait plus de lui, parce qu'il était père. Il aurait dû lui en parler dès le début mais il était tellement attiré par elle qu'il avait remis les révélations au lendemain. De plus, il lui restait encore des choses à lui apprendre. Quand elle saurait tout, elle prendrait ses jambes à son cou pour ne plus jamais revenir, il en était persuadé à présent. Mais il n'avait plus le choix. Il fallait qu'il aille jusqu'au bout et il se résigna à poursuivre ses révélations.

— J'ai encore quelque chose à te dire et je sais d'avance que cela mettra fin à notre relation, mais je me dois d'être enfin honnête avec toi, parce que je t'aime, sincèrement.

— Je crois que j'en ai déjà assez entendu Damien. Je vais rentrer chez moi, tu peux me ramener ?

— Pas avant que je ne t'aie dit la vérité Lorraine. Accorde-moi encore quelques instants, s'il te plait.

— Bon, vas-y, au point où on en est, autant que tu déballes tout.

— Voilà ! Joe est notre enfant à tous les deux et nous avons décidé, avec mon ex-femme, d'adopter la garde alternée, ainsi nous nous occuperons tous les deux du petit tout en laissant du temps libre à l'autre pour reconstruire une nouvelle vie.

— La garde alternée me semble être une bonne décision, confirma Lorraine. Le petit aura effectivement autant besoin de son père que de sa mère. C'est tout à ton honneur, mais je ne vois pas bien en quoi cela me concerne ?

— Si tu acceptes de continuer notre relation, nous pourrons nous occuper de Joe, ensemble et reformer une famille, tu comprends ?

— Je vois où tu veux en venir, mais je t'ai dit, tout à l'heure, que je n'étais pas prête à m'occuper d'enfants, encore moins, de ceux des autres. Crois-moi, j'en suis sincèrement désolée. Je pense qu'on est allé trop vite, tous les deux. On s'est laissé attirer par nos corps, et voilà le résultat. Dans une relation, il faut toujours tout se dire car les petits secrets finissent toujours par sortir à la surface et à faire des dégâts.

— Lorraine, chérie, je ne t'ai pas menti. J'ai juste attendu le bon moment pour te parler de Joe.

— Je sais que tu ne pensais pas à mal faire, mais la prochaine fois que tu fais une belle rencontre, commence par parler de ton mode de vie. Tu t'éviteras beaucoup de déceptions inutiles.

— J'ai un dernier aveu à te faire, Lorraine.

— Encore ! Mais cela devient infernal, à la fin !

— La maison, nous ne l'avons pas vendue.

—C'est toi qui la gardes, si je comprends bien, et tu reverses la moitié de la valeur à ton ex, c'est ça ?

— Pas exactement. Nous avons gardé la maison en l'état, pour Joe.

— Qu'est-ce que tu veux dire par là ?

— Nous nous occupons de Joe à tour de rôle : garde alternée, tu saisis.

— Pas tout à fait mais je crois que je ne vais pas aimer ce que tu vas m'apprendre.

— Nous avons pensé à Joe, avant tout, il faut que tu te souviennes de cela, Lorraine. Donc, Joe habite au quotidien, dans sa maison.

— Comment cela, au quotidien ?

— C'est et cela restera, sa maison. Quand je dois le garder, je viens à la maison dans laquelle j'ai ma chambre et lorsque la maman de Joe le garde, c'est elle qui vient et elle aussi a sa chambre.

— Non, mais je rêve ! Et tu vas où pendant que ta femme occupe les lieux ?

— Je vais chez mes parents pour éviter des frais supplémentaires et cela me convient pour le moment.

— Eh bien, cela ne me convient absolument pas, vois-tu. Peux-tu me ramener chez moi, à présent ? J'en ai assez entendu pour aujourd'hui.

— Lorraine, je t'en prie, essaie de me comprendre. Je t'aime et je tiens énormément à toi. Nous finirons par trouver une solution, si nous y réfléchissons ensemble.

— Damien, tu me plais énormément et j'ai le cœur qui saigne de devoir te quitter, mais je ne suis pas celle qu'il te faut. J'attends autre chose de la vie que de m'occuper d'un gamin qui n'est pas le mien. J'ai envie de voyager, de m'éclater, de m'amuser, pas de devenir maman.

— Réfléchis-y à tête reposée, veux-tu ? Peut-être que tu verras les choses autrement, au bout de quelques semaines ?

— Je ne verrai pas les choses différemment, Damien. Pour moi la situation est claire, nous deux, nous ne sommes pas faits, l'un pour l'autre.

J'avoue que sur le plan sexuel, nous sommes sur la même longueur d'onde, mais cela ne suffit pas, pour vivre heureux, toute une vie. Ramène-moi à la maison, sans quoi, je repars à pied.

— Pas de soucis, je te ramène.

Le trajet jusqu'à la maison parut interminable à Lorraine. Elle jouait la fille forte et déterminée devant Damien, mais elle avait une folle envie de pleurer toutes les larmes de son corps. Elle venait enfin de rencontrer quelqu'un qui la faisait frémir, qui la rendait heureuse, et à présent, elle allait, une fois de plus, se retrouver seule, perdue à Bray-Dunes.

Elle quitta le véhicule de Damien, sans un mot, sans un regard en arrière et pénétra dans la maison. Damien s'effondra sur le volant de sa BMW et laissa libre court à ses larmes. Il tenait tant à Lorraine, et à présent, elle ne voulait plus le voir. Comment allait-il surmonter ce nouvel échec ? Il avait besoin d'un verre…

Lorraine rentra et monta immédiatement dans sa chambre pour que ses parents ne lui posent pas de questions. Dans quelques semaines, elle repartirait peut-être pour Bray-Dunes — elle attendait sa nomination et ne savait pas si sa demande de mutation allait aboutir — et elle oublierait Damien, avec le temps.

Arrivée dans sa chambre, elle s'effondra sur son lit et des sanglots secouèrent tout son corps. Elle pleura ainsi très longtemps, avant de s'endormir, épuisée. Elle se réveilla quand elle entendit frapper un petit coup sec à la porte. C'était sa mère qui venait la chercher pour le souper.

— Lorraine, tu m'entends ? Le repas sera prêt d'ici un quart d'heure. Tu descends ?

— Oui, j'arrive maman. Merci.

Elle partit se rafraîchir, donna un coup de brosse à sa chevelure bouclée et apposa un peu de maquillage pour camoufler son visage ravagé par les larmes. Elle espérait que ses parents ne lui poseraient pas trop de questions mais connaissait bien sa mère. Elle allait forcément se rendre compte que quelque chose n'allait pas.

Le repas était succulent, et, étrangement, personne ne lui posa de question. Lorraine savait que sa mère avait noté qu'elle n'était pas dans son état normal, mais elle préférait parler de la pluie et du beau temps, pour éviter que sa fille ne se lève brusquement de table, sans avoir mangé. Sophie se doutait bien qu'il s'agissait d'une peine de cœur et dans ce cas, seul le temps guérirait les blessures. Elle aurait tant aimé que Lorraine trouve la bonne personne et se marie, puis fonde une famille pour qu'ils aient encore le bonheur de connaitre leurs petits-enfants. Mais il semblait évident qu'elle tombait toujours sur les mauvais partenaires et cela en devenait décourageant.

La semaine suivante, Lorraine reçut un courrier de l'académie concernant sa nomination pour l'année à venir. Elle ne savait plus si elle souhaitait rester auprès de ses parents, maintenant que sa relation avec Damien était terminée, ou si elle voulait repartir vers Bray-Dunes et ses soirées de solitude.

Elle décacheta l'enveloppe et lut, comme dans un brouillard, qu'elle était renommée à Bray-Dunes dans le même établissement que l'an passé. Elle ne manifesta aucune joie, à l'idée de repartir, mais se dit que, là-bas au moins, elle pourrait plus facilement faire le deuil de sa relation. Elle ne comptait pas remonter pour les vacances de Toussaint, ni même pour celles de février. Elle prétexterait du travail en retard ou des choses de prévues avec ses collègues. La distance permettrait aisément de faire avaler des mensonges, à ses parents. Elle ne voulait, en aucun cas, leur causer du souci.

Ils commençaient à prendre de l'âge et méritaient un peu de calme. Le temps ferait le reste. Elle se lancerait à fond dans le travail et recommencerait à peindre et bientôt, elle irait mieux.

 *Le Silence des Hirondelles*

Chapitre 10

Le retour à Bray-Dunes lui parut à la fois difficile, parce qu'elle s'éloignait, pour une nouvelle année des siens, et salutaire, car elle échappait ainsi à Damien. Elle avait bloqué son numéro de portable, pour qu'il ne puisse plus la joindre et espérait, ardemment, qu'il la laisserait tranquille. Elle craignait qu'il ne vienne jusqu'à son appartement, durant un week-end...

Elle retrouva, avec bonheur ses collègues de travail et se sentit, immédiatement, beaucoup mieux. Elles recommenceraient à sortir, toutes les trois, à s'épauler, et l'année scolaire se déroulerait mieux qu'elle ne le pensait au départ.

La prérentrée se passa sans difficulté majeure. Lorraine avait un emploi du temps exceptionnel, élaboré sur trois jours et demi. Cela lui laisserait toute la fin de semaine, pour peindre et se reposer. Il est certain que la solitude serait plus complexe à gérer, puisque certains jours, elle n'aurait pas à se rendre au lycée. Elle comptait y passer du temps, néanmoins, pour préparer tranquillement ses cours, faire des tirages ou se documenter à la bibliothèque. Elle n'aimait pas être seule et entourée des collègues, dans un cadre animé par les nombreux élèves, elle se sentirait bien mieux.

Cette année, de nouveaux collègues avaient rejoint le lycée. Lorraine n'était pas professeur principal, pour une fois, ce qui la déchargeait d'un certain nombre de responsabilités. Elle travaillerait avec plusieurs enseignants qu'elle connaissait bien à présent et quelques nouveaux, dont un professeur de mathématiques que le proviseur avait présenté comme étant un ancien collègue, revenu de trois années passées à enseigner à Kourou, Julien Martinez, et un collègue de sport : Alain Narval, originaire de Dunkerque.

De retour chez elle, Lorraine appela ses parents pour les informer de son emploi du temps, des classes qu'on venait de lui confier, ainsi que des collègues de travail. Sophie avait besoin d'être rassurée. Malgré le fait que Lorraine ait pris l'habitude de travailler dans le Pas-de-Calais, pour sa part, elle, ne s'y faisait toujours pas. Elle avait tant espéré que sa fille reviendrait dans la région et s'était réjouie de la voir fréquenter un jeune homme. Son départ pour Bray-Dunes, l'éloignerait une année encore d'eux et cela lui pesait de plus en plus. Cependant, elle ne disait rien et quand Lorraine appelait, elle tentait toujours de donner le change et d'être positive.

Lorraine ne retrouva pas les élèves le lendemain matin car elle n'avait pas la charge d'une classe, celle-ci étant réservée au professeur principal. Ses collègues, en revanche, attendaient que le proviseur adjoint fasse l'appel pour les différentes classes, avant de prendre leurs élèves en charge, pour la matinée. Elle devait passer dans les classes, l'après-midi, pour se présenter et indiquer le matériel aux élèves qu'elle retrouverait dès le lendemain.

Cette année, elle travaillerait en équipe avec Julien, nommé professeur principal de la 6ème A, qu'elle partageait avec lui et sa collègue Dominique. C'était un homme intéressant et plutôt charmant, du haut de son mètre quatre-vingts.

Il portait ses cheveux blonds en brosse et des lunettes à grosse monture noire, lui conféraient un air très intellectuel. Il portait toujours des tenues décontractées qui l'avantageaient. Lorraine lui donnait une trentaine d'années environ. Le nouveau professeur d'éducation physique était craquant. Il portait ses cheveux noirs rassemblés en une queue de cheval et semblait toujours de bonne humeur. Une fossette au menton et un beau sourire, faisaient de lui, un collègue fort agréable. Il avait un humour communicatif et Lorraine sympathisa de suite avec lui. Elle aimait son air un peu bohème, décontracté.

Ils discutèrent régulièrement en salle des professeurs ensemble, pendant les pauses récréation. Ils partageaient, de même leur repas de midi à la cantine, les lundis et mercredis.

Alain était une personne charmante, qui trouvait toujours des anecdotes à raconter. Il avait beaucoup voyagé et vécu de belles expériences, aimant partir à l'aventure, sac au dos. Grand adepte de la nature, il en vantait les mérites, à chaque conversation.

Si vous savez regarder autour de vous, vous vous apercevrez rapidement, que la nature recèle de multiples trésors. Ecouter le bruit des vagues qui se fracassent sur les rochers, admirer un coucher de soleil, observer les étoiles, admirer les forêts qui changent de manteau à chaque saison, partir à la rencontre des espèces sous-marines, survoler la terre en hélicoptère ou en parapente, sillonner le désert à dos de chameau… Il y a tant de beaux paysages à voir, tant de pays différents à découvrir, tant d'espèces rares de fleurs et d'animaux à connaître.

Lorraine, tout comme ses amies, étaient sous le charme. Non seulement Alain était beau, bien bâti, mais il avait une belle voix et savait communiquer. L'écouter était un réel plaisir. Il leur proposa, à toutes les trois, de faire un tour en bateau, à la belle saison.

C'était un sportif né, alors que les filles se contentaient de faire du vélo, de nager ou de profiter des joies de la neige. Pour le reste, elles n'y connaissaient pas grand-chose et les explications d'Alain leurs permettaient de partir à la découverte. Au début, ils se voyaient tous les cinq, Alain emmenant régulièrement un ami de longue date Jules, kinésithérapeute. Ils firent de nombreuses sorties, et profitèrent de toutes les opportunités pour se faire plaisir : escapade en boîte pour danser jusqu'au bout de la nuit, virée piscine pour s'amuser dans l'eau ou encore balade à vélo. Ils formaient, à présent, une belle bande d'amis et se réjouissaient de chaque instant passé ensemble.

* * *

Lorraine ne revit pas Damien, car elle ne retourna pas chez elle durant la période hivernale, comme elle l'avait prévu. Damien ne vint pas la rejoindre à Bray-Dunes et elle en fut soulagée. Il avait dû tenter de la joindre sur son portable, sans nul doute, mais comme son numéro était bloqué, les messages et appels ne passaient pas, laissant Lorraine sereine.

* * *

Les mois passèrent entre cours et sorties, soirées chez les uns ou les autres et une belle complicité unit progressivement les cinq amis. Quand le temps était trop maussade, ils se réunissaient chez l'une des filles pour s'amuser avec divers jeux de société ou regarder une vidéo. Certains soirs, ils se retrouvaient autour d'un verre, ou se faisaient un ciné ou encore un bowling et Lorraine se sentait de mieux en mieux dans le Pas-de-Calais.

Elle se demandait si elle allait redemander sa mutation ? Prise entre deux feux entre ses nouveaux amis avec lesquels elle découvrait de nouveaux horizons et ses amis dans l'Est de la France qu'elle appréciait également, elle ne savait que faire.

* * *

Pour les vacances de Pâques, elle se décida à retourner voir ses parents pour passer la quinzaine avec eux. Ils furent tellement soulagés de la revoir, que Sophie ne put retenir des larmes de joie.

— Quel bonheur de te revoir, ma fille, commença-t-elle. Tu nous as tellement manqué.

— Maman, je suis adulte et indépendante, voyons. Il va bien falloir que tu t'habitues à me voir un peu moins souvent. Je dois suivre mon chemin et il n'est pas forcément, près de chez vous, tu comprends ?

— Je le sais bien, mais je n'arrive toujours pas à me faire à ton éloignement. Que veux-tu, je suis trop sentimentale !

— Tu es très bien comme tu es, ma maman adorée, mais il faut que tu me fasses confiance et que tu acceptes de me voir grandir et partir pour vivre ma vie.

— Je fais des efforts, crois-moi, mais je n'ai pas encore trouvé la formule idéale pour accepter de te voir, aussi peu souvent.

— Cela viendra, avec le temps. Profite de ton temps libre, pour le passer avec papa. Sortez, bougez, pensez à vous.

— Je vais essayer, c'est promis. Mais à propos, comment tu vas ?

— Je vais bien maman. Comme je te l'ai dit souvent au téléphone, j'ai de nouveaux amis avec lesquels je passe beaucoup de temps.

Je ne ressens plus du tout de vague à l'âme parce que je suis seule dans mon appartement. Nous partageons de bons moments ensemble et j'en suis heureuse.

— Tant mieux, si tout va bien. Mais, à propos ! Qu'en est-il de ce garçon que tu fréquentais avant ton départ ? Je l'ai vu plusieurs fois rôder autour de la maison.

— Ah bon ! répliqua Lorraine, surprise. Avec Damien, c'est terminé, maman. Nous n'étions pas sur la même longueur d'onde et nous n'attendions pas la même chose de l'avenir.

— Je comprends, ma fille, mais c'est bien dommage ! Il faudrait tout de même que tu envisages de rencontrer un homme sérieux, pour construire une vie à deux, tu ne crois pas ?

— Maman, tu ne vas pas recommencer avec ça ! Quand la bonne personne croisera ma route, je saurai la reconnaître, sois-en certaine. En attendant, qu'est-ce que tu nous as préparé pour le souper, cela sent très bon ?

— Ce sera prêt dans un instant, le temps que tu mettes les couverts.

Ils mangèrent ensemble, en famille, discutant de sujets les plus divers, tout en appréciant les bouchées à la reine que Sophie avait divinement bien préparées.

Lorraine revit ses amis le week-end et retrouva la merveilleuse complicité qui l'unissait à son groupe. Maélis l'aborda pour discuter de son frère et elle prit le temps de lui parler.

— Lorraine, j'aimerais discuter de mon frère, avec toi, si tu veux bien m'accorder un peu d'attention.

— Je veux bien discuter avec toi, bien que je pense que ce sont mes affaires et qu'il n'y a rien à en dire.

— Je pense le contraire, Lorraine. Mon frère est un homme bien, c'est quelqu'un de sérieux et de droit. Il est totalement effondré, depuis que tu l'as quitté.

— Je tenais énormément à lui, Maélis, mais nous deux, ce n'était pas possible. Nous étions aux antipodes, tous les deux.

— Tu es bien sûre que tu ne veux pas reconsidérer les choses, sous un œil nouveau ?

— Damien m'a parlé du petit Joe et cela m'a beaucoup affectée. J'aime les enfants mais je ne suis pas prête à être mère, alors encore moins, belle-mère. Imagine que cela ne fonctionne pas avec ton frère et que le gamin s'attache à moi ? Il sera extrêmement malheureux et il est tout petit. C'est un âge où un enfant ne doit pas souffrir !

— Je le sais, mais Damien ne t'en a parlé que tardivement car il craignait de te perdre, et c'est ce qui est arrivé.

— Il n'y a pas que Joe, dans l'histoire ; il faut aussi composer avec la maman du petit. Damien partage la garde alternée et la maison avec elle. C'est trop pour moi. Je préfère arrêter maintenant, plutôt que de souffrir ou de faire souffrir davantage.

J'ai pris la bonne décision et je ne regrette rien. Ton frère m'a fait partager des moments très agréables, je suis la première à le reconnaître, mais j'ai tiré un trait sur le passé, et je ne compte pas revenir sur ma décision. J'ai déjà poursuivi ma route et je pense avant tout à ma carrière, pour le moment. Je ne cherche pas à renouer avec Damien, ni même à me lier avec un autre garçon. Je me sens bien comme je suis et je vais laisser faire le temps.

— Je vois que tu es totalement décidée et sûre de toi et j'en suis désolée pour mon frère et pour toi également, répondit Maélis. Mais je comprends ta décision et je vais essayer de raisonner mon frère. Avec le temps, les blessures cicatriseront.

— Merci, Maélis, pour ta compréhension. Tu as bien fait de me parler. À présent, les choses sont remises à plat, une fois pour toutes.

— Oui, je respecte ta décision et je ne te reparlerai plus du sujet, promit Maélis.

* * *

Elle repartit à Bray-Dunes, sans avoir revu Damien. Maélis avait dû le mettre au courant de leur conversation et lui expliquer que toute tentative pour la reconquérir était vaine.

Elle retrouva, soulagée, son appartement, ses élèves et ses amis. Mais quelque chose avait changé, depuis son départ. Elle voulut en avoir le cœur net et en parla aux filles.

— Dites-moi, il y a de l'eau dans le gaz, ou je me trompe ?

— Disons que nous avons eu une discussion avec Alain, répondit Dominique.

— À quel sujet ? voulut savoir Lorraine.

— À ton sujet, affirma Anne.

— À mon sujet ? J'ai fait quelque chose qu'il ne fallait pas ?

— Non, tu n'as rien fait, justement, confirma Dominique. Mais ce n'est pas à nous de t'en parler. Alain saura le faire, mieux que nous deux ensemble.

— Vous éveillez ma curiosité, les filles ! Je me demande bien ce qu'il a à me dire ?

— Tu verras par toi-même. Vous vous verrez sûrement en cours et il t'expliquera.

— Comme vous voulez, mais vous auriez au moins pu me mettre sur la piste pour que je puisse m'y préparer.

— Alain préfère avoir une conversation directement avec toi, et nous respectons son choix, termina Anna.

— Dans ce cas, je saurai patienter.

Il la rejoignit à la pause déjeuner. Ils échangèrent des propos sans intérêt pour savoir comment s'étaient déroulées les vacances, avant qu'Alain n'aborde le sujet, tant attendu.

— Lorraine, j'aimerais te parler de quelque chose d'important, mais pas ici. Si tu es d'accord, je passerai ce soir chez toi et nous pourrons commander des pizzas.

— Si tu veux ! Mais tu as l'air tellement sérieux, soudain ! Moi qui te connaissais toujours souriant et positif, j'espère qu'il n'y a rien de grave ?

— Non, non, rassure-toi ! Je voulais simplement aborder un thème avec toi et selon ta réponse, on avisera.

— Bien, dans ce cas, finissons notre déjeuner et parlons d'autre chose. Comment se passent tes cours ? Tu es satisfait des résultats scolaires de tes élèves ?

— Pour ma part, j'enseigne une matière qui plait souvent aux jeunes. En sport, ils peuvent se laisser aller, discuter et se défouler, donc je n'ai pas à me plaindre. Et toi, comment avance le programme, avec tes classes ?

— Comme les autres années, je devrais tout finir pour fin avril. Le mois de mai est un mois que j'appelle « gruyère », avec tous les ponts et l'absentéisme qui bat des records. J'en profite toujours pour procéder aux révisions. Ceux qui sont présents ne perdent, ainsi, pas leur temps. Pour les absents, cela n'a plus d'importance, puisqu'ils ont décidé de décrocher avant la fin de l'année scolaire.

— Tu as pris de bonnes résolutions. Cela ne sert à rien de bousculer des jeunes qui ne veulent pas étudier. Ils tracent leur propre avenir et notre rôle est juste de les canaliser et d'essayer de les mettre sur la voie de la réussite.

À eux, ensuite, de saisir l'opportunité qui leur est offerte, de se bâtir des bases solides pour un avenir et un futur métier.

— J'essaie de ne plus culpabiliser quand les élèves ne réussissent pas. Avant, j'avais toujours le sentiment de ne pas avoir été à la hauteur de l'éducation et du savoir que je devais leur transmettre. Or, aujourd'hui, je sais que je fais de mon mieux pour ne laisser personne à la traîne et c'est déjà un bon objectif.

Ils bavardèrent encore un moment, avant de rejoindre la salle des professeurs et d'attendre la cloche annonçant le début des cours. Ils devaient se revoir ce soir pour 19 h 00 et Lorraine avait hâte d'en savoir plus.

La journée se termina rapidement. Lorraine profita de la fin des cours pour faire quelques tirages pour le lendemain, avant d'arrêter à la supérette pour acheter des boissons. Elle n'avait pas eu le temps de faire de grandes courses et ses placards étaient quasi vides.

Alain arriva avec dix minutes d'avance, au grand bonheur de Lorraine qui faisait déjà les cent pas en attendant son arrivée. Elle avait préparé des amuse-bouches pour détendre l'atmosphère. C'était la première fois qu'elle se retrouvait seule, en tête à tête avec son collègue et une légère tension régnait dans la pièce.

Alain avait ramené du coca et une tarte aux pommes pour le dessert. Il apprécia les petites bouchées que Lorraine avait préparées. Ils s'installèrent confortablement sur le canapé, décapsulèrent un coca et commencèrent à se servir. Alain prit enfin la parole.

— Voilà Lorraine. Comme je te le disais, je voulais te voir pour te parler, de vive voix, sans que toute la bande ne soit là et dresse l'oreille.

— Je t'écoute, dans ce cas. Qu'as-tu donc de si important à me révéler.

— Je tiens, avant tout, à te rappeler combien notre amitié compte à mes yeux. Avec les autres, nous formons une jolie équipe et j'aimerais que cela continue, même lorsque je t'aurai parlé.

— D'accord !

— Voilà, Lorraine. Durant les congés de Pâques, j'ai bien dû me rendre à l'évidence, quelque chose manquait, ou plus exactement, TU manquais.

— Que veux-tu dire exactement, interrogea Lorraine ?

— Les quinze jours m'ont paru une éternité. Tu m'as énormément manqué.

— Toi aussi, de même que Dominique et les autres.

— Bien sûr, confirma Alain. Mais toi tu me manquais davantage. J'ai ressenti comme un grand vide, en ton absence.

— Qu'essaies-tu de me dire Alain ?

— Bon, je me lance, tant pis pour les pots cassés. Lorraine, j'ai longuement analysé ce qui se passe en moi, et je suis amoureux de toi.

— Quoi ! Mais… je ne sais pas quoi dire… Je… Eh bien… Je ne m'attendais pas à une telle révélation.

— Et tu en penses quoi ?

— Je ne sais quoi te répondre Alain. C'est si soudain ! Je n'ai rien vu venir, tu comprends ?

— Je n'ai rien provoqué, c'est venu tout seul. Au début, je me sentais bien en ta compagnie, comme avec tous les autres. Mais bien vite, je me réjouissais de partager du temps, seul, avec toi, à la cafétéria ou en salle des profs. Tu me plaisais, dès le départ. Je veux dire que je te trouvais très belle avec tes boucles blondes.

— C'est drôle, mais j'ai eu la même réaction en te voyant pour la première fois. Je te trouvais craquant, marrant, intéressant, différent.

— Et ce n'est plus le cas ?

119

— Si bien sûr ! Je trouve toujours que tu as beaucoup de charme, mais je n'ai jamais pensé à toi, autrement, qu'en ami, tu comprends ?

— Bien sûr ! Mais, laisses-toi du temps. Tu n'es pas obligée de me répondre tout de suite. J'aimerais qu'on sorte ensemble et qu'on apprenne à se découvrir, si tu es d'accord, évidemment.

Lorraine était très surprise de la proposition de son collègue. Elle avait une réelle attirance pour lui. Alain était magnifique, et n'importe quelle jeune femme aurait aimé sortir avec lui. Mais elle avait encore son échec avec Damien à l'esprit et ne se voyait pas se lancer dans une nouvelle aventure. Cependant, elle acceptait de le connaître et de sortir avec lui, sans pour autant lui promettre un résultat.

— J'accepte avec plaisir que nous passions du temps, tous les deux, pour apprendre à nous connaître, différemment. Mais il faut que tu saches que je sors d'une relation qui s'est mal terminée et que je suis encore frileuse, quant à me relancer sentimentalement. Je ne peux rien te promettre.

— J'accepte de relever le défi. Si nous nous donnons une chance, cela ne pourra donner qu'un résultat positif. Je n'ai pas l'intention de t'obliger à faire quoi que ce soit qui puisse te déplaire. On fera les choses, à ton rythme.

— Je suis touchée par tes paroles, Alain !

— Tant mieux ! Si on commandait cette pizza, à présent ?

— Volontiers, je meurs de faim. Toutes ces émotions, cela m'a creusé l'estomac.

Ils commandèrent deux pizzas et démarrèrent leur tendre relation. Lorraine était heureuse qu'Alain s'intéresse à elle mais pour le moment, elle n'avait pas de sentiments amoureux envers son beau collègue.

Il lui plaisait, physiquement, c'était évident, mais elle ne voulait plus d'une relation basée sur une simple attirance. Cette fois, elle comptait se laisser du temps pour ne pas être à nouveau déçue. Elle apprendrait à connaître les goûts d'Alain, ses passions. Elle voulait voir où il vivait, connaître sa famille, pour éviter toute mauvaise surprise, par après.

Ils passèrent ainsi, de merveilleux week-ends ensemble, tout en maintenant leurs sorties avec la bande le vendredi soir. Alain fit découvrir à Lorraine ses passions pour la nature en l'emmenant en randonnée. Elle apprit à écouter les bruits de la nature, à admirer les couleurs qui dessinaient le paysage, toujours changeant. Souvent, ils croisaient au loin des animaux qui s'enfuyaient à leur approche.

Alain partagea avec Lorraine et les autres, des sorties en bateau, laissant le vent du large caresser leurs visages et la terre se rétrécir au fil de l'eau. Ils se retrouvèrent, minuscules face à cette belle étendue bleue qui s'offrait à eux. Le capitaine leur prépara du poisson grillé et ils se baignèrent quand le bateau s'arrêta.

Lorraine n'était pas une adepte du sport, mais pour le moment, ce qu'Alain lui faisait découvrir, lui plaisait. Il l'emmena à Nœux-les-Mines faire du ski sur la piste synthétique et elle adora l'ambiance qui y régnait. Avec Alain, tout semblait différent, magique, enchanteur et Lorraine se sentait de mieux en mieux en sa compagnie. Alain ne l'avait toujours pas embrassée, lui en laissant, sans doute, l'initiative. Comme il l'avait promis, il lui laissa le temps de mieux le connaître. Il ne voulait surtout rien bousculer car il tenait à construire quelque chose de solide avec elle. Il savait être patient et le seul fait de partager du temps avec Lorraine, le rendait heureux.

Il l'emmena un week-end en thalasso.

Bains à remous, sauna, hammam, détente au bord de la piscine, massage délassant suivi d'un thé dans une ambiance feutrée, repas en tête à tête et bonheur de se détendre. Lorraine était aux anges. Cela la changeait agréablement de ne pas être en compagnie d'un homme qui ne voyait en elle qu'un corps pulpeux et désirable. Elle sentait qu'elle plaisait à Alain car lorsqu'il posait son regard sur elle, ses yeux brillaient. Elle-même, commençait à ressentir un besoin de se rapprocher d'Alain et une envie folle de toucher son corps, de sentir ses bras autour de ses épaules, la faisait vibrer. Par moments, leurs corps se frôlaient dans l'eau et un frisson la parcourait jusqu'au bout des orteils. Elle fermait alors les yeux pour garder l'instant intense, tout au fond d'elle. Elle ne savait pas si elle devait se rapprocher de lui ou lui en laisser l'initiative. Craignant qu'il ne s'agisse, une fois encore, d'une simple attirance physique, elle laissait faire le temps.

Le mois de mai fut très agréable. Avec les nombreux ponts et l'absentéisme qui dépeuplait les classes, les journées passaient très rapidement. Avec Alain, ils profitèrent de chaque instant pour être ensemble. Il passa de nombreuses soirées en sa compagnie, restant même dormir chez elle, sur le canapé. Lorsqu'elle partait se coucher, elle attendait, avec l'espoir qu'il finirait par frapper à sa porte, mais Alain ne força pas le destin. Il attendait que les choses se fassent, tout naturellement. Lorraine, en revanche, avait de plus en plus de mal à retenir ses pulsions et quand elle découvrait le beau corps athlétique d'Alain, dans la salle de bains, elle se consumait, littéralement.

Juin arriva et Lorraine savait, que prochainement, elle devrait repartir dans l'Est. Elle n'avait pas fait de demande de mutation, cette fois, mais n'en parla pas à ses parents.

Elle n'avait toujours pas avoué, qu'elle avait un nouveau petit ami, étant donné qu'il ne s'était toujours rien passé entre eux. Elle n'avait rien projeté pour juillet et août, attendant qu'Alain en parle.

Peu avant la fin de l'année scolaire, il proposa à Lorraine, de lui présenter ses parents et elle en fut toute retournée. Cela devenait de plus en plus sérieux, mais n'avait-elle pas souhaité découvrir le lieu où il vivait et rencontrer sa famille ? Alain avait noté tous ses désirs et suivait ses directives à la lettre. Il lui avait fait partager une partie de ses passions et à présent, il était prêt à la présenter à ses parents. Lorraine pourrait se faire une opinion de sa famille et peut-être que leur relation avancerait dans le bon sens.

Il passa le vendredi soir chez Lorraine et après un copieux petit déjeuner pour Alain et un simple café pour elle, très anxieuse de découvrir les fameux parents, ils prirent la route pour Dunkerque. Son cœur battait plus vite qu'à l'accoutumée et elle avait beaucoup de difficultés à se détendre. Alain avait mis de la musique en fond sonore et décrivait le paysage mais elle était dans une sorte de brouillard et écoutait d'une oreille distraite ce qu'il disait.

Le Silence des Hirondelles

Chapitre 11

Après une vingtaine de minutes de trajet, Alain s'engagea dans sa ville natale. Il passa par le centre-ville déjà bien animé avant de bifurquer sur sa droite et suivre une longue route bordée de maisons colorées, presque accolées les unes aux autres et très hautes. Il arrêta finalement son 4 x 4 devant une maison à deux niveaux, de couleur sable, entourée d'un muret gris surmonté d'un grillage occultant.

Alain se dirigea vers l'entrée principale et appuya sur la commande électrique pour ouvrir le portail qui glissa sur le côté. Il gara le véhicule dans la petite allée avant de couper le moteur.

En entendant les pneus crisser sur le gravier, un couple d'une soixantaine d'années sortit sur le perron pour les accueillir.

Alain fit le tour de la voiture et ouvrit la portière à Lorraine, avant de l'inviter à sortir.

— Viens Lorraine, que je te présente mes parents.

Elle sentit ses jambes trembler et son cœur battre à toute vitesse. Elle, pourtant si communicative, si ouverte, ne comprenait pas pourquoi elle paniquait à ce point. Elle suivit Alain qui la prit par le bras tout en s'avançant vers ses parents.

— Papa, maman, voilà enfin Lorraine dont je n'ai pas arrêté de vous parler.

— Bonjour Monsieur Narval, bonjour Madame, salua Lorraine d'une toute petite voix.

— Ma chère enfant, s'exclama Madame Narval en tendant les bras vers Lorraine. Nous sommes tellement heureux de faire votre connaissance. Mais ne restez pas sur le pas de la porte, voyons, entrez, entrez.

— Merci Madame, vous êtes bien aimable, s'entendit dire Lorraine.

Elle avait perdu tout son vocabulaire face aux parents d'Alain et les mots sortaient de sa bouche avec beaucoup de difficultés. Pourtant ils avaient l'air, tout à fait charmants et semblaient très heureux de sa venue. Le père d'Alain lui tendit la main :

— Bonjour Mademoiselle. Nous sommes très heureux de vous recevoir.

— Merci, Monsieur, répondit Lorraine, toujours aussi impressionnée.

— Appelez-moi Julien, jeune fille. Ce sera moins cérémonieux.

— Avec plaisir.

— Et moi, c'est Mariette. Venez, entrez donc.

— Merci pour votre accueil.

Les parents d'Alain étaient fort sympathiques et faisaient de leur mieux pour mettre Lorraine à l'aise.

Mariette était grande et mince et portait un tee-shirt coloré sur un jeans bleu. Elle avait ramené ses jolis cheveux bruns en une grosse natte retenue sur le côté, lui donnant un air de jeune fille. Légèrement maquillés, ses doux yeux gris lui faisaient un regard de velours.

Une fine bouche et un beau sourire se dessinaient sur son visage. Elle ne portait pas de bijoux et Lorraine en conclut qu'Alain avait hérité d'elle, son côté sportif.

Julien était très grand, avec des épaules larges. Il portait des cheveux poivre et sel assez courts, comme les hommes à l'armée et cela lui allait très bien. Alain avait les mêmes yeux verts que son père et un teint un peu halé.

Ils entrèrent dans la maison et Mariette entraîna Lorraine vers le salon, la prenant par le bras.

— Venez, mon enfant, allons nous installer confortablement au salon pour prendre l'apéritif. Je vous ferai visiter la maison, tout à l'heure. Je veux d'abord faire votre connaissance. Alain nous a tellement parlé de vous que nous étions impatients de vous connaître.

— C'est très gentil de votre part, de me réserver un si bon accueil Madame, Euh, je veux dire Mariette.

— C'est bien, je vois que vous commencez à nous adopter. Installez-vous sur le canapé pendant que je vais chercher le plateau de petits fours.

— Je peux vous aider ?

— Non, non, jeune fille, pensez donc ! J'en ai pour un instant.

Pendant qu'Alain conversait avec son père, Lorraine jeta un rapide coup d'œil à la grande pièce dans laquelle Mariette l'avait introduite. Elle était meublée à l'ancienne avec un canapé et deux fauteuils en velours brun. Des napperons brodés se trouvaient sur les accoudoirs pour donner une note chaleureuse. Une table carrée rustique, couverte d'une nappe blanche, brodée à la main complétait l'ensemble. Une bibliothèque courait sur tout un mur. Les rayonnages étaient remplis de livres et d'objets décoratifs : cadres photos, vases en cristal, éléphant d'Afrique, bibelots divers…

Au plafond, une lampe ventilateur était accrochée et un tapis brun et beige habillait la pièce. Des tentures beiges épaisses étaient accrochées sur les côtés des deux fenêtres et une lampe sur pied, avec un abat-jour beige remplissait le coin. De nombreuses plantes vertes animaient la pièce : ficus aux feuilles immenses, orchidées de toutes les couleurs, lierre grimpant…

Mariette revint avec un plateau de petits fours, faits maison. On y voyait des mini-croissants, de petites pizzas et tartes flambées, des mini-bouchées garnies de fromage blanc et de petits croque-monsieur.

Lorraine qui n'avait pas petit-déjeuné, sentit son estomac grogner.

Alain s'installa à côté de Lorraine alors que Julien proposait des boissons.

— Lorraine, je peux vous proposer un verre de vin blanc ?

— Volontiers, répondit-elle commençant doucement à se détendre.

— Alain lui prit la main et la pressa délicatement pour lui signifier que tout allait bien et qu'elle pouvait se laisser aller. Ses parents l'avaient adoptée, il l'avait senti dès leur premier regard.

— Servez-vous les enfants pendant que c'est encore chaud, proposa Mariette.

Elle avait posé de petites assiettes et des serviettes sur la table et chacun commença à grignoter.

— C'est délicieux, Mariette, osa Lorraine.

— Je suis très heureuse que cela vous plaise Lorraine.

— Donc Alain nous expliquait que vous venez de l'Est ?

— Oui, j'habite à une quarantaine de kilomètres de Metz, près de la frontière allemande.

— Comment se fait-il que vous soyez venue vous perdre chez nous ?

— J'ai réussi mon concours et ma nomination m'a conduite à Bray-Dunes.

— Vous comptez repartir chez vous ou vous envisagez de rester, voulut savoir Mariette.

— A vrai dire, mon souhait était de faire quelques années pour obtenir suffisamment de points pour tenter une mutation. Mais maintenant que j'ai rencontré Alain, je suis indécise.

— C'est évident, affirma Mariette, très compréhensive. Mais vous avez le temps d'y penser, rien ne presse.

— Mes parents aimeraient que je rentre, surtout maman, mais, pour ma part, je suis très partagée. Je ne pensais pas rencontrer quelqu'un à Bray-Dunes.

— C'est toujours quand on y pense le moins, que les plus belles rencontres se font, ajouta Julien. Avec Mariette, nous n'avons pas eu ce souci puisque nous sommes tous deux originaires de Dunkerque. Nous nous sommes connus au lycée et notre amour, dure, depuis ce jour.

— Chéri, voyons, n'embête pas Lorraine avec notre vie.

— Mais cela ne m'ennuie absolument pas, Mariette.

— Dans ce cas, je continue, dit Julien avec bonheur. Après nos études, nous nous sommes mariés. J'avais un petit commerce sur le port, pendant que Mariette s'occupait des petits en enseignant à l'école maternelle.

— Vous étiez également dans l'enseignement, s'étonna Lorraine ?

— Oui, le contact avec les enfants m'a toujours plu, affirma Mariette. Quand nous avons eu Alain, j'ai pu l'emmener à l'école, évitant ainsi les problèmes de garde.

— Cela devait, effectivement être très pratique.

— C'est bien vrai.

— Cela vous faisait beaucoup de travail, tout de même ?

— J'ai l'habitude, vous savez. J'étais de toute façon entourée d'enfants, à l'école. Il faut dire que j'avais beaucoup de chance, mon fils était un enfant exemplaire.

— Arrête maman, tu vas me faire rougir, déclara Alain.

— Je ne dis que la vérité, mon fils. Tu étais un enfant charmant et nous n'avons eu que des satisfactions avec toi. Tu as fait de brillantes études et aujourd'hui tu occupes un bon poste à l'éducation nationale. Avec la conjoncture actuelle, il vaut mieux avoir une place sûre.

— C'est bien vrai, confirma Lorraine. Ce qui me plait dans l'enseignement, c'est de pouvoir, un jour, concilier vie familiale et professionnelle.

— Vous avez totalement raison. Un poste d'enseignant laisse le temps de s'occuper de ses propres enfants. Maintenant que nous sommes à la retraite, nous aurions beaucoup de plaisir à nous occuper de petits enfants.

— Maman, les temps ont changé. Aujourd'hui, les jeunes font d'abord carrière, ils voyagent et profitent de la vie, avant de penser à fonder une famille.

— Si vous tardez trop, nous serons trop âgés pour garder des petits-enfants.

— Ne t'inquiète pas pour ça, maman. Tu seras encore grand-mère, bien assez tôt.

— Pff ! Vous autres jeunes, vous ne comprenez rien à la vie. Si on passait à table ? J'ai tout préparé sous la véranda pour qu'on puisse profiter du beau temps. Venez, on va s'installer à l'air frais.

Une jolie table avait été dressée sous la véranda qui donnait sur un beau jardin de fleurs. Lorraine se sentait de mieux en mieux, à présent et mangea, avec appétit le repas que leur avait préparé Mariette : duo de poisson blanc et saumon, en sauce, avec un risotto, filet mignon de veau en croûte et petits légumes, tarte aux myrtilles et café.

Ils discutèrent encore longuement ensemble, Lorraine parlant de sa famille, de sa sœur Chloé, de sa région. Les parents d'Alain avaient une bonne opinion de l'amie de leur fils mais ils craignaient que la relation de leur garçon ne l'entraîne loin de chez eux et qu'ils ne voient pas grandir leurs futurs petits-enfants ou encore que la relation s'étiole avec le temps, la famille de Lorraine risquant de lui manquer.

Ils n'en dirent mot et prirent congé des jeunes gens, le sourire aux lèvres.

— Revenez nous voir quand vous voulez Lorraine, ajouta Julien.

— Vous serez toujours la bienvenue, conclut Mariette.

— Merci à vous deux pour votre accueil. J'ai passé un moment fort agréable en votre compagnie. Avec Alain, nous repasserons vous voir, c'est promis.

De retour dans la voiture, Lorraine souffla. Elle avait réussi le test d'entrée chez les éventuels beaux-parents. C'était un couple charmant et très simple et Lorraine se disait qu'elle pourrait les aimer.

— Tu vois que tout s'est bien passé, commença Alain.

— Je suis soulagée que tes parents m'aient acceptée, affirma Lorraine.

— Il n'y avait aucune raison pour qu'il en soit autrement, s'étonna Alain.

— Tu n'oublies pas que je viens de l'Est de la France et que je ne sais toujours pas si je vais rester ici ou plutôt rentrer chez moi.

— Je suis prêt à en courir le risque. J'ai encore quelque chose à te montrer avant de rentrer.

Il conduisit une vingtaine de minutes pour arriver en bord de plage et gara son véhicule devant une rangée de maisons faisant face à la mer.

— Regarde, la maison sur ta droite, tu vois ?

— Oui, répondit Lorraine.

— C'était la maison de mon grand-père. Il est décédé l'an dernier et mon père a hérité de la maison. Comme je suis leur unique fils, mes parents m'en ont fait donation.

— Tu veux dire qu'elle est à toi ? questionna Lorraine.

— Elle le sera très prochainement. C'est juste une question de paperasses administratives, mais cela prend du temps. Après, j'en serai l'heureux propriétaire.

— C'est formidable ! Tu pourras l'aménager à ton goût.

— NOUS pourrons l'aménager à Notre goût Lorraine.

— Là cela va un peu vite pour moi, Alain. Tu n'as pas oublié que nous apprenons à nous connaître et que pour le moment, je ne sais toujours pas si je vais demander ma mutation pour l'Est.

— Cela ne t'empêchera pas de me donner un coup de main pour la restaurer, répondit Alain, sans se démonter.

Il était tellement persuadé que Lorraine était son âme sœur, que rien ne lui faisait peur. Il ne pensait pas qu'elle repartirait dans l'Est. Pour lui, c'était comme une évidence, ils étaient faits l'un pour l'autre. Il fallait simplement que Lorraine en prenne conscience et pour cela, seul le temps permettrait de prendre les bonnes décisions.

Lorraine ne répondit pas à Alain. Elle avait le sentiment, que brutalement, tout allait très vite, trop vite !

Alain lui plaisait et elle se sentait bien en sa compagnie mais elle ignorait si leur relation naissante aboutirait à une vie de couple comme lui, semblait l'espérer. Devait-elle réellement poursuivre sa relation naissante avec Alain, ou valait-il mieux tout arrêter, pendant qu'il en était encore temps. Elle se sentait piégée entre ses sentiments naissants pour lui et son désir de retourner chez elle, auprès de ses parents.

Elle devait retourner chez elle pour les grandes vacances et cela lui permettrait de réfléchir pour prendre la bonne décision. Elle en parlerait également à ses parents. Il était temps qu'elle leur présente Alain ou du moins qu'elle leur explique qu'à Bray-Dunes, quelqu'un comptait pour elle.

L'année scolaire s'acheva avec le brevet des collèges pour les troisièmes. Le dernier jour, Lorraine retrouva ses amis pour le repas de midi. Ils retournèrent au bistrot « Chez Robert et Lili » et commandèrent le plat du jour. Ils discutèrent de leurs projets de vacances avant de se quitter, se donnant rendez-vous pour la prérentrée.

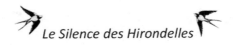

Le Silence des Hirondelles

Chapitre 12

Lorraine fut soulagée de retrouver ses parents. Elle avait nettoyé son appartement avant de prendre la route. Alain semblait très chagriné, Lorraine ne lui ayant pas proposé de l'accompagner. Il s'était inscrit pour faire huit jours de bateau avec une classe de mer, pour occuper ses journées et ne pas trop penser à Lorraine. Il craignait de l'avoir perdue. Pourtant, il avait pris le temps de faire les choses au rythme de la jeune femme, sans la bousculer, sans tenter une approche qui aurait pu lui déplaire. Ils passèrent la nuit sous le même toit avant que Lorraine ne prenne la route du retour. Ils promirent de s'appeler régulièrement et chacun partit de son côté.

Sophie l'attendait avec impatience. Elle n'aimait pas la savoir, seule, sur la route et angoissait comme à chaque fois. C'est avec un énorme soulagement qu'elle vit Lorraine garer sa voiture dans la cour. Elle se précipita à sa rencontre et la serra dans ses bras dès qu'elle descendit de voiture.

— C'est bon de te revoir, ma chérie.

— Je suis aussi très contente d'être à la maison, maman. Tu m'aides à vider le coffre ?

— Bien sûr. Nous allons profiter de chaque instant pour faire des choses sympas ensemble.

— Maman, laisse-moi déjà arriver, tu veux ? Je suis fatiguée par la route. Il faut tellement se concentrer de nos jours, quand on est au volant, qu'on est sous tension durant tout le trajet. Il y en a qui doublent n'importe où et n'importe comment ! De plus, le clignotant, certains l'ont en option, je t'assure !

— Tu comprends, à présent, que je m'inquiète ?

— Evidemment ! Mais je suis là, saine et sauve et tout va bien.

Lorraine rentra ses affaires et partit prendre une bonne douche avant le souper. Sophie s'activa dans la cuisine pour préparer des spaghettis à la bolognaise et une salade verte.

Installée à table, en face de ses parents, Lorraine se sentait bien, rassurée, épaulée, entourée. Ils mangèrent tranquillement, Sophie lui racontant les derniers événements connus : la voisine était tombée, se cassant le coude. Les voisins du bout de la rue comptaient mettre leur maison en vente, un divorce planant dans l'air…

Lorraine se décida à aborder le thème qui l'intéressait :

— J'ai aussi quelque chose à vous dire, commença-t-elle.

— Rien de grave, j'espère, demanda de suite Sophie.

— Tout de suite ! Maman. Tu ne penses donc jamais en positif ?

— Si, bien sûr, mais tu verras quand tu seras toi-même, maman. On s'inquiète toujours pour ses enfants, quel que soit leur âge. Mais parle ma chérie, on t'écoute.

— Il faut que je vous dise que cette année, je n'ai pas fait de demande de mutation pour revenir dans l'Est.

— Mais pourquoi ? s'exclama Sophie.

— Je pense que cela ne sert à rien, pour le moment. Je n'ai aucune chance, aussi longtemps que je n'ai ni mari, ni enfants. Mais ce n'est pas la seule raison de mon choix.

— Là tu nous intrigues, avança Fabien.

— Cette année, donc, j'ai fait la connaissance d'un nouveau collègue de travail. Il s'appelle Alain et enseigne l'éducation physique dans le même collège que moi.

— Mais si tu fréquentes quelqu'un sur Bray-Dunes, cela veut dire que tu ne reviendras plus vivre auprès de nous, dit Sophie, tristement.

— Je voulais vous en parler avant de prendre une quelconque décision, confirma Lorraine.

— Mais la décision que tu vas prendre, dépendra des sentiments que tu as pour ce jeune homme, affirma son père.

— Il faut dire que je suis très partagée entre mon attirance pour Alain et mon désir de rentrer. C'est un homme charmant et je me sens bien en sa compagnie mais il m'arrive d'avoir envie d'être là, tout près de vous deux et de la famille, de mes amis, de ma région.

— La décision que tu vas prendre sera, sans doute difficile, ma fille, répondit Fabien. Mais tu dois laisser parler ton cœur. Si tu aimes ce jeune homme, la bonne décision viendra d'elle-même. Tant que tu te poses des questions, tu n'es pas encore prête à te lancer, voilà tout. Je pense que tu devrais lui laisser une chance, sans pour autant trop t'engager.

— C'est difficile, papa. Alain a des sentiments pour moi et envisage du long terme. Il doit d'ailleurs hériter de la maison de son grand-père et me l'a montrée de l'extérieur. Il veut que je l'aide à la rénover, cela veut tout dire, tu ne penses pas ?

— Oui, sans doute, ton Alain est déjà très sûr de ce qu'il ressent pour toi, mais il ne peut pas te forcer à ressentir la même chose.

— J'en suis tout à fait consciente et de ce côté-là, il est adorable. Il me laisse le temps de mieux le connaître. Il m'a présenté ses parents et j'ai été très bien reçue. Ils sont tout à fait charmants.

— Dans ce cas, pourquoi n'inviterais-tu pas ton ami à venir à la maison. Nous pourrions ainsi faire sa connaissance et te donner notre avis.

— Si je lui demande de venir, il va penser que j'accepte que notre relation devienne très sérieuse et je ne suis sûre de rien.

— Profite de tes vacances pour te vider la tête et voyager, lui proposa Sophie. Tu y verras plus clair, après cela.

— Tu as raison. Je vais laisser passer le mois de juillet et j'aviserai en août. De toute façon, il est parti pour une classe de mer durant huit jours. Il doit me rappeler une fois rentré.

— Tu vois que les choses sont déjà plus claires, à présent, affirma Sophie.

— Oui, merci maman. Tu veux que je t'aide à débarrasser ?

— Non laisse, je vais le faire. Va te reposer, tu dois être fatiguée du voyage ?

— C'est vrai, je vais aller me coucher tôt, aujourd'hui.

Elle envoya encore un texto à Alain, avant de se mettre au lit. Demain, elle devait revoir ses amis autour d'une pizza. Ils se réuniraient chez Maélis et Jordan.

Elle passa une bonne nuit, son lit étant bien plus confortable que celui qu'elle avait à Bray-Dunes.

Elle passa la journée avec sa mère qui profitait de trois semaines de congés. Ensemble, elles préparèrent le repas avant de faire les boutiques et de s'arrêter pour prendre une glace. Le temps était ensoleillé mais il ne faisait pas trop chaud, juste le temps idéal pour se détendre et s'aérer.

Elle se prépara, le soir, pour rejoindre la bande de copains et s'en réjouissait. Elle sonna et bientôt, elle entendit le dringgg pour pousser la porte d'entrée. Elle était la dernière arrivée, tout le monde étant déjà installé au salon.

— Salut ! Salut ! s'entendit-elle crier. Salut, tout le monde. C'est bon de vous revoir.

— Comment tu vas, voulut savoir Jordan ?

— Pas trop mal, je dois dire, mais j'en ai un peu assez de passer mon temps d'un endroit à l'autre. Je ne sais même plus où est mon chez-moi.

— Tu n'as toujours rien entendu pour ta mutation, demanda Maélis ?

— Je dois vous avouer que je n'ai pas fait de dossier cette année.

— Tu comptes rester là-bas, dans ce cas, voulut savoir Fanny ?

— C'est là où le bât blesse.

— Que veux-tu dire, interrogea Logan ?

— Cette année, un nouveau collègue est arrivé dans mon établissement et nous avons fait connaissance.

— Vous sortez ensemble, demanda Emma ?

— Disons que nous apprenons à mieux nous connaître mais lui est déjà très attaché, alors que moi, je me tâte encore. Je ne sais pas si vivre définitivement là-bas me plairait.

— Quand on aime quelqu'un, on est bien partout, osa Maélis.

— Tu as sans doute raison ; C'est pour cela que je suis revenue pour les vacances. Je vais y réfléchir. Si Alain me manque, j'aurais ma réponse.

Ils commandèrent des pizzas et passèrent une fort agréable soirée. Chacun raconta son vécu et Emma annonça à la petite bande qu'elle fréquentait un de ses collègues de la compta. Ils envisageaient d'emménager ensemble à la fin de l'été et partaient en vacances en Italie, la semaine prochaine.

Maélis partit prendre une bouteille de champagne pour fêter l'événement. Elle ramena des coupes et Jordan déboucha la bouteille.

— Buvons aux amours, dans ce cas.

— Aux amours, aux amours, s'écrièrent tous en cœur.

Lorraine rentra chez elle, ressourcée. Maélis lui avait discrètement appris que Damien s'était, finalement, remis avec sa femme, pour le petit Joe. Elle en était heureuse pour lui.

Lorraine se rendit compte qu'elle regardait souvent son portable et dut bien vite s'avouer qu'Alain lui manquait. Elle avait pris l'habitude de le voir régulièrement, adorait partager son petit déjeuner avec lui, l'observer quand il se rendait dans la salle de bains. Il ne lui avait toujours pas envoyé de message et elle craignait qu'il ne l'oublie. Attendait-il de ses nouvelles, évitait-il de la déranger ou était-il très occupé, par ailleurs. Avec son physique de rêve et ses beaux cheveux noirs, son teint halé, il plaisait, indéniablement aux filles. Se pourrait-il qu'elle ressente une pointe de jalousie ?

Chapitre 13

Le mardi de la semaine suivante, elle reçut, finalement un texto d'Alain et fébrilement, elle se mit à le lire :

— Coucou, ma belle. Comment vas-tu ? Tu ne m'as pas oublié, j'espère ?

Le message était positif et il semblait toujours tenir à elle. *Ouf* ! Elle avait craint qu'il ne s'intéresse à une autre jeune femme, en son absence. Elle lui répondit :

— Coucou Alain. Je ne t'ai pas oublié et je suis très heureuse d'avoir de tes nouvelles.

— Je peux t'appeler, là, tout de suite ? J'ai envie d'entendre ta voix.

— Oui, tu peux m'appeler, cela me ferait plaisir.

Ils parlèrent une bonne heure ensemble et entendre son timbre de voix, la fit vibrer. Il lui manquait, très sérieusement. Alain lui raconta sa classe de mer avec toutes les expériences qu'il avait partagées avec les jeunes et Lorraine parla de ses retrouvailles avec sa famille et ses amis. Soudain, elle osa et s'entendit demander :

— Tu fais quoi ces prochaines semaines ?

Elle entendit un beau rire, franc, au bout du fil et dut rire, à son tour. Alain avait compris où elle voulait en venir et s'en réjouissait.

— Si tu me dictes ton adresse exacte, je la rentre dans mon *GPS* et je prends la route pour venir te rejoindre.

— Tu ne perds pas de temps, toi, au-moins, dit Lorraine en riant. Laisse-moi le temps de préparer mes parents. Je leur ai déjà parlé de toi.

— Tant mieux. Je suis sûr que cela va bien se passer, comme avec mes parents.

Lorraine donna les coordonnées à Alain pour qu'il puisse préparer son arrivée et en parla de suite à ses parents qui reçurent la nouvelle avec joie. Ils préféraient connaître l'ami de leur fille et l'avoir un moment sous leur toit pour se faire une opinion.

Alain prit la route dès le lendemain. Il avait chargé son 4 x 4 avec du linge de rechange pour finir ses vacances avec Lorraine. Si les choses se déroulaient comme il l'espérait, ils seraient bientôt proches, l'un de l'autre.

Alain avait l'habitude de conduire et gara sa voiture devant chez Lorraine, à peine cinq heures après son départ. Il n'avait eu aucun mal à trouver l'adresse.

Lorraine, qui guettait son arrivée, derrière le rideau du salon, se précipita à la porte, pour lui ouvrir. Elle se surprit à mettre ses mains autour du cou d'Alain et à l'embrasser sur la bouche. Le jeune homme, étonné, mais pas déçu, se laissa faire et un sourire heureux se dessina sur son visage. Il ne fit, cependant, aucun commentaire et attendit que Lorraine le fasse entrer.

— Maman, papa, je vous présente Alain.

— Alain, voici mes parents, Fabien et Sophie.

— Enchanté de faire votre connaissance Monsieur et Madame Michaud.

— Nous de même, dirent les parents, en même temps.

— Mais entrez, jeune homme, proposa Fabien. Vous devez avoir faim et soif avec la longue route.

— Je me suis arrêté sur l'autoroute, merci.

— Dans ce cas, installons-nous confortablement dans le salon et parlez-nous de vous.

Ils discutèrent longuement ensemble, devant un verre, avant de passer à table pour le repas du soir. Fabien trouvait Alain, très sympathique et Sophie était sous le charme devant ce beau jeune homme. La soirée se termina tardivement avant que les parents de Lorraine ne prennent congé des jeunes.

— Jeune homme, ma femme et moi, nous ne sommes pas vieux jeu. Si vous souhaitez partager la chambre de Lorraine, rien ne s'y oppose. Prenez vos précautions… Sinon, en face de la chambre de Lorraine, vous pouvez également disposer de la chambre de notre seconde fille Chloé. Elle est installée dans son propre appartement et sa chambre est toujours disponible. Ma femme a mis des draps propres. Passez une bonne nuit.

— Bonne nuit, Fabien. Bonne nuit Sophie, répondit Alain.

Quand ils furent partis, Lorraine proposa à Alain un dernier café ou un thé avant d'aller se coucher. Elle ne savait pas encore s'ils allaient partager sa chambre ou s'il préférait occuper celle de sa sœur. Elle le laisserait choisir, sans rien dire.

— Je suis très heureux d'être là, avec toi, Lorraine. Tu m'as beaucoup manqué.

— C'est très gentil Alain. Je suis contente que tu sois venu, moi aussi.

Ils terminèrent leur tisane, en silence, se fixant mutuellement, elle, un peu gênée, lui, empli d'un nouveau désir, difficile à contenir.

— On va se coucher, proposa Lorraine ?

La maison était bien conçue car les parents occupaient une grande chambre, à l'arrière de la salle à manger. La chambre de Lorraine se situait de l'autre côté, après la cuisine. Les parents avaient, sans doute, prévu de conserver leur intimité, malgré la présence de leurs deux enfants.

Sans même y réfléchir et sans poser la moindre question, Alain suivit Lorraine dans sa chambre. Il déposa ses affaires sur la commode et ferma la porte derrière lui. Il s'avança lentement vers Lorraine et leurs corps furent attirés comme par un aimant. Il l'embrassa délicatement, puis plus fougueusement, tout en la déshabillant. Elle se retrouva, en quelques instants, en petite tenue et commença à enlever le tee-shirt et à ouvrir le jeans d'Alain qui se laissa faire avec bonheur. Ils firent glisser, en même temps leurs sous-vêtements et se retrouvèrent nus, l'un contre l'autre. Alain caressa chaque centimètre du corps de Lorraine. Il en avait envie depuis le tout premier jour. Il la prit ensuite dans ses bras et la déposa délicatement entre les draps soyeux. Il s'allongea à côté d'elle et l'embrassa tout en caressant ses beaux seins, bien pleins. Elle était totalement consentante et pleine de désir. Il prit le temps de glisser un préservatif sur son érection avant de la pénétrer délicatement avec un doigt, puis un second, la sentant mouillée et prête à s'offrir à lui. Il glissa alors en elle et lui fit l'amour avec une délicatesse extrême, faisant frémir chacun de ses muscles. Elle aimait faire l'amour et Alain était un partenaire divin. Il faisait tout, avec une infinie douceur, avec une sensualité qui la mettait au bord de l'évanouissement. Elle avait fermé les yeux et son corps tout entier se tendait vers son partenaire. Elle était totalement sienne, et s'abandonnait aux délices de la chair avec volupté. Ils jouirent ensemble et Lorraine eut du mal à retenir un cri, tant la communion de leurs deux êtres avait été parfaite.

A partir de ce jour, plus rien ne fut pareil. Lorraine savait, à présent, qu'elle voulait faire sa vie avec Alain. Elle resterait enseigner à Bray-Dunes et ils construiraient, ensemble, leur petit nid.

Ils passèrent toutes leurs vacances chez Lorraine. Elle lui fit découvrir les belles forêts qui manquaient dans le Nord. Ils partirent en randonnée dans les Vosges, découvrirent Strasbourg, sa cathédrale, le parlement Européen. Elle l'entraîna jusqu'en Alsace pour lui faire connaître Colmar. Alain était enchanté par ces nouveaux paysages, par cette belle nature.

Lorraine lui présenta également ses amis et ils se retrouvèrent autour d'une bonne table dans un restaurant à Amnéville. Alain les appréciait et comprenait que Lorraine en soit si proche.

Ils décidèrent de passer leurs vacances dans l'Est, chaque fois que possible, se partageant entre deux régions très différentes, mais avec leurs beautés propres : le port avec ses magnifiques bateaux et la mer avec ses plages, pour le Nord et les belles forêts et la nature dans l'Est.

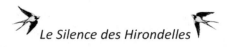 *Le Silence des Hirondelles*

Chapitre 14

Alain avait emménagé chez Lorraine, dans son petit appartement de Bray-Dunes. La maison de son grand-père n'était pas encore habitable, nécessitant des travaux de rénovation et d'embellissement. Ils commencèrent l'année scolaire, heureux d'être tous les deux. Trois jours par semaine, ils partaient en cours, ensemble, leurs emplois du temps étaient très compatibles. Ils se réjouissaient de se retrouver en fin de journée, à l'appartement. La propriétaire ne voyait aucun inconvénient à ce que Lorraine ait un ami. Leurs nuits furent mouvementées et érotiques à souhait. Maintenant qu'ils se connaissaient bien, ils osaient aller au-delà des habitudes coutumières, testant de nouvelles positions qui les entraînaient souvent dans des fous rires énormes. Alain était très sportif et savait trouver les poses adéquates pour donner et recevoir du plaisir. Lorraine était toujours en extase après l'acte sexuel. Plus il lui faisait l'amour, plus elle en réclamait. Il savait y mettre du *peps*, il aimait jouer et connaissait parfaitement les zones érogènes pour donner un maximum de plaisir à sa partenaire.

Ils retournèrent régulièrement dans l'Est pour y passer leurs vacances et se reposer. Les parents de Lorraine étaient toujours aux petits soins pour eux et ils se laissaient chouchouter.

Aux vacances de Pâques, Alain voulut faire une surprise à Lorraine. Il avait la complicité de Fabien et Sophie pour que tout soit parfaitement organisé.

Le lendemain de leur arrivée, Alain apporta le petit déjeuner, au lit, à Lorraine. Il lui annonça que sa mère lui avait pris un rendez-vous chez sa coiffeuse pour 10 h 00. Lorraine se demandait pourquoi elle avait besoin d'un coiffeur un samedi matin, mais joua le jeu. Après une bonne douche, elle prit ses clés de voiture, embrassa Alain et se mit en route. La coiffeuse devait la garder au salon jusqu'à midi, afin que tout puisse être préparé à la maison.

À son retour, Lorraine ne remarqua rien de différent, rien de changé. Elle gara sa voiture et se dirigea vers la maison. En ouvrant la porte, il régnait un calme pesant, inhabituel. Elle posa son sac et ses clés et s'avança dans la maison. C'est alors qu'elle poussa un cri. La salle à manger était entièrement décorée de gros cœurs et de guirlandes, la table joliment dressée se préparait à accueillir une dizaine de personnes ! C'était à n'y rien comprendre.

Soudain, sans crier gare, une porte s'ouvrit et elle vit entrer ses parents, sa sœur, et tous les amis. Ils l'embrassèrent, souriants, avant de prendre place à table. Il y avait des noms accrochés à de petits anges. Lorraine s'installa à la place qui lui avait été réservée et voulut poser des questions.

— Chuuuuut ! firent en cœur les amis.

C'est alors qu'Alain s'agenouilla devant elle, lui tendant une petite boîte carrée, avant de l'ouvrir et de poser la fameuse question :

— Lorraine, veux-tu te fiancer avec moi ?

Lorraine resta quelques instants sans voix. Elle regarda, tour à tour, ses parents, ses amis, la bague puis Alain, avant de fondre en larmes et de répondre :

— Alain, la bague est magnifique ! Evidemment que je veux me fiancer avec toi.

Il lui glissa l'anneau doré monté d'une émeraude, au doigt et l'embrassa tendrement, avant d'ajouter.

— Tu fais de moi un homme heureux, Lorraine. J'ai tenu à partager ce moment avec les gens que tu aimes. J'espère que j'ai bien fait ?

— Tu es un homme formidable Alain. Tu as très bien fait. Il nous reste à faire la fête si j'ai bien compris ?

Sophie s'installa également à table. Pour l'occasion, ils avaient fait venir une jeune femme traiteur et son équipe pour préparer le repas sur place et servir les convives.

Le repas de fiançailles fut une réussite. Tout était succulent, goûteux et chacun se régala. Lorraine était la plus heureuse des femmes. Alain était réellement un compagnon formidable.

Celui-ci remit enfin à sa fiancée, une grande enveloppe brune, qu'elle saisit les mains tremblantes.

— C'est quoi, cette enveloppe ? Je crois que j'ai déjà eu mon lot de surprises, pour aujourd'hui, tu ne penses pas ? interrogea Lorraine.

— Ouvre et tu comprendras, lui conseilla Alain. On en avait déjà parlé vaguement.

Lorraine ouvrit l'enveloppe et en sortit plusieurs photos de grand format représentant une maison d'habitation, plutôt jolie, en bord de mer.

— C'est la maison de mon grand-père, tu t'en souviens ? J'avais arrêté la voiture pour te la montrer, le jour où tu as rencontré mes parents, lui rappela Alain.

— Je m'en souviens à présent, confirma Lorraine. Elle est très grande et plutôt bien située. Je vois que tu as des vues de l'intérieur également ?

— C'est juste pour te donner une idée d'ensemble, mais nous irons la visiter tous les deux, affirma Alain. J'en suis enfin, le propriétaire légal, depuis une semaine.

— Tu ne m'en avais pas parlé.

— Je voulais t'en faire la surprise. J'espère que la maison te plaira, compléta Alain, plein d'espoir.

— Disons que je préfèrerai quelque chose de plus moderne et de plus indépendant, répondit Lorraine, peu intéressée.

— Nous irons la visiter et tu pourras réfléchir à l'aménagement intérieur. Je suis persuadé que tu sauras en faire une ravissante demeure et que tu t'y sentiras bien.

Lorraine ne voulut pas contredire son nouveau fiancé mais cela ne l'enchantait guère de rénover une vieille maison. Elle aimait son appartement de Bray-Dunes et songeait encore à revenir dans l'Est de la France, pour se rapprocher de ses parents. Elle se dit qu'il était toujours possible de visiter la maison et même de la rénover, pour éventuellement la louer plus tard et en tirer des loyers intéressants. Avec le temps, elle réussirait à convaincre Alain du bien-fondé de sa décision. Pour l'heure, elle avait des fiançailles à fêter et se réjouissait de son bonheur naissant. Avec Alain, elle se sentait bien et leur couple fonctionnait à merveille. Ils étaient tous deux dans la fonction publique et bénéficiaient ainsi, de beaucoup de temps libre pour profiter pleinement des nombreux loisirs qui s'offraient à eux.

Chapitre 15

De retour à Bray-Dunes, la vie reprit son cours. Alain insista pour emmener Lorraine, visiter la maison dont il avait hérité. Il comptait débuter les travaux très rapidement afin d'y emménager le plus tôt possible. Lorraine qui voyait dans cette demeure, un investissement pour l'avenir, accepta la proposition.

Ils garèrent le 4 x 4 sur la place de parking prévue devant la maison et Lorraine s'arrêta, un instant, devant ce qui devait, d'après Alain, représenter leur future demeure.

La plupart des maisons de la rue étaient accolées et celle d'Alain se situait entre deux habitations très hautes. Lorraine aurait préféré occuper une petite maison individuelle avec des espaces verts pour se sentir plus libre. Elle suivit néanmoins Alain et se dirigea vers le jardinet situé devant la maison, et grimpa la série de trois marches conduisant à l'entrée. La bâtisse, plutôt imposante, se présentait sur trois niveaux. Les nombreuses fenêtres rendaient, cependant, la façade plus accueillante.

Restait à découvrir l'intérieur de la maison…

Alain glissa la clé dans la serrure d'une porte en bois sombre avec de chaque côté, une partie vitrée. Au-dessus de la porte, Lorraine remarqua que la maison semblait porter un nom : elle lut « Les Hirondelles », inscrit en belles lettres dorées, ainsi qu'un couple d'hirondelles blotties l'une contre l'autre.

— Tu as vu, Alain, la maison porte le nom « Les Hirondelles » ! Et regarde ce couple d'oiseaux ! C'est touchant.

— C'est ma grand-mère qui a tenu à baptiser leur maison ainsi, lui apprit Alain. Elle disait que les hirondelles leur porteraient bonheur et qu'ils auraient, ainsi, beaucoup d'enfants.

— Pourtant, ils n'ont eu qu'un seul garçon, ton père ?

— Les choses changent, tu sais, ma chérie. À leur époque, élever beaucoup d'enfants aurait été compliqué, je présume. Les temps étaient difficiles.

— Possible, s'accorda à dire Lorraine. Je voudrais garder ce nom, et peut-être que le rêve de ta grand-mère se réalisera, avec nous.

— Oh toi ! Viens ici que je t'embrasse, ma petite hirondelle.

Il souleva Lorraine pour lui faire passer le pas de la porte, en l'embrassant dans le cou, la faisant rire aux éclats. Il la déposa sur le seuil de l'entrée.

Quand la porte s'ouvrit, une impression étrange s'empara de Lorraine et son cœur se mit à battre plus intensément. Cette maison avait une âme, elle lui semblait vivante, habitée.

Elle en eut des frissons et sut, immédiatement, qu'elle allait s'y plaire, malgré son désir premier de passer sa vie dans une maison plus moderne et lumineuse. Elle suivit Alain et pénétra dans un grand hall. Lorraine s'imprégna de la bonne odeur du bois bien entretenu qui flottait dans la pièce. Elle admira le travail d'ébéniste d'Albert, les portes avec moulures, l'escalier majestueux conduisant à l'étage.

Alain ouvrit la première porte sur sa gauche qui donnait sur une pièce immense.

— C'était le séjour de mes grands-parents. Ils aimaient beaucoup cette pièce qui offrait la chaleur et le côté douillet de l'âtre, dans lequel crépitait, tout l'hiver, un bon feu, et la mer, à perte de vue, à l'extérieur. Quand j'étais gamin, j'adorais passer des moments ici, allongé sur ce canapé, sans âge, devant la cheminée, les yeux plongés dans le lointain horizon.

— C'est vrai que c'est magnifique, accorda Lorraine. Je verrais bien la grande fenêtre, remplacée par une belle baie vitrée et une terrasse, compléta Lorraine, rêveuse.

— Je vois que le charme de la maison opère déjà sur toi ? conclut Alain.

— C'est vrai ! Quand tu as ouvert la porte d'entrée, je me suis sentie comme emportée, comme attirée. Il s'est passé quelque chose de très étrange, un peu comme si la maison m'ouvrait ses bras…

— Lorraine, tu me rends très heureux. Cette maison rappelle en moi de très bons souvenirs. Je l'ai toujours aimée. Je m'y sens bien, à l'abri, protégé et serein.

— Je ressens aussi cette sérénité, vois-tu, confirma Lorraine, et je suis persuadée que nous réussirons, ensemble, à en faire une demeure chaleureuse et accueillante.

La maison était encore meublée et les parents d'Alain avaient suggéré à leur fils, de conserver tout ce qui pouvait leur plaire à tous les deux. Ils se chargeraient de récupérer, ensuite, ce que Lorraine et Alain ne comptaient pas conserver.

La pièce, toute en longueur, nécessitait un coup de neuf, mais Lorraine aimait l'idée de la grande cheminée et du canapé arrondi placé devant l'âtre.

Un vaisselier, était encore garni d'assiettes décoratives, en porcelaine. Les murs tapissés de photos représentaient la famille. Alain lui désigna ses grands-parents, placés dans un cadre sur le manteau de la cheminée. C'était un beau couple, alors âgé d'une soixantaine d'années. Catherine, la grand-mère était une femme menue, aux cheveux grisonnants retenus en un chignon. Elle avait de doux yeux et souriait à un homme, de haute taille, aux cheveux poivre et sel, bouclés. Il portait des lunettes et regardait amoureusement son épouse.

— Ton père ressemble beaucoup à ton aïeul, affirma Lorraine.

— C'est vrai, confirma Alain. C'était un homme bon et juste.

De nombreux autres portraits étaient visibles, représentant les trois générations, à différents âges. Lorraine y découvrit Alain, petit garçon, à peine âgé de deux ans, puis vers neuf ans et plus tard, adolescent. Pour elle, cette maison recelait des trésors de souvenirs. On sentait le bonheur passé, les soirées de partage, la complicité des générations…

Alain l'entraîna, ensuite, vers une seconde pièce qui nécessitait une rénovation complète, puisqu'il s'agissait de la cuisine. Tout était encore en place. La pièce, meublée à l'ancienne, contenait une table avec banquette d'angle, un réfrigérateur, une gazinière et un grand buffet.

Lorraine y voyait déjà, sa cuisine incorporée, avec un îlot central et une table ronde pour prendre le petit-déjeuner. Là encore, la pièce était spacieuse et s'ouvrait sur une grande fenêtre donnant sur l'arrière de la maison.

Dans les dernières pièces du rez-de-chaussée, une fois les vieux meubles retirés, l'espace semblait idéal pour y installer deux bureaux.

— La maison a du potentiel, dit Lorraine. J'ai déjà quelques idées de modifications.

— C'est formidable, répondit Alain. Je suis très heureux que la maison te plaise et nous ferons tous les aménagements que tu souhaites.

— Je veux, tout de même, te laisser décider de ce que tu aimerais conserver. Après tout, c'est la maison de ton enfance et pour toi, elle doit conserver une certaine authenticité.

— Viens là, ma douce que je te serre dans mes bras. Tu me combles de bonheur Lorraine. Tu es une femme exceptionnelle, tu le sais ça ?

— N'exagérons rien, répondit Lorraine en riant, en se blottissant dans les bras d'Alain. Tu m'emmènes voir les pièces, à l'étage ?

— Avec plaisir ! Viens, suis-moi, ma toute belle.

Alain entraîna Lorraine vers le grand escalier conduisant aux pièces du haut. Il se composait d'une vingtaine de marches, droites, avant d'obliquer, d'une part, sur la gauche conduisant vers un couloir ouvert permettant d'envisager une mezzanine et sur la droite vers une pièce unique. Sous l'escalier se trouvaient les commodités, à rénover ainsi qu'un accès au sous-sol.

La porte donnant sur la droite, avait un double usage : un escalier conduisait aux combles, et une grande pièce carrée, avec vue sur l'avant de la maison, suffisamment spacieuse pour y installer une grande chambre à coucher, un dressing et une salle de bains.

— Cette maison est un véritable labyrinthe, ma parole, s'étonna Lorraine.

— C'est vrai, confirma Alain. Quand j'étais enfant, je m'amusais à me cacher dans les moindres recoins ce qui faisait toujours enrager mon grand-père qui devait partir à ma recherche.

— J'imagine, dit Lorraine en riant. On monte au grenier ou on visite la dernière pièce, de l'autre côté du couloir ?

— Viens, je t'emmène d'abord voir la dernière pièce. C'est là que j'avais ma chambre quand je passais la nuit chez mes grands-parents.

— Dans ce cas, je te suis, avec beaucoup de curiosité, annonça Lorraine en entraînant, cette fois, Alain, vers son ancienne chambre.

Elle découvrit une pièce immense, dans laquelle il était possible de faire deux grandes chambres. Elle qui envisageait d'avoir deux enfants, sans en avoir parlé, au préalable, à Alain… Elle se voyait déjà partager la pièce en deux, y mettre une cloison, deux portes et modifier la grande fenêtre.

Alain retrouva dans cette pièce, une partie de ses souvenirs d'enfance. Sa chambre était encore entièrement meublée. Un grand lit double trônait au centre de la pièce avec deux chevets. Une armoire, trois portes occupait le mur du fond. En face du lit se trouvait une commode à quatre tiroirs et un coffre était placé devant la fenêtre.

— Tu vois, mon cœur, ce coffre me servait à observer la mer. Je grimpais dessus à genoux, et j'observais la vie qui se déroulait au loin.

— Je suis heureuse que tes parents nous aient fait cadeau de cette maison, assura Lorraine. Elle n'est peut-être pas très fonctionnelle mais elle a du charme et recèle tant de souvenirs.

— Tu as bien raison. Cette maison sort totalement de l'ordinaire. Elle a un cœur et dégage une certaine nostalgie du temps passé. Viens, je t'emmène dans mon ancienne salle de jeux, à présent.

— Tu avais une salle de jeux, s'étonna Lorraine ?

— Pas exactement, mais viens, tu vas comprendre, répondit Alain en la prenant par la main.

Ils traversèrent le couloir ouvert avant de s'engouffrer dans l'escalier conduisant au dernier niveau de la maison. En haut des marches, Alain poussa la porte conduisant aux combles. Une pièce immense, éclairée de fenêtres à même le toit, offrait un vaste espace contenant toutes sortes d'objets allant de la vieille malle au cheval à bascule, en passant par des étagères remplies de boites diverses ou encore de caisses, à même le sol. Dans un coin de la pièce, Lorraine découvrit un train électrique avec une ville miniature, une gare et de nombreuses zones recouvertes de verdure, qui devaient appartenir à Alain, lorsqu'il n'était encore qu'un enfant, ainsi qu'un bateau à mettre sur l'eau et un avion géant.

— Tu vois, c'est ici que je jouais. C'était mon univers, ma vie d'enfant, mon jardin secret.

— C'est fabuleux, s'exclama Lorraine ! Je verrais bien cet endroit aménagé en salle de sport pour toi et en atelier peinture, pour moi. Qu'en dis-tu ?

— Tout ce que tu veux, mon cœur. Je suis partant, à condition que tu sois heureuse.

— Depuis que je t'ai rencontré, je suis la plus heureuse des femmes. Chaque jour est une nouvelle source de bonheur et de surprises, pour moi.

— Et ce n'est qu'un début, affirma Alain. J'ai encore des projets pour nous deux.

— Vraiment, questionna Lorraine ? Lesquels ? Tu ne veux pas m'en parler ?

— Chaque chose en son temps, mon ange. Nous allons tout d'abord rejoindre mes parents. Ils nous attendent pour un repas, un peu particulier.

— Qu'est-ce que tu me caches encore, voulut savoir Lorraine.

— Tu le sauras bien assez tôt, affirma Alain. Maintenant que tu as vu la maison, tu peux déjà te faire une idée de notre futur nid d'amour. Mais il reste le jardin à voir. Viens, redescendons et allons voir l'espace détente que nous offre notre nouvelle maison.

Ils redescendirent les marches jusqu'au rez-de-chaussée et se dirigèrent vers la porte arrière, côté cuisine. Lorraine resta scotchée par la beauté des lieux. Un jardin paysagé s'ouvrait à elle et conférait une certaine magnificence aux lieux. Une pelouse parfaitement entretenue se dessinait devant elle, séparée par une allée gravillonnée. Sur la gauche, le doux clapotis de l'eau se faisait entendre à travers une fontaine qui se déversait dans trois bacs différents entourés de fleurs colorées.

— C'est magnifique, Alain ! Comment est-il possible d'avoir un aussi bel espace ? Qui entretient ce jardin ?

— Mes parents aiment travailler la terre et ma mère s'y connait en décoration extérieure.

— Je vois cela. C'est grandiose. Personne ne pourrait soupçonner qu'un tel jardin puisse exister derrière cette maison, rajouta Lorraine.

— C'est clair. Mes grands-parents aimaient la nature et avaient besoin de ce havre de paix pour se sentir en osmose et mes parents ont suivi leurs traces.

— Je suis estomaquée par toute cette beauté, tu peux me croire. Oh, mais regarde ! Là, sur la gauche, comme les rhododendrons sont beaux !

Tout le jardin était splendide. Des bosquets fleuris, des arbustes colorés, du lilas double, apportaient des touffes de couleur, d'une beauté sans pareille. Un banc était placé sous une petite tonnelle pour s'installer et admirer le paysage. Partout trônaient des amphores, des coupes de fleurs. Dans le fond du jardin, deux anges souriaient aux visiteurs.

Lorraine était subjuguée par ce qu'elle voyait et son cœur chavirait. Elle était tellement heureuse, tellement reconnaissante à Alain, de l'aimer. Ce jardin, elle allait le peindre pour le garder, à jamais, vivant.

— Cela te plait, demanda Alain ?

— C'est un petit paradis, mon cœur ! Comment veux-tu que cela me déplaise, répondit Lorraine.

— Je suis fou de joie face à tes réactions, Lorraine. Viens que je te serre dans mes bras, bébé. Je t'aime et je veux que tu deviennes ma femme.

— C'est une demande en mariage, où je me trompe questionna Lorraine, le cœur battant ?

— Dans quel plus bel endroit aurais-je pu te poser la question, mon cœur ? C'est bien une demande en mariage et j'espère que tu vas répondre « oui !»

— Bien sûr que je veux être ta femme, Alain. Ce sera un immense bonheur pour moi, de te prendre pour époux, répondit Lorraine en se blottissant dans les bras de son fiancé.

— Tu fais de moi l'homme le plus heureux sur terre, rajouta Alain en glissant un tendre baiser sur la bouche rosée de sa bien-aimée. Viens, à présent, nous devons y aller, mes parents nous attendent.

Nous reviendrons prochainement dans la maison pour y prendre des photos de chaque pièce et nous déciderons des travaux que nous voulons entreprendre.

— Je suis impatiente de commencer les transformations, déclara Lorraine. J'ai des idées, plein la tête et je nous vois déjà vivre ici.

— Chaque chose en son temps, ma douce. Cela viendra.

Ils refermèrent la porte d'entrée, à double tour et remontèrent en voiture. Alain avait préparé une surprise pour Lorraine, avec la complicité de ses parents.

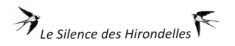

Le Silence des Hirondelles

Chapitre 16

Durant le trajet du retour vers Dunkerque, Lorraine n'arrêtait pas de parler de ses idées pour rénover la maison. Alain l'écoutait en souriant. Il était enchanté de voir autant d'enthousiasme. Lui qui avait craint que Lorraine ne veuille pas vivre dans la demeure de ses grands-parents, était agréablement surpris de la réaction de Lorraine. Décidément, c'était une fille hors du commun et il se félicitait de l'avoir rencontrée. À deux, ils feraient de cette maison, leur havre de paix.

Alain remonta la rue conduisant à la maison de ses parents et gara son 4 x 4 devant l'entrée. Eux qui devaient l'attendre depuis un moment, se tenaient, impatients, sur le pas de la porte, le sourire aux lèvres. En voyant les jeunes gens arriver, Mariette tendit les bras vers Lorraine et l'accueillit avec émotion.

— Bonjour mon enfant, commença-t-elle. Mon mari et moi sommes tellement heureux que vous ayez répondu positivement à la demande de notre fils. À présent, vous devenez notre fille et nous sommes fiers de vous recevoir dans notre famille.

— Merci beaucoup Mariette, je suis très touchée par vos paroles et je me réjouis de faire partie de votre famille.

— Mais entrez donc, tous les deux, proposa Julien.

Ils pénétrèrent dans la maison et Mariette entraîna Lorraine vers la véranda. Elle resta quelques instants sans voix, devant le spectacle qui s'offrait à elle. La grande table avait été recouverte d'une nappe beige et d'un chemin de table rouge. Au centre, trônait un bouquet de fleurs coloré et quatre couverts étaient dressés. Une immense banderole indiquait : « Félicitations pour vos fiançailles » ! Divers bouquets de fleurs étaient placés dans toute la véranda rendant l'endroit festif. Des ballons multicolores avaient été gonflés et accrochés tout autour de la baie vitrée. Lorraine était émue et ses yeux s'embuèrent de larmes de joie.

— Oh, mon enfant, s'exclama Mariette ! ne pleurez pas, voyons. Notre fils unique a trouvé une perle et il est normal que nous fêtions dignement vos fiançailles.

— C'est tellement touchant de votre part, de vous donner autant de mal, répondit Lorraine. C'est nous qui aurions dû vous inviter au restaurant pour l'occasion.

— Alain nous l'a proposé mais nous tenions à organiser la fête chez nous, répondit Mariette. Installez-vous, je vais servir les petites entrées pendant que mon mari s'occupe des apéritifs.

Mariette s'afféra en cuisine pendant que Julien servait les apéritifs. Elle revint quelques instants plus tard, avec un plateau garni de mignardises salées et invita chacun à s'installer à table.

— Vous vous êtes donné beaucoup de mal, Mariette, commenta Lorraine.

Ce ne sont que quelques amuse-bouches, voyons. Le reste du repas nous sera livré par un traiteur. J'ai tout organisé pour 13 h 00.

— Alors, Lorraine, dites-moi, quelle date avez-vous retenue pour votre mariage ?

Lorraine, surprise, ne sut tout d'abord pas quoi répondre. Tout était si soudain : d'abord, les fiançailles inattendues chez ses parents, puis la maison des grands-parents d'Alain, en cadeau et à présent, un mariage…

Avant qu'elle ne réagisse, Alain prit la parole :

— Chérie, commença-t-il, en s'adressant directement à Lorraine, j'ai une proposition à te faire concernant la date du mariage.

— Tu as pensé à tout, répondit Lorraine, le cœur battant.

— Cela ne reste qu'une proposition, confirma Alain. Tu y réfléchiras et nous prendrons la décision finale ensemble. Donc, comme nous sommes tous deux dans l'enseignement, nous devons choisir une date en juillet ou en août et j'ai pensé que le troisième samedi de juillet, l'année prochaine, serait le moment idéal. Les examens seront passés, les cours rangés jusqu'à l'année suivante et nous aurons du temps pour les derniers préparatifs. Cela nous laissera aussi le loisir de prévoir un beau voyage de noces, avant la reprise des cours. Qu'en penses-tu, ma chérie ?

— Je n'y ai pas réfléchi, jusque-là mais ta proposition me plaît. C'est juste que tout se bouscule dans ma tête, tout est tellement soudain, tellement inattendu, que j'ai encore du mal à réaliser ce qui m'arrive, répondit Lorraine.

— Vous aurez le temps d'y réfléchir, Lorraine, confirma Mariette. Mais j'entends la sonnette de la porte d'entrée. Ce doit être le traiteur. Excusez-moi un instant, je reviens tout de suite.

C'était effectivement le traiteur qui ramenait le repas. Mariette invita les deux serveuses à entrer et les emmena dans la cuisine.

Elle leur donna quelques directives concernant l'utilisation du four et de la plaque de cuisson, avant d'aller rejoindre les autres, sous la véranda.

— Voilà, le traiteur est arrivé et nous pouvons nous installer tranquillement. Je vais débarrasser et d'ici quelques minutes, nous aurons le plaisir d'être servis, ajouta Mariette.

— Vous avez tout prévu dans les moindres détails, rajouta Lorraine. Je vous remercie, sincèrement pour tout ce que vous faites pour nous.

— C'est normal, conclut Mariette avant de se diriger vers la cuisine avec un plateau garni des restes de l'apéritif.

Le repas servi fut grandiose, débutant par du loup de mer, sauce aurore et son risotto, suivi d'un filet de canard à l'orange garni de pommes noisette et légumes croquants de saison et pour finir, une assiette gourmande présentant une crème brûlée, un mini soufflet au chocolat et un carpaccio d'ananas, le tout servi sur des assiettes à bord doré et présenté tel un repas digne d'un restaurant gastronomique. La serveuse était aux petits soins, souriante et aimable et tout fut irréprochable. Lorraine était de plus en plus épatée par la gentillesse de ses futurs beaux-parents. Elle entendait nombre de ses relations se plaindre d'une belle-mère pointilleuse ou envahissante. Elle avait énormément de chance d'avoir des futurs beaux-parents aussi charmants.

En fin d'après-midi, Lorraine et Alain retournèrent à leur appartement de Bray-Dunes. Il y avait tellement de préparatifs à faire, de décisions à prendre, de gens à contacter, de projets à réaliser que Lorraine en avait la tête qui tournait. Ils devaient retenir rapidement une date pour le mariage, puis tout organiser autour de cette date. En même temps, il leur faudrait prévoir les travaux de la maison, afin que tout soit prêt au retour de leur lune de miel.

Le lendemain, au petit-déjeuner, ils dressèrent une liste complète de toutes les étapes à suivre pour mener à bien leurs divers projets. La date proposée par Alain en juillet de l'année prochaine fut retenue. Ils dressèrent, chacun de leur côté, une liste des convives qu'ils comptaient convier à la noce et prirent rendez-vous par téléphone, à la mairie et chez le prêtre pour la cérémonie religieuse. Ils devraient retourner dans l'Est pour le choix du traiteur, des fleurs et de la salle. Lorraine comptait sur ses parents pour l'aider dans ses démarches.

Elle avait fait un tableau précis des diverses étapes à suivre et très rapidement, ils le complétèrent. La date choisie était libre en mairie et, pour le mariage religieux, le prêtre pouvait les marier, selon leur souhait. Aux premières vacances de Toussaint, ils devaient rencontrer le curé de Théding où Lorraine avait grandi, la cérémonie devant avoir lieu dans son village.

Quand elle appela ses parents pour leur annoncer la grande nouvelle, Sophie fondit en larmes et Fabien se racla la gorge, ému avant de féliciter les jeunes gens pour leur future union.

Sophie s'occupa du traiteur, des fleurs et de la salle, afin de laisser les jeunes gens gérer les travaux de leur future maison.

Ils firent venir diverses entreprises pour les nombreux travaux d'embellissement ou de rénovation, ne nécessitant pas de demandes particulières, afin de chiffrer les futurs chantiers allant de la toiture avec nouvelle charpente, en passant par le double vitrage et les nouveaux aménagements intérieurs. Ils avaient prévu de casser un pan de mur du salon-séjour afin de faire poser une porte fenêtre et d'aménager une terrasse, à l'avant, avec vue sur la plage et la mer, au loin. Pour la chambre des futurs petits, Lorraine resta sur sa décision de partager la grande pièce, à l'étage, en deux, afin d'envisager la venue de deux enfants.

Elle ne voulait pas s'y reprendre à deux fois et préférait tout aménager à son goût, dès le départ. Un architecte réalisa un nouveau plan de la maison, incluant le changement de façade et la construction d'un garage double, accolé à la maison. Les travaux d'intérieur pourraient commencer prochainement. Il restait, auparavant à Lorraine et Alain, à vérifier le mobilier qu'ils garderaient, rénoveraient, ainsi que toutes les affaires qui seraient rendues aux parents d'Alain.

En attendant l'autorisation de démarrer les travaux qui permettraient de remettre leur futur petit nid à neuf, les journées de travail restaient bien chargées. Il fallait rester concentré sur les cours à assurer, terminer les programmes, corriger les copies… Sans oublier les amis qui avaient proposé de venir prêter main forte pour vider la maison et faire du tri.

* * *

On était déjà avril et les journées filaient rapidement. Ils avaient enfin obtenu le permis de construire et choisi les divers corps de métiers et à présent, les rénovations pouvaient commencer.

Chapitre 17

Ils se rendirent un vendredi soir sur les lieux, après un repas rapide. En introduisant la clé dans la serrure, Alain repensa à tous les moments qu'il avait partagés avec ses grands-parents. Il se réjouissait des projets de rénovation que Lorraine lui avait proposés. Il n'aurait pu espérer mieux. Sa future épouse aimait la maison dont il venait d'hériter et ils y seraient heureux, il le sentait.

Quand Alain poussa la porte d'entrée et pénétra dans le grand hall, Lorraine ressentit le même sentiment que la première fois, une sorte de bien-être, comme si la maison lui ouvrait les bras pour l'accueillir, Elle, Ici, En ces lieux.

Ils avaient décidé de commencer leur prospection, par le grenier, dans lequel un atelier de peinture, pour elle et une salle de sport, pour lui, seraient installés. Ils grimpèrent allègrement les marches jusqu'au grenier, se chamaillant en riant. Alain poussa la porte et pénétra dans son ancienne salle de jeux.

— Par quoi veux-tu commencer, demanda-t-il à Lorraine ?

— Commence par monter les cartons qu'on a ramenés et ranges-y tes jouets.

— J'aimerais que tu les conserves, pour le moment, répondit Lorraine. Moi, je m'occupe de l'autre côté, en commençant par la grande armoire au fond.

— D'accord, mon cœur, répondit Alain en se mettant à la tâche sans plus tarder.

Lorraine se dirigea jusqu'à la vieille armoire qui occupait tout un pan de mur. Elle voulut l'ouvrir mais il n'y avait pas de clé sur la serrure. Elle chercha au-dessus de l'armoire, se rappelant que souvent, les parents mettaient les clés, à l'abri, pour éviter qu'elles ne se perdent. Elle laissa glisser ses doigts sur le haut de l'armoire, rencontrant de la poussière mais pas de clé.

— Dis-moi, Alain, tu sais où est passée la clé de la grande armoire ? La porte est fermée et je ne peux pas commencer à faire le tri.

— Oh, ma chérie, cette armoire était toujours fermée, du temps où j'habitais chez mes grands-parents. Je ne me rappelle pas l'avoir vu ouverte, un jour.

Il partit rejoindre Lorraine pour vérifier avec elle, les coins et recoins, afin de trouver la fameuse clé, sans résultat. Il décida de se servir du petit escabeau qui se trouvait à proximité, afin de jeter un coup d'œil sur l'armoire et monta les trois marches du marchepied. Comme Lorraine, il ne rencontra, tout d'abord que de la poussière et brusquement, une latte sur l'armoire se souleva et l'armoire s'ouvrit en grand.

— Comment tu as fait pour ouvrir ? voulut savoir Lorraine, soudain très surprise.

— Je n'ai rien fait, justement, affirma Alain. J'ai touché le haut de l'armoire et brusquement, une latte s'est soulevée et les portes se sont ouvertes.

— Elle était certainement mal fermée et je n'ai pas tiré correctement sur les portes, tout à l'heure, ajouta Lorraine.

Mais quand Alain descendit de l'escabeau, ils constatèrent, ensemble, que l'armoire était totalement vide.

— Je crois que tes parents ont déjà dû faire le ménage, conclut Lorraine.

— Cela m'étonnerait, vois-tu, avança Alain. Je me demande bien pourquoi les grands-parents ont installé cette armoire, si c'était pour la laisser vide.

— Elle était peut-être remplie, du temps de ta grand-mère et quand elle est décédée, ton grand-père a dû la vider. Elle contenait, peut-être des souvenirs de ta grand-mère, pensa Lorraine.

Alain inspecta l'intérieur de l'armoire, pour s'assurer qu'elle était bien vide et soudain, quand il toucha la paroi du fond, celle-ci coulissa, laissant un trou béant…

— C'est quoi, au juste, cette paroi qui vient de glisser ? demanda Lorraine, le cœur battant.

— Je l'ignore, confirma Alain. Attends, je vais enlever l'étagère et vérifier ce qu'il y a au fond.

— Sois prudent, conseilla Lorraine. C'est peut-être un trou béant.

— Ne t'inquiète pas, je vais faire attention, promit Alain.

Il enleva l'étagère et entra, prudemment, dans l'armoire. Il prit son portable pour éclairer l'intérieur, avant d'enjamber le meuble et de se retrouver, dans ce qui semblait être une pièce de la maison.

Lorraine, qui le vit disparaître dans le noir, lui demanda de l'attendre.

— Alain, tu as découvert quelque chose ? demanda-t-elle. Attends que je vienne te rejoindre.

Elle enjamba, à son tour l'armoire et se retrouva dans une pièce sombre, à quelques pas d'Alain.

Elle se retint au mur et soudain, ses doigts tombèrent sur ce qui semblait être un interrupteur et la lumière jaillit, leur faisant pousser un cri de surprise, à tous les deux.

— C'est quoi, cette pièce ? voulut savoir Lorraine. C'est une cachette secrète, ou quoi ?

— Je n'en ai pas la moindre idée, Lorraine. Je n'ai jamais entendu parler de pièce cachée, du temps où je venais jouer ici, assura Alain.

Ils prirent, alors, le temps de vérifier ce que contenait cette fameuse pièce. Elle était carrée et suffisamment grande pour y ranger de nombreux objets, un peu comme un cellier. Des meubles étaient restés en place : une chaise à bascule, une étagère remplie de peluches (ours brun, lapin blanc, chaton rayé, éléphant gris…) comme si quelqu'un avait vécu, en secret, ici, il y a bien longtemps.

Dans le fond de la pièce, un petit lit d'enfant, blanc était placé contre le mur avec une couverture rose, ainsi qu'un chiffonnier à trois tiroirs surmonté d'une lampe à abat-jour rose, également. Quelques livres étaient restés dans le premier tiroir et Lorraine lut les titres : Cendrillon, Les contes de Perrault, La petite fée … Tous ces ouvrages étaient des lectures pour les tous petits. Quelqu'un avait dû séjourner, ici.

Lorraine fut alors, attirée par une vieille malle, placée près du lit. Elle s'en approcha et voulut la tirer au centre de la pièce, mais elle était bien trop lourde et elle n'y parvint pas. Elle demanda de l'aide à Alain qui venait de découvrir une autre porte et se demandait où elle pouvait bien conduire.

— Alain, tu peux m'aider à tirer la malle jusqu'au milieu de la pièce, s'il te plait ? Elle est beaucoup trop lourde, pour moi.

— Attends, je viens de trouver une autre porte, Lorraine.

La jeune femme alla rejoindre son futur époux et constata, effectivement, qu'une porte semblait conduire vers un autre lieu, inconnu.

Alain prit la clenche en main et essaya d'ouvrir la porte. Il dut appuyer plus fort, avant que celle-ci ne s'ouvre et qu'il se retienne de justesse pour ne pas tomber des escaliers qui venaient de se dévoiler à eux.

— C'est quoi, cette maison, demanda Lorraine ? Je commence à prendre peur Alain ! Si nous devons avoir des enfants, il est primordial de fouiller tous les coins et recoins de cette demeure, pour éviter de mauvaises surprises. Il va nous conduire où, cet escalier ? voulut-elle savoir.

— Je l'ignore, répondit Alain. Le mieux, c'est de descendre les marches et nous verrons bien. Qu'en penses-tu ?

— Sois prudent, conseilla Lorraine. On ne sait jamais.

— Les marches sont en béton, il n'y a rien à craindre, assura Alain. On va descendre lentement. Suis-moi et tiens-toi à la rampe.

Ils descendirent, l'un derrière l'autre, la série de marches qui se dessinaient devant eux. Il y en avait une bonne trentaine.

Arrivés à la dernière marche, Alain se retrouva devant un mur.

— Je ne comprends pas pourquoi ces marches ont été construites, si c'est pour finir en cul de sac ! répliqua-t-il.

Lorraine rejoignit Alain sur le petit palier. Le mur, face à eux était froid et irrégulier, mais aucune ouverture n'était visible. La jeune femme inspecta la paroi et entendit un bruit de glissement. Elle avait dû toucher quelque chose, un bouton ou un levier.

La cloison se décala et une ouverture, de la taille d'un homme, s'ouvrit. Elle y jeta un coup d'œil mais Alain la tira en arrière.

— Attends, bébé, je vais voir où cela nous conduit. Reste près de moi.

Il s'avança jusqu'au petit espace qui venait de s'ouvrir à lui. En face, se trouvait une paroi en bois. Ils avaient avancé de quelques mètres mais se retrouvaient, une fois de plus, bloqués.

— Tu as trouvé quelque chose ? voulut savoir Lorraine.

— Il semblerait qu'une nouvelle paroi nous bloque, répondit Alain.

— Essaie de voir s'il n'y a pas de bouton pour la faire coulisser.

— Je ne vois rien de tel, répondit Alain.

— Essaie de pousser comme s'il s'agissait d'une porte, dans ce cas, proposa Lorraine.

Alain tenta tout ce qui semblait possible, mais rien ne bougea. Il allait céder la place à Lorraine qui aurait peut-être plus de chance, quand il sentit qu'une latte céda. Il poussa mais rien ne se passa. Il appuya dessus et entendit un nouveau bruit de glissement et la paroi laissa place à une ouverture. Il aperçut le jour poindre et avança d'un pas.

— Non, Lorraine ! s'écria-t-il.

— Qu'est-ce qui se passe ? voulut-elle savoir.

— Tu ne devineras jamais où aboutit cet escalier ! Viens vite me rejoindre…

Lorraine avança dans la pièce et poussa un « OH !! » de surprise. Ils étaient dans le salon-séjour et la cloison qui venait de coulisser n'était autre que la grande bibliothèque qui trônait dans la pièce, non loin de la cheminée.

— On se croirait dans le Cluedo ! s'exclama la jeune femme. Des portes secrètes conduisant dans une autre pièce de la maison.

— C'est quoi, ce Cluedo dont tu parles ? voulut savoir Alain.

— Mais tu sais bien, voyons ! c'est ce fameux jeu de société où il faut trouver qui a tué une personne et avec quelle arme. La maison propose aussi des passages secrets, comme ici, affirma Lorraine.

Ah oui ! Je vois de quoi tu parles. J'espère simplement, ne pas trouver d'autres cachettes de ce genre, vois-tu, déclara Alain.

— Comment on fait pour refermer la bibliothèque, à présent ?

Alain tenta de la pousser, de la faire glisser, en vain. Lorraine eut alors une idée.

— Dans les films, il faut faire bouger un livre, proposa-t-elle à Alain.

— Tu regardes trop la télé, ma chérie. Je pense qu'il y a un système plus simple.

— Le mieux c'est de voir si tous les livres sont de vrais livres, avança Lorraine.

— Comment ça ?

— Il y a peut-être un livre qui est faux et qui représente un levier, tu comprends ? poursuivit Lorraine.

— Là, tu dis n'importe quoi, affirma Alain.

La paroi se referma d'un coup, les laissant muets de surprise.

— À quoi as-tu touché ? voulut savoir Alain.

— C'est comme je te disais, chéri. Le livre, intitulé « La belle au bois dormant », n'est pas un livre. Quand tu le tires en arrière, la paroi se referme. Regarde, quand je tire à nouveau dessus, elle se rouvre. Le livre fait office de levier. Tu vois que j'avais raison.

— Je dois dire que je me suis bien trompé, avoua Alain. Je crois que nous ne sommes pas encore au bout de nos surprises.

— Je pense qu'il ne faut en parler à personne, pour le moment. Il faut que nous inspections toutes les pièces de la maison pour nous assurer qu'il n'y a rien d'autre de bizarre, proposa Lorraine.

— Il faut, tout de même, que j'en parle à mon père, chérie. Il est, sans doute, au courant de ce passage secret. S'il y en a d'autres, il nous en parlera.

— Je ne pense pas qu'il soit au courant, sans quoi, il t'en aurait déjà parlé. Il faut qu'on remonte, là-haut, pour voir ce qu'il y a dans les tiroirs de la commode et surtout, dans la malle. Après nous aviserons, proposa Lorraine.

— Comme tu veux, chérie. Remontons au grenier, dans ce cas et continuons notre fouille.

Arrivés au grenier, ils repassèrent dans l'armoire, restée ouverte et se retrouvèrent dans la petite pièce carrée, qui semblait receler quelques secrets bien gardés.

Lorraine se dirigea vers la commode et ouvrit le second tiroir. Elle y trouva, à sa grande surprise, de la layette pour bébé, de petits pyjamas, des bodys, de jolies robes colorées, un bonnet rose et une écharpe, un manteau rose et blanc, de toutes petites chaussures molles, également en rose et blanc. En vérifiant les divers articles, elle nota que tout allait de la naissance à trois mois. Tous ces petits vêtements avaient dû appartenir à un enfant, plus précisément, une petite fille. Il ne s'agissait donc pas des premiers petits vêtements du papa d'Alain.

— Chéri, regarde ! Ce sont des vêtements de bébé, de petite fille. Ta grand-mère a eu d'autres enfants que ton père ?

— Non, pas à ma connaissance, affirma Alain. Il faut que j'interroge mon père. Il saura me répondre.

Lorraine ouvrit le dernier tiroir qui contenait, comme le précédent, des vêtements de petite fille, mais cette fois de taille six à neuf mois, puis, plus rien. Elle se tourna vers Alain, le regard interrogateur.

— C'est bizarre, tout cela, tu ne trouves pas ? On dirait que dans cette maison, quelque chose de particulier s'est passé, assura Lorraine.

— Peut-être que ma grand-mère pensait avoir une fille et c'est mon père qui est né. Elle n'aura pas voulu se défaire des affaires et voilà tout, proposa Alain.

— Si elle avait voulu garder les vêtements, je peux encore le concevoir, mais pourquoi avoir caché le lit, le chiffonnier et surtout les peluches ? Ton père aurait pu en profiter.

— Je ne sais pas répondre à tes interrogations, ma chérie. Je suis persuadé qu'il existe une réponse tout à fait cohérente, à la situation, et que mon père nous permettra de tirer tout cela au clair, très rapidement, affirma Alain. Arrête de jouer au détective, veux-tu ?

— Je suis intriguée, Alain. C'est normal que je me pose des questions, puisque la maison est nôtre, à présent. Je ne veux pas vivre dans une maison qui cache des secrets. Si nous devons fonder une famille, il faut qu'on le fasse, sereinement, dans un environnement rassurant, objecta Lorraine. Regardons ce que contient la malle. Elle nous donnera, peut-être des informations et lèvera le mystère qui plane sur cette pièce.

Ils se dirigèrent ensemble vers la grosse malle et la tirèrent difficilement ensemble, jusqu'au centre de la pièce. Lorraine voulut soulever le lourd couvercle mais il ne céda pas. Alain tenta, à son tour, d'ouvrir la malle, mais elle était bien fermée.

— Regarde, dit Lorraine. Il y a une serrure à clé. La malle est fermée. Il faut trouver la clé pour l'ouvrir. Cherchons dans la pièce, elle doit sûrement s'y trouver.

Ils fouillèrent chaque endroit, méticuleusement, mais hélas, ne trouvèrent pas la clé permettant de dévoiler les secrets de la malle.

— Il faudra forcer la serrure, objecta Lorraine, si on ne retrouve pas la clé, ou faire venir un serrurier.

— C'est une malle très ancienne, qui a de la valeur. Il vaudrait mieux ne pas l'abîmer.

175

— Nous finirons par retrouver la clé, en faisant le tour de la maison. Elle a sûrement été mise à l'abri, dans un tiroir quelconque. On mettra la main dessus, en fouillant les autres pièces.

— Quel dommage ! se désola Lorraine. J'avais tellement envie de savoir ce qu'il y a dans cette malle.

— Les femmes sont toujours trop curieuses, ma chérie. Certains secrets ne doivent, sans doute, pas être découverts… On va ressortir d'ici et refermer l'armoire. Il faut continuer à vérifier toutes les pièces pour savoir quoi garder et de quels meubles, de quelle vaisselle, de quels bibelots nous voulons nous défaire.

— Tu as raison, mon chéri, confirma Lorraine. L'heure tourne et nous n'avons encore rien fait. Il faut absolument avancer.

Ils refermèrent l'armoire du grenier et rangèrent entièrement la pièce, enfermant les jouets d'Alain dans les différents cartons. Lorraine avait emporté un bloc-notes afin d'y inscrire, pour chaque pièce, ce qu'il faudrait jeter, déplacer, nettoyer, rénover…

Ils firent le tour des pièces convenant, au fur et à mesure, du mobilier qu'ils garderaient, avant de rentrer chez eux, dans leur appartement de Bray-Dunes. Tout ce qui se trouvait dans les diverses armoires, placards, bibliothèques, chiffonniers, ils y penseraient le lendemain.

Après une bonne douche et un plateau télé, ils décidèrent de garder leur découverte pour eux, pour le moment. Ils voulaient être sûrs de ne pas trouver d'autre porte dérobée ou d'autre pièce secrète et espéraient encore retrouver la clé de la fameuse malle qui les intriguait tant…

Chapitre 18

Le mois de mai fut un mois très bénéfique pour Alain et Lorraine. La plupart des élèves s'absentaient déjà et les nombreux ponts inscrits au calendrier rendaient les journées bien plus reposantes pour le jeune couple. Lorraine en profita pour finir son programme et faire des révisions. Elle eut le temps de s'occuper plus particulièrement des jeunes qui assistaient encore aux cours et trouva l'expérience très enrichissante.

Pendant ce temps, les travaux avaient débuté dans la nouvelle maison. Le beau temps avait permis de refaire le toit et la charpente à neuf et les doubles vitrages étaient commandés.

Ils s'étaient rendus tous les soirs, dans leur future maison, souvent en compagnie de leurs fidèles amis et collègues, afin de trier les différentes affaires. Lorraine avait découvert une magnifique vaisselle en porcelaine, indémodable et de très beaux verres en cristal.

L'ancienne cuisine des grands-parents avait été entièrement vidée et de nombreux objets placés en dépôt-vente. Lorraine avait, cependant, conservé beaucoup de vaisselle car elle n'était pas encore équipée.

Elle ne pensait pas, en arrivant à Bray-Dunes, trouver son futur époux. Son souhait aurait dû la ramener auprès de ses parents, mais le destin en avait décidé autrement.

Ils avaient vidé, seuls, le grenier, conservant leur cachette secrète et espéraient toujours, retrouver la clé de la malle. Pour le moment, ils avaient fait chou blanc mais ne perdaient pas espoir.

La pièce qui devait contenir leur chambre était déjà en travaux. Comme Lorraine l'avait prévu, un dressing et une salle de bains ultra modernes allaient être installés.

La paroi de séparation en deux de la grande pièce, à l'étage était déjà posée et le résultat plaisant.

La semaine suivante, le double vitrage devait être installé. Les parents d'Alain seraient sur place car les jeunes gens devaient profiter d'un long week-end pour remonter dans l'Est. La meilleure amie de Lorraine, Emma, allait épouser son collègue de travail et colocataire. Cela faisait un petit moment, déjà, qu'ils s'étaient installés ensemble et leur couple faisait des envieux. Ils étaient tellement fusionnels que chacun savait d'avance ce que l'autre allait dire. Souvent, l'un finissait les phrases de l'autre, comme une évidence. Lorraine serait le témoin d'Emma et elle s'en réjouissait.

Chapitre 19

Lorraine prépara un grand fourre-tout avec le nécessaire pour le mariage d'Emma. Elle accrocha les deux housses avec leurs tenues pour la noce, au crochet du plafonnier et ils prirent la route un jeudi soir, après les cours, pour se rendre dans l'Est de la France.

Alain prit le volant le premier et Lorraine termina les derniers cent kilomètres qui la ramenaient en territoire connu.

Sophie sortit sur le pas de la porte, dès qu'elle entendit les pneus crisser sur le gravier. Elle attendait, avec impatience, sa fille et son beau fiancé. Elle leur avait préparé à souper et Fabien les invita à prendre un apéritif, sans tarder. Comme ils s'étaient relayés au volant, la fatigue ne s'était pas encore emparée d'eux, et ils furent heureux d'entretenir la conversation avec Fabien, pendant que Sophie s'affairait en cuisine.

Elle revint, quelques instants plus tard, avec un plateau de délicieux toasts, pour entendre Lorraine parler de la rénovation de leur maison.

— Il faudra que vous veniez, cet été, voir notre maison, proposa Lorraine.

— Le toit est refait à neuf et ce week-end, les nouvelles portes et fenêtres vont être posées. Les parents d'Alain vont aller sur place puisque nous ne pouvions y être.

— Et pour le reste des travaux ? voulut savoir Sophie.

— Nous avons vidé une partie de la maison et couvert les meubles que nous voulions conserver, expliqua Alain. Nous avons travaillé de nombreux soirs pour vider toutes les armoires et vérifié ce qu'il fallait garder, jeter, ou donner à mes parents. Mon père avait déjà récupéré un certain nombre de souvenirs mais il préfère me laisser vider la maison. Je pense que c'est encore douloureux pour lui de ne plus avoir de parents.

— C'est toujours difficile de perdre ceux qu'on aime, confirma Sophie. J'ai la chance d'avoir encore ma mère et je sais déjà que son départ sera très douloureux.

— Servez-vous à manger, les enfants, proposa Fabien qui ne pouvait plus résister à la bonne odeur des petits pains.

Ils discutèrent longuement de leurs futurs projets, prirent des nouvelles de la famille, des voisins, jusqu'à ce que Sophie les invite à se mettre à table. Elle avait préparé une paëlla qui avait suffisamment mijoté à présent. Ils se régalèrent, comme toujours et finirent la soirée autour d'un bon café et d'une part de tarte, que la grand-mère de Lorraine savait préparer comme personne. Elle les avait d'ailleurs rejoints pour le souper et se réjouissait, comme toujours, de revoir sa petite fille qu'elle avait élevée pendant que Sophie travaillait.

Le vendredi était un jour libre avant le mariage. Alain et Lorraine devaient emmener les futurs époux pour leur enterrement de vie de jeunes…

Les garçons avaient prévu une soirée avec repas exotique, super nanas et striptease pour donner à réfléchir au futur marié.

Luc n'avait aucune crainte, car il savait qu'il avait trouvé sa perle rare et qu'aucune autre femme ne pourrait arriver à la cheville d'Emma. Il avait, cependant, participé avec beaucoup d'humour, à la fameuse soirée, riant, buvant et dansant jusqu'au matin.

Les filles avaient entraîné Emma dans les rues de Saint-Avold afin de lui faire vendre un panier garni... On y trouvait des préservatifs, des sucettes pour bébés, des caleçons homme décorés avec goût... et toutes sortes de petits gadgets faciles à vendre comme des briquets, des jetons de caddies... Emma était vêtue en petite fille, avec une robe blanche à dentelles, des chaussettes blanches, des couettes avec de gros flots roses, des chaussons roses de grand-mère et une énorme sucette accrochée autour du cou. Elles sillonnèrent, ensemble, les rues de la ville, s'arrêtant devant chaque café, chaque restaurant, chaque petit attroupement. Bientôt, Emma avait vidé une bonne partie de son panier et les filles l'emmenèrent manger dans un restaurant chinois, avec baguettes, s'il vous plaît. Leur soirée se termina en discothèque et sur la piste de danse, elles firent les folles et s'amusèrent jusqu'au matin.

Le Silence des Hirondelles

Chapitre 20

Malgré une nuit écourtée, le lendemain, de bonne heure, les filles se retrouvaient chez le coiffeur pour se faire belles en vue du mariage. Elles étaient très bavardes malgré la fatigue, et d'un enthousiasme débordant.

Elles déjeunèrent léger dans une cafétéria proche et rentrèrent pour se préparer pour la noce.

Emma était sublime avec sa robe *new age* et ses cheveux savamment retenus en une tresse fleurie.

À 16 h 00, le cortège pénétra à l'église pour le sacrement religieux. Les demoiselles d'honneur avec leurs belles robes de cocktails s'avancèrent au son de la marche nuptiale interprétée par la chorale, au bras des garçons, tirés à quatre épingles et souriants.

La mariée, rayonnante, leur emboita le pas, au bras de son papa, très ému, suivis du reste du cortège et enfin, Luc, au bras de sa maman.

La messe fut très belle et moderne, grâce aux chants choisis par les jeunes mariés. Lorraine pensa alors à ce que serait son propre mariage.

Elle avait très envie de devenir la femme d'Alain, et durant toute la messe, elle ne put s'empêcher de rêver à ses futures noces et à se projeter dans l'avenir.

À la mairie, le jeune couple officialisa son union avant d'entraîner tous les invités vers le buffet dressé dans la salle polyvalente, pour y faire la fête jusqu'au bout de la nuit.

Chapitre 21

De retour sur Bray-Dunes, Lorraine rêvait encore à la noce à laquelle elle venait de participer. Mais elle avait hâte de vérifier les travaux réalisés dans leur future maison. Les portes et fenêtres devaient, à présent être posées et ils devaient retrouver les parents d'Alain pour récupérer les clés.

Alain gara sa voiture devant la bâtisse. Ses parents avaient assuré que le travail des ouvriers avait été très bien fait, ils y avaient veillé personnellement.

En sortant du véhicule, Lorraine constata qu'ils avaient dit vrai. La maison semblait plus moderne, plus lumineuse qu'auparavant. La société de pose avait fait un excellent travail. Ils pénétrèrent dans leur maison et se rendirent dans chaque pièce, ouvrirent portes et fenêtres et se réjouirent du résultat final.

Il restait, évidemment, de nombreux travaux à finaliser, mais tout avançait au mieux. La semaine suivante, une mini grue devait préparer les fondations pour accoler un garage double à la maison.

Ils continuèrent à enchaîner journées de travail et surveillance des travaux dans la maison et se tenaient sur le pas de la porte quand le conducteur d'engin et son collègue arrivèrent avec la grue pour creuser la tranchée prévue pour le garage.

Alain et Lorraine accueillirent les deux hommes et détaillèrent les travaux à réaliser, avant de les laisser à leur besogne.

Vers 10 h 00, Lorraine sortit les rejoindre pour leur proposer café et croissants et leur permettre de faire une pause. Alain était à leurs côtés et observait l'avancement de la fosse prévue pour les fondations.

— Je viens de heurter un objet dur, s'écria soudain le plus jeune des ouvriers, installé dans sa grue. Charles, regarde ce que c'est tu veux bien ?

Le second ouvrier qui pelletait le sable sur le côté, s'arrêta, en entendant son collègue. Il se dirigea vers le trou béant et gratta avec sa pelle. Bientôt, il dégagea un objet rectangulaire mesurant une trentaine de centimètres sur quinze.

— Tu as trouvé quelque chose, Charles ?

— Oui Paul ! On dirait une boîte ou une sorte de caissette. Je vais tenter de la dégager un peu plus pour pouvoir la sortir.

Alain et Lorraine s'étaient rapprochés du chantier et observaient Charles qui venait de creuser tout autour de l'objet. Il tira dessus et finit par le dégager totalement. Il s'agissait bien d'une caissette fermée avec un cadenas. Charles tendit l'objet à Alain.

— Je pense que ceci vous appartient Monsieur Narval. On dirait que vous venez de trouver un trésor.

Alain prit le coffret entre ses mains. Il s'agissait d'un coffret en bronze, assez lourd, fermé par un cadenas qui devrait céder sans difficultés, avec un petit marteau.

Alain ne voulut pas ouvrir devant les ouvriers et se contenta de les remercier tout en leur proposant de faire une pause pour le petit déjeuner. Ils s'installèrent sur le banc devant la maison, pendant que Lorraine suivait Alain, intriguée, à l'intérieur de la maison.

— Je me demande ce que peut bien contenir cette caissette, commença Paul. J'aurais bien aimé qu'ils l'ouvrent devant nous. Après tout, c'est grâce à nous qu'ils l'ont trouvée. On aurait carrément droit à une part du butin, tu ne penses pas Charles ?

— Si les deux n'avaient pas été présents, on aurait embarqué la caissette avec nous, mais comme ils étaient aux premières loges, on s'est fait avoir, mon grand ! On restera des ouvriers, que veux-tu ! Ce n'est pas à nous qu'une chose pareille arriverait...

— Ça c'est bien vrai, reconnut Paul. Je n'ai jamais rien trouvé, jusqu'à présent et même quand je prends un jeu au grattage, je perds, c'est te dire !

— C'est faute à pas de chance, que veux-tu ! Profitons du petit-déjeuner qu'on vient de nous offrir. Celui-là, au moins, est pour nous !

— Tiens, prends ton café, mais fais attention, il est chaud.

À l'intérieur, Lorraine attendait qu'Alain revienne avec le coffret ouvert. Il l'avait emporté jusqu'à la cabane à outils de son grand-père, situé dans le jardin.

Quand il revint, le coffret était toujours fermé mais il n'y avait plus de cadenas.

— Tu ne l'as pas ouvert, questionna Lorraine ?

— Non, je voulais qu'on le fasse ensemble. Viens, installons-nous sur le canapé du salon et laissons-nous surprendre. Cela devient de plus en plus étrange...

Alain souleva le couvercle et commença à vider le contenu sur la petite table devant lui.

— Tu crois que cela appartenait à tes grands-parents, questionna Lorraine ?

— Nous allons vite le savoir, chérie.

Alain posa tour à tour un certain nombre d'objets devant eux, à la grande surprise de Lorraine. Il y avait, dans un étui, une clé…

— Tu penses à ce que je pense, demanda Lorraine ? Ce doit être la clé de la malle qui se trouve au grenier. Nous irons l'essayer tout à l'heure.

— Regarde, chérie, il y a une grande enveloppe blanche. Je me demande ce qu'il y a à l'intérieur.

— Mets-la de côté et regarde les autres objets, mon chéri.

Alain sortit une pochette grise et ouvrit la fermeture éclair. Il en sortit deux feuillets de format A4 et un livret. Le premier feuillet était un acte de naissance. Il lut à haute voix :

— Le dix juillet mille neuf cent cinquante est née, à Toulon, Julie, fille d'Albert Narval et de Catherine Sultari.

— On dirait que tes grands-parents ont eu un autre enfant. Tu connais ta tante ?

— Je n'en ai jamais entendu parler Lorraine. Mon père disait toujours qu'il était fils unique.

— C'est qui, dans ce cas, cette Julie ?

— Attends, je regarde le second document… Oh non !

— Qu'y a-t-il, Alain ?

— Le deuxième document est un certificat de décès. Il semblerait que Julie soit décédée le vingt avril mille neuf cent cinquante et un.

— Attends ! Tu dis, en avril ? Si je compte bien, de juillet à avril, Julie venait d'avoir neuf mois !

— C'est bien cela, convint Alain. Mais qu'est-ce qui s'est passé, dans la vie de mes grands-parents ? Le malheur les a frappés, c'est clair, mais pourquoi cette pièce secrète et cette cassette enterrée ?

— Il doit y avoir une bonne raison à tout cela, affirma Lorraine. Tu avais encore trouvé un livret. Jettes-y un coup d'œil ! On en apprendra peut-être plus…

Alain prit le livret rouge et l'ouvrit. Il s'agissait d'un livret de famille.

— Le livret de famille indique le mariage de mes grands-parents, à Toulon et la naissance ainsi que le décès de Julie. Mais il n'y a aucune trace de la naissance de mon père, dans ce carnet. Là je n'y comprends plus rien !

— Ils ont peut-être un autre livret de famille. Apparemment, ils ont dû déménager, après le décès de la petite.

— Non, ils ont toujours vécu ici et je ne m'explique pas que les papiers proviennent de Toulon. Il faut absolument que j'en parle à mon père.

— Regardons d'abord ce que contient encore le coffret et ensuite, il faudra vérifier si la malle s'ouvre bien avec la clé que nous venons de trouver.

Alain trouva encore dans la caissette, une belle photo sur laquelle il reconnut ses grands-parents, encore jeunes et souriants. Catherine tenait dans ses bras une magnifique petite fille aux cheveux noirs ondulés, comme les siens. La gamine était une vraie petite poupée et une grande tristesse s'empara soudain du jeune homme. Il en avait trop vu, déjà et il ne se sentait pas la force de poursuivre, pour le moment. Tellement de questions se bousculaient dans sa tête : son père était-il au courant de la naissance de sa petite sœur ? Et pourquoi, son grand-père avait-il tout camouflé de la sorte ? Pourquoi ne lui avaient-ils jamais parlé de cette enfant ? Que lui était-il arrivé, à Julie ? Dans quelles circonstances était-elle décédée ?

Si son père n'était pas au courant, ses grands-parents avaient emporté leur secret dans la tombe…

Il referma le coffret, y rangeant ce qu'il venait de découvrir.

— Qu'est-ce que tu fais Alain ? Pourquoi tu ranges tout ? s'étonna Lorraine.

— Ecoute, ma douce, je ne peux pas en encaisser plus, pour le moment. Laisse-moi un peu de temps pour digérer la nouvelle, tu veux bien ?

— Mais tu découvriras peut-être la vérité sur ta famille, en y regardant de plus près, insista Lorraine.

— Tu ne vois pas les choses du même œil Lorraine. Là, il s'agit de Mon passé, tu comprends ! Et je ne peux et ne veux pas en savoir plus, pour le moment. Cette nouvelle m'a anéanti, tu comprends. J'ai besoin de souffler et de penser à autre chose. Nous continuerons nos recherches, une autre fois. Peut-être vaut-il mieux, d'ailleurs, que le secret reste caché. Je ne suis pas sûr d'avoir très envie d'en savoir plus. J'ai besoin d'y réfléchir à tête reposée.

— Comme tu veux, finit par dire Lorraine, déçue mais compréhensive.

— Ne m'en veux pas, ma chérie. Je sais que tu es impatiente d'ouvrir la malle, mais moi je n'y suis pas prêt. Laissons passer un peu de temps, veux-tu ?

Lorraine se lova dans les bras d'Alain, comprenant soudain, son désarroi devant la nouvelle qu'il venait d'apprendre. Les secrets de famille sont souvent douloureux, voire destructeurs. Elle n'avait pas le droit d'imposer son point de vue, ici. C'était Son histoire de famille et elle ferait comme il l'entend.

Ils restèrent sur place jusqu'au départ des ouvriers, puis rentrèrent à l'appartement. Alain appela son père, le soir même, afin de lui demander de gérer les travaux de construction du garage.

Il avait besoin de faire une réelle pause et de se couper de toute cette histoire, durant un moment.

L'année scolaire touchait bientôt à sa fin et d'ici aux grandes vacances, il aurait le temps de peser le pour et le contre de ce qu'il venait de découvrir. Il n'était toujours pas certain de vouloir en savoir plus. Il savait déjà que cette histoire d'enfant perturberait également son père, durant une période encore douloureuse pour lui. Il maintenait également que certaines vérités n'étaient pas bonnes à connaître. Si son grand-père avait voulu mettre sa petite famille au courant de leur passé, il l'aurait fait. Or, il a préféré tout taire et Alain envisageait de respecter son choix, pour le moment, tout au moins…

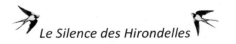 *Le Silence des Hirondelles*

Le Silence des Hirondelles

Chapitre 22

Cet été, Alain s'était occupé des réservations de vacances. Il voulait faire une surprise à Lorraine et avait tout organisé avec soin, espérant faire plaisir à la jeune femme.

Après la première semaine de juillet, ils remplirent la voiture, confièrent les clés aux parents d'Alain et partirent vers leur destination de vacances.

La route était longue et Alain fit de nombreuses haltes pour détendre ses jambes et se restaurer. Comme Lorraine ignorait où ils se rendaient, elle ne put le seconder au volant. Mais cela ne dérangeait pas Alain, outre mesure. Il aimait conduire et profitait de la concentration nécessaire sur la route pour réfléchir aux nombreux événements qui s'étaient produits dans sa vie depuis qu'il avait rencontré Lorraine. Toute son existence avait changé et un nouvel avenir se dessinait devant lui. Sa destination de vacances était bien réfléchie, contrairement à ce qu'il avait laissé entendre à Lorraine. Il avait besoin de vérifier certaines choses, de trouver un certain nombre de réponses à ses interrogations orales, et il comptait sur ces quelques jours de congé pour apprendre l'essentiel, afin de prendre une décision, ensuite…

Ils roulèrent plus de dix heures, avant d'arriver à destination. Lorraine semblait enchantée. Elle ne connaissait pas la région et se réjouissait de la découvrir. Mais elle n'était pas au bout de ses surprises.

Alain arrêta le 4 x 4 devant un petit appartement, situé en face du port. Il descendit de voiture et demanda à Lorraine de patienter quelques instants, afin de vérifier si le propriétaire était déjà arrivé. Une jeune femme élancée, en robe d'été et sandales à petits talons, faisait les cent pas devant l'appartement.

— Bonjour ! Vous êtes la personne qui doit me remettre les clés de l'appartement, demanda Alain en se présentant ? Je m'appelle Monsieur Narval.

— Enchantée, Monsieur Narval. Oui, je suis Madame Leroy, la propriétaire. Vous verrez, l'endroit est très sympathique et vous vous y plairez, certainement.

— Je vous remercie, enchaîna Alain.

Madame Leroy ouvrit la porte de leur location et Lorraine, la voyant faire, les rejoignit.

— Je vous présente Lorraine, ma fiancée, annonça Alain.

— Enchantée, Mademoiselle. Je disais justement, que vous vous plairez dans cet appartement. Il est très bien agencé et la vue sur le port est très belle.

Ils pénétrèrent à l'intérieur et Lorraine fut tout de suite séduite par les lieux. Le duplex était spacieux, lumineux et moderne, comme elle l'aimait. Une grande entrée carrée s'ouvrait sur une grande pièce centrale, composée d'une cuisine beige avec coin repas et un salon blanc et noir. À l'étage, deux grandes chambres donnaient sur le port. Elles ne contenaient qu'un grand lit et un immense placard mural. Une salle de bains se situait entre les deux pièces, avec toilettes, douche à l'italienne et baignoire ronde à remous.

La plus grande des chambres possédait un balcon, suffisamment grand pour y prendre le petit déjeuner. Des plantes vertes cachaient le balcon aux passants.

— L'appartement vous plait ? demanda la propriétaire.

— Il est parfait, confirma Lorraine, souriante.

— Dans ce cas, je n'ai que quelques documents à vous faire remplir et un chèque du montant restant, à vous demander. Ensuite, je vous laisse vous installer. Je vous laisse mes coordonnées au cas où vous rencontreriez un quelconque problème.

Ils suivirent la propriétaire au salon, complétèrent les papiers nécessaires avant de prendre congé de Madame Leroy.

— Bon séjour à tous les deux. Profitez bien de vos vacances. Je repasserai, comme convenu, le jour de votre départ pour refaire l'état des lieux, vous rendre le chèque de caution et récupérer les clés.

— Merci, Madame Leroy, dirent en cœur Alain et Lorraine, avant de prendre congé.

— L'appartement me plait beaucoup, affirma Lorraine. Je suis persuadée que nous nous plairons ici.

— Je n'ai pas été tout à fait honnête, avec toi, ma chérie, confia Alain.

— Que veux-tu dire, par-là ?

— Si nous sommes venus à Toulon, ce n'est pas par hasard.

— Vraiment ?

— En fait, commença Alain, il se trouve que mes grands-parents ont séjourné dans ce même appartement, durant une année. Mon grand-père travaillait sur le port et il a fait la rencontre de ma grand-mère, ici. Ils se sont aimés et Julie a été conçue. Ils se sont alors mariés et la petite a grandi ici.

— Comment sais-tu tout cela, voulut savoir Lorraine. Nous ne sommes plus retournés dans la maison, après la découverte de la caissette ?

— C'est vrai ! Mais j'avais emporté la lettre qui se trouvait à l'intérieur. Elle m'intriguait et un jour, quand tu es partie pour le collège, je n'ai pu résister au besoin de la lire.

— Tu es sérieux ? Tu me disais que tu ne voulais plus poursuivre les recherches, que cela te faisait trop de mal. Tu t'es bien moqué de moi, s'apitoya Lorraine. Là, tu me déçois, Alain ! j'avais confiance en toi et j'ai accepté de ne pas poursuivre les recherches, alors que toi, tu as fait les choses dans mon dos !

— Ne le prends pas mal, Lorraine. Je n'avais pas l'intention de la lire, mais la curiosité a été la plus forte et j'ai eu besoin de revenir sur les lieux de leur rencontre.

— Je comprends tes raisons mais je maintiens que ce n'est pas correct de ta part. Dans un couple, il ne doit pas y avoir de secrets, de cachotteries, de non-dits, si on veut qu'il perdure.

— Essaie de ne pas trop m'en vouloir, mon cœur. Nous en profiterons pour visiter la région. Comme toi, je n'y suis jamais venu et nous passerons certainement de très bonnes vacances…

— Tu as sans doute l'intention de faire des recherches, si déjà tu es revenu ici, je me trompe ?

— Je souhaite retourner à la maternité où ma tante est venue au monde, afin de savoir de quoi elle est décédée, c'est tout.

— Tu penses réellement que tu vas trouver les infos, ici ?

— Je vais, au moins essayer.

L'appartement avait changé, depuis que les grands-parents y avaient vécu. Un nouveau propriétaire avait repris les lieux et modernisé le tout. Mais la vue sur le port était la même que celle qu'Albert décrivait dans son courrier.

196

Ils avaient été heureux, ici, avant que le malheur ne s'abatte sur eux. Ils avaient, alors, quitté Toulon, pour laisser leur peine derrière eux et se reconstruire. Mais Catherine ne s'était jamais remise de la perte de sa chère petite Julie et ses yeux avaient gardé de la tristesse, à tout jamais.

Alain s'était rendu à la clinique, un beau matin, laissant Lorraine dormir. Son cœur battait fort et il appréhendait ce qu'il allait y découvrir. Il se rendit directement au service administratif et demanda à consulter les archives. Il expliqua ce qui l'amenait ici, présenta ses papiers d'identité, justifiant sa demande et laissa le temps à la secrétaire de prendre les renseignements nécessaires. En attendant son retour, il se servit un café au distributeur, tout en faisant les cent pas dans le couloir.

Après une bonne demi-heure d'attente, dans un état de nervosité extrême, il vit revenir la secrétaire.

— Vous avez de la chance, jeune homme, si je puis dire. J'ai effectué des recherches et contacté une ancienne collègue, à la retraite et j'ai les renseignements que vous cherchez. Nous avons bien vu naître la petite Julie, semble-t-il. Elle était en pleine forme, en sortant de la maternité. Hélas, neuf mois plus tard, Monsieur et Madame Narval sont arrivés aux urgences, la petite dans les bras, brûlante de fièvre et le teint déjà bleuté. Je ne fais que raconter ce qu'a dit l'ancienne collègue, Madame Louvier. C'est une femme très sympathique, qui profite de sa retraite, à présent. Je disais donc… Ah oui ! Les médecins l'ont examinée et mise en chambre stérile, mais elle n'a pas survécu. Tôt, le lendemain matin, elle est décédée. Les médecins n'ont rien pu faire. Je suis désolée. C'est tout ce que je peux vous dire. Le reste tient du secret médical.

— Je vous remercie, Mademoiselle, pour ces informations…

Alain quitta l'hôpital, livide. Il avait besoin d'air et dut s'asseoir quelques instants sur le banc situé devant l'entrée principale. Il imaginait ses grands-parents, avec Julie dans leurs bras, souffrante et quelques heures plus tard, l'horreur de la nouvelle qu'on leur avait annoncée… Maintenant il comprenait pourquoi sa grand-mère était souvent triste et réservée, pourquoi, aussi, elle le prenait dans ses bras et le serrait fort, sur son cœur, quand il était tout petit. Il avait beaucoup de ressemblances avec Julie, d'après la photo qu'il avait trouvée et Catherine devait en souffrir, énormément. Elle était tombée malade, rongée par le remord de ne rien avoir pu faire pour sauver sa belle petite fille, minée de ne rien avoir vu venir…

Il retourna à l'appartement, s'arrêtant à la boulangerie pour prendre des pains au chocolat afin de préparer un bon petit-déjeuner et réveiller Lorraine, en douceur. Il avait besoin de la serrer dans ses bras, de se confier à elle, d'obtenir son pardon et de profiter de leur séjour à Toulon.

En ouvrant la porte de l'appartement, il entendit le bruit de la douche, à l'étage. Il se hâta de préparer le plateau et monta rejoindre sa fiancée qui sortait en peignoir, une serviette rose nouée sur la tête.

— Tu es réveillée, chérie ? J'ai préparé le petit-déjeuner. Je t'attends sur la terrasse, lui déclara Alain, en lui glissant un tendre baiser sur les lèvres.

— J'enfile une robe, j'attache mes cheveux et j'arrive.

Ils profitèrent de la terrasse et du beau temps, regardant au loin, les bateaux sur le port et la vie qui s'animait autour d'eux. Alain raconta tout à Lorraine et lui demanda pardon de lui avoir caché des choses. Mais elle l'aimait, le comprenait et bientôt, ils retrouvèrent leur douce complicité. Alain avait l'intention de montrer la lettre à Lorraine, mais pas ici, pas pendant leurs vacances. Il la lui remettrait, une fois rentrés.

À présent, il était capable d'ouvrir la malle pour découvrir ce qu'elle contenait et il réfléchissait au fait de parler de toute l'affaire à son père. Il craignait de provoquer un choc et tenait bien trop à son père pour lui faire le moindre mal. Peut-être que le secret devait finir aux oubliettes. Il en parlerait à Lorraine, dès leur retour à Bray-Dunes. Rien ne pressait.

Ils profitèrent pleinement de leurs vacances, visitèrent le port et ses bateaux, partirent se baigner à Six-Fours Plage, prirent le bateau pour Sanary-sur-Mer pour manger une crêpe, musardèrent au soleil, firent les boutiques et se restaurèrent dans les meilleurs endroits, avant de rentrer à Bray-Dunes.

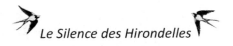 *Le Silence des Hirondelles*

Chapitre 23

Dès leur retour, ils entrèrent ensemble dans leur maison. Alain avait, en plus de la lettre, conservé la clé de la mystérieuse malle. Ils grimpèrent rapidement jusqu'au grenier. Lorraine introduisit la clé que son fiancé venait de lui tendre, dans la serrure du gros coffre, le cœur battant. Qu'allait-elle trouver ? Serait-elle déçue ou au contraire, subjuguée par les nouvelles découvertes ? Elle en était là de ses pensées quand la clé tourna dans la serrure. Elle regarda Alain, son cœur battant de plus en plus fort, et ouvrit le lourd couvercle de la malle, retenant son souffle. Alain s'était mis un peu de côté, adossé contre le mur, ne sachant trop s'il voulait en savoir plus ou en rester là de ses découvertes. Lorraine ne lui laissa pas le temps de décider et s'agenouilla devant la malle. Elle en sortit des objets ayant appartenu à Julie. Soigneusement enveloppée dans du papier blanc, elle retira une jolie robe de baptême en dentelle et le petit bonnet assorti. Elle ressentit la tristesse que la grand-mère d'Alain avait dû subir en perdant sa douce enfant et de petites larmes se formèrent au coin de ses yeux. Elle renifla, essuya ses yeux avec le bord de sa manche et poursuivit ses recherches.

La malle contenait une série de petits biberons, des sucettes roses pour bébé, une assiette et de petits couverts, sans doute peu utilisés. Les premiers jouets de Julie étaient également rangés dans la malle. Elle en retira la fameuse « Sophie la girafe », divers hochets, des clés de couleur. Une jolie boîte à musique en forme de petit manège, se mit à tourner sur un air de fête foraine, quand elle tourna la clé, située sur le côté du jouet. Dans le fond de la malle, elle vit une gigoteuse rose à petites fleurs blanches et une couverture blanche avec de petites étoiles. Elle allait refermer le coffre, quand elle vit dépasser quelque chose de sombre, de sous la couverture. Elle souleva le tout et en retira un grand album carré, entouré de flots roses. Elle s'en saisit et vit sur la couverture, une photo d'une jolie femme tenant dans ses bras un poupon rose. Il devait s'agir de Catherine avec dans ses bras, la petite Julie.

— Regarde, chéri, ta grand-mère a laissé un album. Il doit certainement contenir des photos.

Il s'installa à côté de Lorraine, et elle commença à le feuilleter.

Sur la première page, un extrait de naissance de Julie était collé, à gauche et sur la droite, une très jolie photo de Julie à la maternité. C'était une ravissante enfant, bien joufflue, avec une petite bouche en cœur et des cheveux noirs ondulés.

Elle tourna la page suivante et comprit qu'il s'agissait d'un journal qu'avait tenu Catherine. Elle lut la première page :

Le 10 juillet 1950 :

Aujourd'hui, c'est le plus beau jour de ma vie, car tu viens de naître, ma petite Julie. Durant neuf mois, presque jour pour jour, je t'ai portée en moi et sentie grandir. Tu me donnais souvent de petits coups de pieds, quand je n'avais pas mangé, sans doute, pour me signifier que tu avais faim.

Quel bonheur, j'ai ressenti, quand le médecin m'a annoncé que j'allais être maman !

C'est une chose extraordinaire de donner la vie. Une petite graine se met à germer, à grandir et un petit être, semblable à un adulte miniature, se forme. Il ne manque rien, ni les petits doigts avec des ongles minuscules, ni les pieds, si petits et dodus, ni même les yeux, le minuscule bout de nez, les oreilles bien dessinées et la belle bouche rose. Je n'ai pas souffert, à ta naissance car j'avais attendu jusqu'à la dernière minute pour demander à Albert de m'emmener à la clinique. En arrivant, le personnel m'a tout de suite prise en charge et installée en salle d'accouchement ; il était moins une, car je venais à peine de m'allonger sur la table que tu t'es mise à pousser fort et que ta tête est apparue. Le médecin a juste eu le temps de mettre ses gants et de te cueillir à la sortie de mon anatomie. Tu as tout de suite fait entendre ta voix, claire et forte. Tu devais être bien au chaud, dans mon ventre, et voilà, que brusquement, tu devais glisser vers un monde, froid et inconnu. Mais ne crains rien, ma petite poupée, maman est là, et je te réchaufferai quand tu auras froid, je te serrerai dans mes bras pour te câliner, je te chanterai des chansons et te raconterai des histoires. Tu es mon rayon de soleil, ma douce colombe, mon enfant adorée. Comme je vais t'aimer, mon cœur, de toutes mes forces, de toute mon âme.

Lorraine interrompit sa lecture et se tourna vers Alain, toute retournée.

— Ta grand-mère aimait beaucoup sa petite Julie. Sa perte a dû être tragique, pour elle. Je vais emporter le carnet à l'appartement et je le lirai page après page. Mais il faut le faire progressivement, tant c'est touchant.

— Tu as raison, ma douce. Emporte-le et nous en lirons une à deux pages par jour. Je découvre, avec cette pièce secrète, tout ce qui s'est passé dans la vie de mes grands-parents. Je comprends mieux, à présent, la tristesse de ma grand-mère, certains jours. Elle devait repenser au passé… Je pense que cela la minait et à la longue, elle en est tombée malade. Elle n'a jamais dû se remettre de la perte de sa petite fille.

— Personne ne se remet du décès d'un enfant, quel que soit son âge, répondit Lorraine. Même une grossesse qui ne va pas à son terme, laisse des marques indélébiles.

Chapitre 24

Lorraine et Alain emportèrent leur trésor à l'appartement et en lurent plusieurs pages par jour. Le journal de Catherine, relatait chaque événement, chaque détail, concernant Julie, avec de nombreuses photos montrant l'évolution de la petite. À travers ses écrits, Lorraine revivait le passé, jusqu'au jour tragique…

15 juillet 1950

Nous sommes, enfin, rentrées à la maison. Papa portait fièrement la nacelle, dans laquelle tu étais emmitouflée. Tu avais un bon poids, à la naissance : 3,600 kg, avec 49 cm.

Comme tu es belle dans ta première petite robe et tes collants blancs. J'ai hâte de te montrer ta petite chambre. Tu verras ! Elle est très belle avec un lit à barreaux blanc et une couverture rose bonbon, une commode à tiroirs pour y ranger tes petits vêtements. Les murs sont peints en blanc avec des cœurs, un peu partout. Au-dessus de ton lit, se trouve un gros cœur. Des peluches décorent aussi ta petite chambre, pour t'entourer de douceur…

25 juillet 1950

Maman est un peu fatiguée parce que tu ne dors pas très bien, les nuits. Mais ce n'est pas grave. Il faut que tu t'habitues à ta nouvelle chambre et tout ira bien. J'adore te voir ouvrir tes beaux petits yeux, quand je viens dans ta chambre. Tu souris souvent aux anges, quand tu dors et tu es tellement mignonne. Chaque jour, je me réjouis de t'habiller, comme si tu étais une petite poupée. Toutes les couleurs te vont au teint. Tu as aussi, bon appétit et tu grandis vite....

Lorraine découvrait, jour après jour, le bonheur qu'avait ressenti Catherine, à s'occuper de sa petite fille. Elle semblait être une enfant gaie et en pleine forme, débordante de vie. Chaque jour, Catherine glissait quelques mots sur une page de son journal. Elle avait toujours quelque chose à raconter. Elle s'émerveillait de tout, de chaque petit progrès réalisé par Julie, son premier sourire, ses premiers babillements, son doux petit visage qu'elle mettait tout contre elle pour ressentir le contact si tendre, avec le bébé.

15 septembre 1950

Aujourd'hui, c'est un grand jour, mon trésor, c'est ton BAPTÊME. Il ne faudra pas pleurer quand le prêtre te mettra de l'eau bénite sur ton petit front. Cela ne durera qu'un petit instant et après tu auras plein de cadeaux. C'est vrai que tu es encore trop petite pour jouer mais, très bientôt, tu tiendras des objets dans tes petites menottes et tu joueras avec tes petits pieds et tes doigts. Tu découvriras ton corps, ta voix. Tu nous reconnaîtras et nous aurons droit à de beaux petits sourires...

Chaque moment que découvrait Lorraine, lui donnait l'impression d'être à la place de Catherine. Elle découvrait la petite Julie et notait ses progrès, elle souriait à certaines anecdotes qu'elle lisait, comme la fois où Julie avait fait la moue parce qu'elle n'était pas contente qu'on la mette dans son petit lit.

24 décembre 1950

Aujourd'hui, je t'ai habillée, tout en rouge, car c'est le jour de Noël. Tu as déjà tellement grandi ! Cinq mois et demi ! À présent tu me tends les bras dès que tu me vois. Tu ris chaque fois que je fais semblant de te croquer pour te faire des câlins. Tes petites mains sont très habiles et tu commences à jouer. J'adore te regarder quand tu fais couiner ta petite girafe en la prenant dans ta petite bouche rose. Tes deux premières dents sont trop belles et quand tu souris, je craque !

24 décembre 1950 : LE RÉVEILLON

Comme tu t'es émerveillée en voyant le grand sapin illuminé que nous avions placé dans la salle à manger. Tu poussais des petits cris pour manifester ton plaisir. Tes petites mains voulaient tout attraper, tout découvrir. Je t'ai aidée à déchirer les paquets de tes cadeaux puisque tu es encore trop petite pour le faire toute seule. Tu tirais et t'amusais davantage avec le papier qu'avec son contenu...

26 décembre 1950

Quelle aventure ! Tu viens de découvrir la première neige et tu ris aux éclats. Elle est belle, toute blanche mais si froide !

Tu voulais attraper les flocons qui virevoltaient autour de toi. Tu fermais les yeux, chaque fois qu'un peu de neige froide et mouillée touchait ton petit visage...

Lorraine avait triché, puisqu'elle lisait ardemment le journal de Catherine. Elle voulait en connaître la tragique fin et en même temps, elle la craignait. Peut-être fallait-il aussi en finir, avec cette histoire, pour remettre le passé dans cette grande malle, et ne plus en parler. Vivre dans la maison lui laisserait toujours un arrière-goût de tristesse, elle le savait. Mais elle voulait se tourner vers l'avenir et sa nouvelle vie avec Alain. Bientôt, ils emménageraient dans leur nouveau petit nid, et ils commenceraient à construire leur vie de couple. Viendrait ensuite, le mariage, qu'elle attendait, impatiemment, surtout depuis qu'elle avait assisté à celui de son amie.

20 mars 1951

Tu viens de faire tes premiers pas, autour du canapé. Tes jambes sont encore incertaines mais tu évolues bien. Avant tes un an, tu marcheras seule, je le sens. Tu es précoce. Tu essaies déjà de te faire comprendre à ta façon et c'est tellement touchant que des larmes de bonheur ont inondé mes yeux... Tu es toujours ma petite merveille et je t'admire au quotidien. Je pourrais rester des heures à te regarder, à t'écouter babiller...

15 avril 1951

Je te donne des légumes à manger et tu à l'air d'aimer cela. Je les prépare moi-même pour être sûre de ce qu'il y a dedans. Tu sembles tout aimer et tu ouvres la bouche avec appétit. C'est un vrai bonheur de te voir manger.

17 avril 1951

Je ne sais pas ce qui se passe, en ce moment ! Tu manges toujours avec appétit mais à la fin du repas, tu fais toujours un rejet. Il faut peut-être que je t'en donne un peu moins. On verra demain...

19 avril 1951

J'ai réduit les quantités mais tu régurgites toujours, à la fin de ton repas... Ce qui m'inquiète, c'est que ton renvoi se fait comme un jet d'eau. D'un coup, sans crier gare, un jet de légumes tache le sol. Pourtant tu as l'air en pleine forme ! Tu dors un peu moins bien, en ce moment, c'est vrai. Mais je pense que ce sont tes petites dents qui te travaillent. Il faudra que je surveille tout cela.

22 avril 1951

Je reviens, à l'instant, de l'hôpital... et tu n'es plus avec moi. Au secours !!!!! À l'aide !!!! On m'a pris ma petite fille !!!!

Je veux mourir avec elle !!!! Je ne peux pas continuer sans elle, c'est impossible, c'est trop dur !!!! Jamais je ne surmonterai cette épreuve, je le sais, dans le fond de mon âme !!!! Julie !!!! Julie !!!! Reviens !!!! Reviens, mon cœur !!!!

Je ne sais pas ce qui s'est passé, mon bébé !

J'ai pourtant pris soin de toi, mais je n'ai pas réussi à te ramener à temps à l'hôpital !!! Mon Dieu !!! C'est ma faute ce qui vient d'arriver !!!! J'avais remarqué tes vomissements en jets !!!! Mais je pensais que tu digérais mal, tout simplement.

Je voulais t'emmener chez le médecin, mais je n'en ai pas eu le temps.... Comment je vais pouvoir vivre, à présent, sans toi, me sentant responsable !!!! Je n'ai pas su te protéger comme je te l'avais promis !!!! Pourtant je t'aimais tant !!!!....

Lorraine dut interrompre sa lecture tant elle était bouleversée. De grosses larmes coulaient le long de ses joues et elle hoquetait. Elle ressentait la douleur de Catherine et son impuissance, face à cette mort, injuste, comme si l'histoire lui était arrivée, à elle, personnellement… Comment pourrait-elle avoir ses propres enfants, après ce qu'elle venait de lire ? Et si pareille chose lui arrivait ? Il fallait qu'elle pense à autre chose, qu'elle essaie de s'occuper, de mettre toute cette histoire dans une boîte à oubliettes…

Durant quelques jours, elle ne rouvrit plus le journal et le rangea dans un tiroir, pour ne plus le voir. Elle accompagna Alain dans les magasins afin de prévoir la déco de la maison. Les travaux étaient, à présent, quasi terminés. Le garage accolé à la maison, lui donnait un autre cachet, de même que la terrasse face à la mer.

Ils avaient choisi de repeindre la façade et le garage, de la même couleur, optant pour du gris foncé pour la partie basse de la maison et une couleur sable pour le reste. À l'intérieur, les parquets étaient posés et les différentes pièces, entièrement meublées. Alain et Lorraine avaient fait un savant mélange avec une partie des meubles des grands-parents, rénovés et une touche moderne avec des meubles plus contemporains, pour rehausser le tout. Le résultat final rendait très bien et ils se félicitaient de leur bon goût.

La cuisine, spacieuse et claire, donnait envie de préparer de bons petits plats. Elle était accueillante et on s'y sentait bien.

Alain n'avait pas encore décidé ce qu'il ferait de ses trouvailles. En parlerait-il à ses parents ? Rangerait-il le tout au grenier, en scellant, définitivement les portes conduisant au grenier ? Jetterait-il le mobilier de Julie ? Il fallait pourtant prendre une décision, rapidement car, une fois la décoration intérieure achevée, ils emménageraient « aux Hirondelles » définitivement. Alain avait toujours la lettre que son grand-père avait écrite. Il ne l'avait pas encore donnée à lire à Lorraine, car elle semblait suffisamment occupée avec le journal de sa grand-mère… Régulièrement elle lui parlait de ce qu'elle avait découvert. Mais pour sa part, il n'avait pas ressenti le besoin d'en prendre connaissance.

Après s'être laissé un délai pour souffler, Lorraine retourna à sa lecture du journal. Elle voulait le finir afin de pouvoir s'en défaire, une fois pour toutes. Elle découvrit, avec horreur, les pages que Catherine avait écrites avant, pendant et après le décès de la petite. Une tristesse avait envahi le cœur de Catherine et à présent, elle semblait avoir toujours froid, être toujours triste et inconsolable. Dans ses écrits, Lorraine nota que la grand-mère s'en voulait de ne pas être intervenue à temps pour sauver son enfant.

Elle avait envie de revenir en arrière pour tout réparer, pour effacer toute l'horreur qui avait gagné jusqu'à son âme.

Catherine notait également, presque chaque jour, sa tristesse, ses journées devenues vides, son envie de mourir, son manque d'appétit, ses idées de suicide pour aller rejoindre la petite. Elle passait de longues heures, à pleurer, à crier. Et un jour, une dernière page, puis plus rien…

10 mai 1951

Je vais quitter l'appartement et avec Albert, nous allons nous installer ailleurs. J'emporte mes souvenirs de toi, avec moi, puisque tu resteras dans mon cœur, à tout jamais. Pour accepter de partir, j'ai exigé d'emporter tes affaires avec moi. Il n'était pas question que je laisse tout cela, ici, comme si je t'abandonnais, une seconde fois. Je ne peux, hélas, rien faire d'autre... Je continue à vivre, mais je ne sais pas comment ? Je mange, je bois, je dors, mais je fais tout, comme un automate, comme si une autre personne occupait mon corps. J'ai pleuré toutes les larmes que j'avais et mon puits s'est tari, mais ma tristesse est toujours là ! Je n'oublierai aucun instant que j'ai passé avec toi, mon ange. Je me souviendrai éternellement du parfum de tes cheveux ondulés, de la douceur de ta peau, de tes doux sourires, de tes petits bras potelés, de tes jambes bien musclées qui voulaient parcourir le monde, mais aussi de ce dernier soir, où, brûlante de fièvre, le visage bleu et flasque, tu as soulevé, une dernière fois ta petite poitrine pour prendre de l'air et puis, plus rien.............................

Lorraine se moucha fort, essuya ses yeux baignés de larmes et referma le journal, avant de le glisser définitivement au fond du tiroir. Elle était choquée, traumatisée, et il lui faudrait du temps pour évacuer toute la tristesse qu'elle venait de mettre dans sa tête.

Elle raconta les dernières pages à Alain et il sentit combien elle avait été marquée par le récit de sa grand-mère.

— Chérie, tu n'aurais pas dû lire ce journal. À présent, tu es toute retournée et je suis persuadé que tu vas encore ruminer un bon moment cette histoire, avant de la ranger au fond de ta mémoire.

— Tu as raison. Vois-tu, j'aurais préféré ne rien savoir, ne rien découvrir, mais le sort en a décidé ainsi. Et toi, la lettre de ton grand-père, tu l'as lue entièrement ?

— Oui. D'ailleurs je voulais te la donner mais je pense que tu es déjà suffisamment perturbée, sans en rajouter.

— Tu as sans doute raison. Mais que contenait cette lettre, au juste, globalement ?

— Mon grand-père écrivait à ma grand-mère, mais elle n'a jamais lu la lettre. Je pense qu'il l'a écrite, après son décès. Elle représente ce qu'il aurait encore voulu lui dire, mais il n'en a plus eu le temps. Il parle de ce qui est arrivé, rappelant que ce n'était pas sa faute, à elle. La lettre explique aussi comment ma grand-mère a réussi à vivre, après ce triste événement. La naissance de mon père l'a beaucoup aidée. Mais mon père savait qu'elle était morte de peur de perdre un second enfant. Ces craintes l'ont rongée, petit à petit, et elle a fini par tomber malade. C'était fatal. Elle n'a plus jamais été la même après la perte de Julie et mon grand-père en parle. Voilà tout !

— Je ne vais pas la lire, dans ce cas, confirma Lorraine. Tu as réfléchi, depuis ? Tu vas parler de la cachette secrète et de tout le reste, à ton père ?

— Je crois que je le lui dois. Si je ne lui en parle pas, j'aurais comme un poids sur mes épaules, et je veux me libérer de toute cette histoire.

— Il faut faire les choses, comme tu les sens, mon chéri. Sois prudent, quand tu lui annonceras les nouvelles. Il ne faudrait pas qu'il soit choqué.

— Mon père est un homme de caractère. Il saura faire face. De plus, je compte sur ma mère pour l'épauler.

— Dans ce cas, mieux vaut en parler le plus tôt possible, conclut Lorraine.

Chapitre 25

Le dimanche suivant, ils étaient invités à manger chez les parents d'Alain. Depuis qu'ils avaient découvert le secret des grands-parents, quelque chose avait changé chez les jeunes gens. Ils avaient mûri et pris conscience de la richesse de la vie, mais aussi de la rapidité avec laquelle, tout pouvait s'arrêter. Restait, à présent, à faire passer les informations à Julien. Ils attendirent la fin du repas, délicieux, comme à chaque fois. Mariette avait mis les petits plats dans les grands, et dressé une jolie table pour les recevoir. Elle aimait la compagnie des jeunes gens qui lui redonnaient un peu de cette jeunesse déjà lointaine. Au moment du café, Alain prit la parole. Il était temps…

— Le repas était excellent, maman, commença Alain. Tu veux bien t'asseoir, un moment et laisser ta vaisselle pour tout à l'heure ?

— Que se passe-t-il, mon chéri ? Tu es bien sérieux, tout à coup, affirma Mariette.

— C'est vrai que je suis un peu tendu, en ce moment, répondit Alain.

Il se racla la gorge, but une gorgée de café et sortit l'enveloppe de la poche de son pantalon.

215

— Papa, j'ai quelque chose à te confier. J'ai longuement réfléchi, avec Lorraine, avant de t'en parler, ne sachant pas quel serait le bon choix. Mais ma décision est prise et il faut qu'on discute de grand-mère.

— De quoi veux-tu parler, mon garçon, questionna Julien, soudain inquiet ?

— J'ai ici, une lettre à te remettre. Je vais te la donner et tu la liras quand nous serons partis. Prends ton temps et maman, reste à ses côtés, s'il te plait.

— Là, tu nous inquiètes, fiston, déclara Mariette.

— Il n'y a pas d'inquiétude à avoir, me concernant. Simplement, la lettre que je vais vous remettre, c'est grand-père qui l'a écrite et elle contient certaines révélations.

— Des révélations ? De quelles révélations parles-tu, Alain ? questionna Julien, de plus en plus nerveux.

— Papa, je t'en prie, ne t'énerve pas, sans quoi, je détruis la lettre, et on en restera là.

— Il n'en est pas question, mon garçon ! Maintenant que tu as mis le feu aux poudres, tu dois me remettre la lettre, insista Julien.

— Je te donnerai la lettre dès que tu te seras calmé, papa. Je ne tiens pas à ce que tu fasses un malaise pour une vieille lettre qui ne fait que relater le passé.

— D'accord, fiston. Je me calme, mais donne-moi cette lettre, à présent.

— Attends que je t'explique. Cette lettre, nous l'avons trouvée en vidant la maison. Nous l'avons lue, bien sûr, ne sachant pas de qui elle provenait. Grand-père l'a écrite pour grand-mère, mais elle ne l'a jamais lue. Elle est décédée, bien avant. Je pense qu'il a eu ce besoin de mettre ses sentiments, sur papier, pour les sortir de sa tête.

En lisant, tu comprendras leur histoire et tu découvriras aussi des choses très particulières. Nous nous retrouverons une fois que tu te sentiras prêt dans la maison. J'ai aussi des choses à te montrer, une fois que tu auras tout lu.

Alain tendit la longue lettre de son grand-père, à son père. Avant de lâcher l'enveloppe, il regarda son père, droit dans les yeux et ajouta :

— La lettre ne te fera peut-être pas plaisir, mais j'estime que tu dois savoir. Au départ, je voulais la brûler pour laisser dormir le passé. Mais je n'aurais pas eu la tranquillité d'esprit suffisante pour ne pas t'en parler.

— Merci, fiston. Je vais la lire et nous nous reverrons bientôt.

Ils prirent congé de Julien et Mariette et regagnèrent, silencieusement, leur appartement. Alain espérait avoir fait le bon choix. Il avait glissé un mot à sa mère, qui les avait raccompagnés sur le perron, lui confiant qu'elle devait épauler son mari jusqu'à ce qu'il ait digéré la lettre.

Il était heureux de s'être défait de ce courrier qui lui pesait, depuis quelques jours. C'est comme s'il s'était délesté d'un fardeau. Restait, à présent, à attendre la réaction de son père...

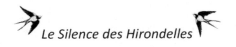
Le Silence des Hirondelles

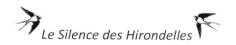

Chapitre 26

Après le départ des enfants, Julien se retira dans son bureau pour lire la lettre. Il assura que tout allait bien et que Mariette ne devait pas s'inquiéter. Il avait besoin de se retrouver, seul, pour affronter son passé. Il promit de laisser la porte du bureau entrouverte, afin que Mariette soit rassurée.

Julien emporta une tasse de café et un digestif, glissant la lettre dans la poche de son pantalon. Il s'installa confortablement dans son fauteuil, vida son café et trempa les lèvres dans son verre de cognac, avant de poser le tout sur un petit guéridon. Il sortit la lettre de sa poche et la tint, un bon moment, entre ses doigts, la tournant et la retournant, sans oser l'ouvrir. Finalement, il se décida et retourna l'enveloppe. À l'intérieur, il sortit les feuillets écrits par la main de son père. Albert avait une belle écriture pointue, comme celle de certains écrivains. Julien commença la lecture et se laissa imprégner par les mots glissés sur le papier.

Ma douce,

Je travaillais sur le port, à Toulon, quand je t'ai bousculée, sans le vouloir. Je ne t'avais pas vue arriver et nous nous sommes retrouvés dans les bras l'un de l'autre, ou presque.

Je me suis excusé et mon regard a croisé le tien. Tu étais si jolie, dans ta robe fleurie, un petit ruban dans tes beaux cheveux et tes yeux souriaient. Pour me faire pardonner de t'avoir bousculée, je t'ai invitée à manger et, curieusement, tu as accepté. Après, nous ne nous sommes plus quittés. Tu étais mon âme sœur et je lisais dans tes yeux comme dans un livre ouvert. J'ai su, dès que j'ai posé mon regard sur ton beau visage, que tu étais celle qu'il me fallait, celle qui partagerait ma vie, pour toujours.

J'aurais tant aimé te dire encore et encore, que je t'aimais, à la folie, que tu étais ma raison de vivre, ma tendre moitié, mon oxygène, ma douce compagne. Mais tu nous as quittés trop tôt et cette lettre, je l'écris, parce qu'elle est dans ma tête et dans mon cœur. J'avais besoin de glisser ces mots sur le papier pour tout dire, pour vider mon cerveau et mon cœur...

Nous avons passé de très bons moments ensemble et je me rappellerai toujours de la douceur de ta voix, de ton rire, parce qu'au début, tu riais beaucoup...

Quand tu as su que tu étais enceinte, tu es devenue encore plus rayonnante. Nous nous sommes mariés et nous avons attendu, ensemble, la naissance de notre premier enfant.

Qu'elle était belle, notre Julie... Tu l'aimais tellement, que j'aurais pu en être jaloux, puisque tu lui consacrais le plus clair de ton temps. Tu étais toujours émerveillée, penchée au-dessus de son petit lit, quand elle souriait aux anges.

Elle a grandi comme un champignon et gazouillait à longueur de journée. Ses premiers pas étaient décidés et même si ses petites jambes étaient toutes tremblotantes, elle se tenait, fièrement, debout, devant le grand canapé.

Le soir où tout est arrivé, je n'ai rien compris ! Soudain, la petite est montée très haut, en fièvre, elle respirait mal et semblait chercher de l'air à mettre dans ses poumons. Nous l'avons enveloppée dans une chaude couverture et j'ai pris le volant pour filer à l'hôpital. Tu n'as pas prononcé la moindre parole, te contentant de bercer Julie dans tes bras en lui chantant de douces paroles.

Les médecins n'ont rien pu faire, pour sauver la petite. Il était trop tard ! Certains problèmes de santé ne perdurent pas, d'autres nous emportent pour l'éternité. Nous avons dû laisser Julie, là-bas... et je sais, qu'en toi, une bougie s'est éteinte et qu'une partie de ma douce Catherine est restée avec notre petit ange, à tout jamais.

Tu ne voulais plus vivre, après cela, refusant de t'alimenter, de sortir du lit... Il a fallu du temps et de la patience pour que tu reviennes parmi nous.

Ma décision de quitter les lieux, était la bonne. Il fallait mettre de la distance, entre le passé et les années qui nous resteraient encore à vivre.

Au début, tu suivais comme un robot, sans rien dire, mais je savais que tu continuais à pleurer, secrètement, quand je partais au travail.

Pour accepter de quitter Toulon, j'ai dû te promettre d'emporter les affaires de Julie, avec nous. Je craignais qu'en emportant les effets de la petite, nous emporterions, également, le douloureux passé. Or, je voulais aller de l'avant, mais pas tout seul, avec toi, ma bien-aimée.

La maison que nous avons achetée, te plaisait, c'était un bon début. Nous avons fait le tour et tu semblais chercher quelque chose, je ne sais trop quoi, mais toi, tu savais ! Tu voulais mettre, à l'abri, les affaires de Julie.

En montant au grenier, nous avons trouvé la pièce idéale pour y ranger le petit lit, la commode et les affaires de notre fille. Mais cela ne me plaisait pas, car tu montais trop souvent dans ce grenier, et tu t'y retranchais des heures. Souvent, je devais insister, pour que tu redescendes manger un morceau.

J'ai alors décidé de te concevoir une pièce pour y ranger toutes ces affaires, sans qu'elles soient toujours présentes, à mes propres yeux.

Dans le grenier, se trouvait une porte qui servait, en empruntant un grand escalier, à redescendre vers la pièce que nous avons aménagée en bibliothèque.

Comme j'étais menuisier sur le bateau, à Toulon, cela ne m'a posé aucun problème. J'ai trouvé une grande armoire à mettre devant la porte, que j'ai laissée grande ouverte.

J'ai installé un système dans l'armoire faisant coulisser la paroi et j'ai installé tous les effets de Julie sur le petit palier. La descente d'escalier est restée, avec une porte placée devant.

Ainsi, quand tu t'installais sur ton fauteuil à bascule, tu avais l'impression d'être dans la chambre de Julie et tu pouvais t'y retrancher, seule. J'espérais, également, que ce système te ferait oublier, progressivement, le passé, ou du moins, que tu le garderais dans ton cœur, sans te sentir, obligée, régulièrement, de t'y enfermer.

Mais tu as continué à passer beaucoup de temps dans ta chambre secrète. Tu y accédais souvent, de la bibliothèque que j'avais également transformée, afin de faire coulisser la paroi et remonter les escaliers conduisant jusqu'au grenier.

Je t'ai sentie revivre, quand le médecin t'a annoncé que tu étais à nouveau enceinte. Tu m'avais expliqué le bonheur que tu ressentais, quand cette petite graine, que je venais de semer en toi, grandissait. Soudain, tu t'es rouverte, comme une fleur et le sourire s'est redessiné sur ton visage. Mais tes yeux restaient tristes, car le passé te dévorait toujours.

Ta joie de redonner la vie, était entachée de la peur qu'il arrive, aussi, quelque chose à ce nouveau petit être qui se développait en toi. Mais, heureusement, tout s'est bien passé et notre petit Julien a vu le jour. Tu avais choisi ce prénom, en souvenir de Julie, bien évidemment, et je ne voulais pas te contredire. Tu as veillé sur notre petit garçon, jour et nuit, parfois épuisée, mais heureuse !

Julien a grandi, s'est développé. Le cap des neuf mois est passé et année après année, nous avons soufflé les bougies pour fêter notre grand garçon.

J'étais heureux, que le second enfant, ne soit pas une fille. Tu l'aurais confondu avec Julie et peut-être que tu lui aurais donné le même prénom. Cela aurait été malsain.

Heureusement, notre bébé était un magnifique garçon, bien portant et respirant la joie de vivre. Il t'a aidée à aller mieux, à avoir envie de revivre, même si tu montais encore, dans cette pièce... Tu semblais en avoir besoin et je l'ai accepté, évidemment. J'étais bien trop heureux que tu ailles mieux.

Notre garçon a grandi, fait des études. Il s'est marié, à son tour et a donné naissance à Alain et là, quelque chose s'est à nouveau déclenché en toi. Il ressemblait étrangement à notre petite Julie et je crois que tu l'as aimé du fond de tes tripes. Tu l'as tellement aimé que tu n'osais pas le laisser faire du vélo, seul, quand il venait en vacances, durant les congés scolaires. Tu l'as tellement aimé, que tu passais tout le temps possible, en sa compagnie, jouant avec lui, lui apprenant à lire, à écrire, à compter... Tu voulais le garder près de toi, pour toujours, et quand il retournait chez ses parents, tu redevenais triste.

Cette tristesse que tu avais au fond de toi, depuis la mort de Julie, t'a consumée, petit à petit, comme un cancer. Tu vivais mais tu t'éteignais aussi, tout doucement, comme une grande bougie dont la flamme vacille mais qui risque, à tout moment, de cesser de brûler...

Tu nous as quittés depuis un bon moment, déjà, mais pour moi, tu es toujours à mes côtés parce que je t'aime, comme au premier jour. Tu étais et tu resteras, la femme de ma vie. Je regrette, simplement, que cette tragédie, nous ait détruits, tous les deux. Nous aurions pu vivre tellement plus heureux, si Julie avait survécu... Mais avec des si, on refait le monde.

Quand tu es partie, j'avais encore tant de choses à te dire, tant de choses à partager, tant de tendresse à te donner, tant d'amour... mais nous reprendrons notre vie, là où nous l'avons laissée, quand je viendrai vous rejoindre, toi et notre douce Julie...

Dors bien, ma bien-aimée. Je continue à t'aimer jour après jour, à travers notre fils et petit-fils et j'ai hâte de venir vous rejoindre, là-haut, dans les étoiles...

À bientôt, ma toute belle...

Ton Albert, à jamais !

Le Silence des Hirondelles

Chapitre 27

Quelques semaines plus tard, Alain reçut un texto de Julien.

« Mon garçon ! Il faut qu'on se parle. J'ai lu la lettre de grand-père et il m'a fallu un moment pour accepter son contenu. À présent, je suis prêt à en discuter avec toi et à découvrir, la suite, comme tu l'entendais. Appelle-moi quand tu as une minute ».

Le soir même, Alain appela son père. Il décrocha à la seconde sonnerie, comme s'il avait le portable dans le creux de sa main, depuis le début de la journée. Il confirma qu'Alain avait bien fait de lui remettre la lettre. Il était content d'apprendre la vérité sur sa famille, même s'il en voulait, un peu, à ses parents, de lui avoir caché l'existence de Julie.

Ils se donnèrent rendez-vous, samedi matin, dans le petit café situé à proximité de la maison et prirent leur petit-déjeuner ensemble. Julien serra la main de son fils, avant de le prendre dans ses bras, un bref instant.

— Fiston, il faudra que tu m'expliques où tu as trouvé cette lettre. Avec ta maman, nous avons vidé de nombreux placards et trié de nombreux effets, sans pour autant tomber sur ce fameux courrier.

— Profitons de notre petit-déjeuner, papa. Je t'emmènerai, ensuite à la maison, pour te montrer la pièce, située au grenier et dont grand-père explique l'usage. Nous l'avons découverte, par hasard, en voulant faire du rangement.

— Durant toutes ces années, je n'ai rien soupçonné. J'ai vécu dans cette maison, sans me rendre compte que ma mère disparaissait, souvent, pour se recueillir dans la chambre de Julie.

Ils terminèrent leur café et se retrouvèrent, quelques instants plus tard, dans la maison, à présent rénovée. Alain proposa à son père de passer par la bibliothèque. Il fit basculer le livre qui servait de levier et la porte coulissa, laissant place à la série de marches, décrite dans la lettre d'Albert. Alain grimpa le premier, suivi de son père. Arrivé au dernier escalier, il ouvrit la porte et tous deux se retrouvèrent dans la pièce qu'occupait, si souvent, Catherine.

Alain alluma et la pièce apparut à Julien, comme dans un rêve. En voyant le fauteuil à bascule, le petit lit, les étagères garnies de peluche, il dut se retenir, un instant, à la paroi.

— C'est donc ici que ta grand-mère s'enfermait pour pleurer son passé, chuchota Julien. J'ai l'impression que cette pièce est vivante. Cela me fait un drôle d'effet.

Il ouvrit les tiroirs pour y découvrir, comme Lorraine, auparavant, les petits vêtements de Julie. Il prit les peluches, en main et les serra contre son torse, ému. Il vit, ensuite, la malle.

— Qu'y a-t-il dans cette malle, Alain ?

Grand-mère y a rangé la robe de baptême de Julie, ainsi qu'une gigoteuse et une couverture d'enfant. J'y ai également rangé un cadre photo représentant grand-mère avec Julie.

— Montre-moi ce portrait, tu veux bien ?

Alain sortit la clé de la poche de sa veste et ouvrit la malle.

Julien sortit, un à un, les objets ayant appartenu à sa petite sœur, qui n'avait pas eu la chance de survivre au-delà de neuf mois et enfin, il tomba sur la photo. Le cœur pincé, il retourna le cadre et se trouva devant le visage souriant de sa mère, encore tellement jeune, serrant dans ses bras, la jolie petite Julie.

— Comme elle était mignonne, Julie, déclara Julien, la voix emplie de tristesse. Ma vie aurait été bien différente, si j'avais eu une grande sœur…

— Je sais, papa. Mais la vie ne nous fait pas de cadeaux. Souvent, nous sommes obligés de faire face à des moments difficiles.

Julien reposa la photo dans le coffre et se rendit compte qu'il contenait encore un objet très particulier. Il prit entre ses mains, l'album aux flots roses.

— C'est quoi, mon garçon ? demanda-t-il à Alain.

— C'est le journal de grand-mère. Tu y trouveras des photos de la petite mais aussi des pages journalières relatant les progrès de Julie et le terrible soir. Elle a aussi écrit après le départ de Julie pour manifester sa peine. Tu devrais l'emporter à la maison et le lire quand tu te sentiras prêt. Mais je te préviens tout de suite, il est très triste, d'après Lorraine. C'est elle qui l'a lu et m'a raconté. Moi j'avais déjà lu la lettre et cela m'avait suffi.

Ils refermèrent le coffre et sortirent par l'autre côté, enjambant l'armoire, afin que Julien puisse se faire une idée du travail qu'avait réalisé son père.

— Nous avons trouvé la pièce, vraiment par hasard, commença Alain. Lorraine voulait vider l'armoire et elle n'arrivait pas à l'ouvrir. J'ai cherché, une clé, mais en vain. J'ai alors mis la main sur le haut de l'armoire et une latte a basculé, faisant glisser la paroi de l'armoire.

— Je sais, répondit Julien. Mon père en parle dans sa lettre. Il est vrai qu'il avait des facilités, puisqu'il savait travailler le bois comme personne.

— Quand nous avons découvert la pièce, nous étions très perplexes. Le coffre était fermé à clé et nous n'avons trouvé aucune clé pour l'ouvrir.

— Mais tu avais une clé, tout à l'heure ?

— C'est une autre histoire, vois-tu. Quand les ouvriers sont venus avec la grue pour creuser les fondations du garage, ils ont heurté une caissette. J'ai dû forcer le cadenas et à l'intérieur se trouvait la clé.

— Tu peux me montrer le coffret ?

— Bien sûr ! Il est à toi. Viens, descendons ! Je l'ai rangé dans la bibliothèque. À l'intérieur, nous avons aussi trouvé certains objets.

— Ah bon !

— Oui ! Il y avait un extrait de naissance et de décès de Julie, ainsi qu'un livret de famille et la photo que tu avais entre les mains, tout à l'heure, plus quelques autres objets.

— C'est incroyable ! J'ai l'impression de ne pas avoir connu mes parents, déclara Julien.

— Grand-père et grand-mère avaient leurs raisons pour ne pas en parler, je pense. Peut-être que c'était trop douloureux, risquant de t'attrister.

— J'aurais aimé savoir, tout de même. Dommage que mon père ne soit plus de ce monde. J'aurais eu de nombreuses questions à lui poser.

— Il vaut mieux te contenter de ce que tu as, papa. Le passé n'est jamais bon à remuer. J'ai longtemps hésité avant de t'en parler, mais c'était trop important, pour te le taire.

— Tu as bien fait, mon garçon. Je vais emporter tout cela à la maison. Il n'est pas bon que tu gardes ces souvenirs ici.

Vous devez penser à votre avenir, tous les deux, et laisser le passé, derrière vous. Tu devrais aussi condamner ce petit réduit, je pense.

— J'y avais déjà pensé, papa. Nous allons refermer la pièce, ensemble, si tu le veux bien. Tu emporteras les souvenirs avec toi et nous refermerons les portes du passé...

 *Le Silence des Hirondelles*

Chapitre 28

Lorraine était dans sa chambre et se préparait pour sa grande journée. Sa coiffeuse avait savamment relevé ses belles boucles blondes naturelles en un chignon rehaussé de perles et mis son beau visage en valeur par un maquillage discret faisant ressortir ses grands yeux verts.

Sophie, qui se tamponnait régulièrement les yeux, aida sa fille à enfiler sa robe de mariée. Lorraine avait choisi un modèle sans manches — on était en plein mois de juillet — avec un bustier à dentelle et une jupe évasée se terminant par une courte traîne. Elle ne voulait ni chapeau, ni voilette et seules les perles brillaient dans sa blonde chevelure. Des escarpins blancs à petits talons, ouverts sur l'arrière, complétaient sa tenue.

Alors qu'elle se préparait, un petit coup frappé à la porte se fit entendre.

— Si ce n'est pas Alain, vous pouvez entrer, répondit gaiement Lorraine.

La porte s'ouvrit sur sa future belle-mère. Elle resta un instant sans voix, plantée près de la porte, avant que Sophie ne la tire de son étonnement.

— Entrez Mariette, je vous en prie, dit-elle. Vous semblez surprise ?

— C'est que Lorraine est tellement belle que j'en ai perdu la voix pendant un instant.

— Merci, jolie-maman, répondit Lorraine, heureuse.

— Mon enfant, voici un présent d'Alain. Il m'a chargée de te le ramener pendant que tu te prépares.

Lorraine prit la boîte carrée que lui tendait Mariette et l'ouvrit pour découvrir un collier doré composé de petites boules séparées par des perles et des pendants d'oreilles identiques.

— Oh, mais c'est magnifique Mariette. J'ai de la chance d'avoir Alain. Je m'en rends compte chaque jour.

— C'est vrai ! C'est un garçon remarquable et nous en sommes très fiers, son père et moi. Mais je vais vous laisser vous préparer, à présent. À tout à l'heure, mon enfant.

— À tout à l'heure jolie-maman et remerciez Alain de ma part.

— Ce sera fait.

Mariette quitta la pièce et Sophie passa le collier autour du cou de Lorraine, pendant qu'elle mettait les pendants d'oreilles.

— Oh maman, c'est tellement beau. Je crois que je vais pleurer avant la cérémonie.

— Surtout pas ! Tu ferais des dégâts à ton maquillage et il faudrait tout recommencer, ma chérie.

— Je vais essayer de ne pas verser de larmes de bonheur, dans ce cas, répondit Lorraine, encore tout émue.

Un second coup fut frappé. Lorraine se demandait qui pouvait encore venir la voir. Elle trouva sa grand-mère Josiane sur le pas de la porte.

— Que tu es belle ma chérie. On dirait ta maman ! Tu lui ressembles tellement !

234

— Merci mamie, répondit Lorraine. Tu voulais quelque chose ?

— Je viens, comme le veut la coutume, te ramener quelque chose d'ancien. Tiens, ma chérie, ce petit bracelet me vient de ton grand-père. À présent, il est à toi.

Lorraine prit le petit bracelet doré dans sa main et dut retenir une larme. Il était très fin avec de petits losanges, bleu ciel. Elle le mit à son poignet droit et remercia Josiane.

— Merci beaucoup, mamie. Cela me touche énormément.

— Tu en prendras soin, ma toute belle. Il est précieux.

— Promis, mamie.

Josiane n'avait pas eu le temps de se retirer que déjà deux voix se faisaient entendre dans le couloir. Un petit toc toc et Lorraine vit apparaître ses deux meilleures amies Emma et Fanny.

— C'est un véritable défilé, dites donc, s'exclama Lorraine souriante. Que me vaut votre visite, demanda-t-elle aux filles.

— Nous sommes venues t'apporter le nécessaire pour que ton mariage soit le plus heureux possible.

— Lorraine, je t'apporte quelque chose de neuf, comme le veut la tradition, déclara en premier Emma.

Elle lui tendit un mouchoir blanc, brodé à ses nouvelles initiales.

— Merci Emma, cela me touche beaucoup. Et toi, Fanny, que me ramènes-tu ?

— Moi je te ramène quelque chose de bleu. Là encore, tradition oblige.

Elle tendit à Lorraine une jarretière avec de fines fleurs bleues.

— Mets-la à la cuisse droite, ce sera pour pimenter la soirée et te permettre de récolter de l'argent pour ton futur voyage de noces.

— Merci Fanny, répondit Lorraine en plaçant la jarretière à sa jambe droite.

—

— Je crois que nous sommes prêtes, à présent, à rejoindre le reste des invités déclara Sophie.

Ils montèrent à bord des voitures pour se rendre à l'église où le prêtre les attendait pour bénir leur union. Une chorale avec de belles voix claires les accueillis.

Alain était resplendissant dans son smoking blanc et sa chemise à col cassé. Il portait ses cheveux noirs bouclés attachés comme à son habitude et avait refusé de couper ne serait-ce qu'un centimètre. Son père avait bien tenté de lui expliquer qu'il pourrait les laisser repousser après la noce, il n'avait rien voulu entendre.

En voyant Lorraine s'avancer vers lui au bras de son père, il resta quelques instants silencieux.

— Dieu que tu es belle mon amour, lança-t-il enfin !

— Merci Alain. Tu es aussi très beau.

L'échange des consentements et des anneaux fut émouvant et les flashs crépitèrent. Après la signature du grand livre, les témoins des mariés et tout le cortège se dirigèrent vers la mairie pour l'enregistrement officiel de leur union.

L'adjoint au maire les attendait et invita chacun à prendre place. Il demanda aux futurs époux leurs consentements mutuels avant de leur lire les actes concernant le mariage, la fidélité et les enfants.

Une dernière signature et l'adjoint leur remit l'important livret de famille pour démarrer leur nouvelle vie de couple.

La fête se termina à l'hôtel-restaurant Saint-Hubert, dans un cadre idyllique. Ils mangèrent, dansèrent et s'amusèrent toute la nuit avant de prendre congé des invités. Certains restèrent dormir à l'hôtel puisque la famille du marié venait du Pas-de-Calais et du Nord.

Avant de se retirer dans leur chambre d'hôtel, ils rejoignirent les parents d'Alain qui avaient un cadeau un peu particulier à leur remettre. Ils s'installèrent autour d'une table encore garnie et prirent un dernier verre. Julien prit la parole :

— Mes enfants, à présent, vous voilà mariés et en route pour une vie de couple, qui, nous l'espérons, sera aussi belle que la nôtre.

— Merci, papa.

— Mon fils ! Ta mère et moi avons un cadeau à vous remettre et nous espérons qu'il vous fera plaisir.

Julien tendit une grande enveloppe blanche aux jeunes mariés, avant de poursuivre.

— Ouvrez l'enveloppe, à présent.

Alain et Lorraine, très intrigués se demandèrent ce que pouvait bien contenir cette enveloppe et pourquoi Julien et Mariette avaient attendu la fin de la soirée pour la leur remettre. Alain ouvrit le pli et en retira plusieurs feuillets.

— C'est quoi, papa ?

— Tu es notre fils unique et nous avons mis suffisamment d'argent de côté pour t'épauler dans la vie, répondit Julien. Ta mère et moi vous offrons votre nouvelle maison, pour démarrer votre vie.

— Mais, papa, la maison, tu nous l'as déjà donnée ?!

— Ouvre l'enveloppe et tu comprendras, mon grand.

Alain ouvrit la grande enveloppe brune et en sortit des papiers bancaires.

— C'est quoi, tous ces documents, papa ?

— Nous avons soldé le prêt des travaux de votre maison, répondit Mariette.

— Oh ! Non ! maman, papa, c'est bien trop, répliqua Alain, très touché par la démarche de ses parents.

— Nous avons tenu à attendre que tous les travaux engagés soient terminés pour le chiffrage total. Au début, déclara Mariette, ton père voulait te donner de l'argent. Mais nous ne savions pas ce que vous souhaitiez faire au juste, dans la maison. Maintenant que les dernières finitions sont faites, nous avons pu régler l'ensemble de la dette et ainsi, vous libérer de votre emprunt.

— C'est un geste très généreux de votre part, remercia Lorraine. Vous êtes des personnes formidables. Merci, infiniment pour tout ce que vous faites pour nous. Je connais peu de jeunes couples qui démarrent leur union, avec autant de bonheur et de cadeaux.

— Mon enfant, nous n'avons qu'un fils et l'argent n'a pas besoin de dormir à la banque. Autant que vous en profitiez aujourd'hui. C'est au démarrage, qu'il faut de l'argent, pas quand on est vieux. Vous pourrez, ainsi, profiter de la vie, voyager, vous faire plaisir, inviter des amis, sortir, et vivre intensément.

Lorraine et Alain serrèrent Julien et Mariette dans leurs bras. Ils avaient l'impression de vivre un vrai conte de fées. Ils venaient à peine de se connaître et nageaient déjà dans le bonheur. Leur maison leur appartenait, magnifiquement rénovée et entièrement soldée et ils se préparaient à partir pour un superbe voyage de noces, après un mariage grandiose.

Alain était heureux d'avoir hérité de la maison de ses grands-parents paternels, des gens formidables. Son grand-père l'emmenait marcher en bord de mer et lui apprenait le nom des bateaux et de la faune marine pour laquelle il se passionnait.

Sa grand-mère, il s'en souvenait, avec tristesse. C'était une belle dame aux cheveux grisonnants, toujours souriante. Elle les avait quittés bien trop tôt, emportée par la maladie et les tristes souvenirs. Son grand-père lui avait survécu durant dix longues années.

Il s'était éteint l'an passé et seuls les souvenirs ainsi que la maison, encore meublée, leur restaient.

Ils s'embrassèrent une dernière fois, avant de rejoindre leur chambre. Alain souleva Lorraine dans ses bras pour lui faire franchir le pas de la porte et la déposa délicatement sur le grand lit qui trônait dans la chambre.

— Nous avons beaucoup de chance de démarrer aussi bien notre nouvelle vie, tu ne trouves pas ? déclara Lorraine.

— J'ai surtout la chance d'avoir épousé la plus jolie fille de l'Est de la France déclara Alain en rejoignant Lorraine.

Ils firent l'amour toute la nuit, tendrement, voluptueusement, avant de s'endormir dans les bras l'un de l'autre.

Ils rejoignirent la famille sur la terrasse, pour le petit-déjeuner. Les derniers invités devaient repartir le jour même pour le Nord.

Le Silence des Hirondelles

Chapitre 29

Alain et Lorraine s'envolèrent le surlendemain pour quinze jours à la Réunion pour y vivre une lune de miel romantique à souhait, avec plage de sable fin, bungalow plongeant dans la mer, cadre enchanteur, soleil et mer bleue. Entre sports nautiques, plage, fêtes dansantes colorées et cocktails, ils étaient fort occupés. De nombreuses excursions organisées pour découvrir l'île furent également entreprises. Enfin, ils profitèrent de massages en bord de plage, repas exotiques en bord de mer et tendresse sous la couette, durant des heures…

Quand Lorraine repensait au parcours qu'elle venait d'effectuer jusqu'au jour de son mariage, elle n'osait y croire. Rien n'était prévu pour qu'un jour, elle épouse un Dunkerquois et s'installe dans le Nord de la France.

Le Silence des Hirondelles

Chapitre 30

De retour de leur voyage de noce, Alain et Lorraine rejoignirent Julien et Mariette pour le déjeuner. Les photos de vacances leur permirent de revivre, ensemble, la magie des moments merveilleux passés sur l'île.

Le lendemain représentait le jour du grand déménagement. Ils allaient, enfin, vivre dans leur maison.

Alain avait loué une camionnette pour y transporter les affaires restées dans l'appartement. Ils avaient, au fur et à mesure, fait et emporté des cartons, mais il restait encore du mobilier et des effets à charger.

Quand tout fut embarqué, la propriétaire les invita à prendre le café. Elle avait préparé une tarte aux pommes et un marbré, pour l'occasion. Quand Lorraine lui avait annoncé son départ de l'appartement, elle avait ressenti une grande tristesse. Elle avait beaucoup apprécié la compagnie de la jeune fille, qui passait la voir, au début, quand elle se sentait trop seule. Elle avait, immédiatement, eu un coup de cœur pour la jeune fille et la voir partir, lui pinçait le cœur.

Elle se réjouissait de la savoir heureuse avec Alain, qu'elle avait aussi appris à connaître, mais Lorraine allait lui manquer, elle le savait. Les jeunes gens avaient promis de l'inviter à la maison pour lui faire découvrir leur petit nid, mais les promesses sont bien vite oubliées…

Ils prirent congé de la propriétaire après avoir fait l'état des lieux et récupéré la caution et montèrent à bord de la camionnette, suivis des parents d'Alain, venus leur prêter main forte.

Comme à chaque fois que Lorraine se trouvait devant la maison, son cœur battait plus fort. Elle aimait cette demeure, arrangée avec goût et se répétait mentalement : « BIENVENUS AUX HIRONDELLES ».

Chapitre 31

L'été touchait à sa fin et la rentrée des classes se profilait à l'horizon. Cette année, le temps avait tenu ses promesses avec un soleil radieux, un ciel sans nuages et une mer calme. Lorraine et Alain profitèrent pleinement de leurs premières vacances dans leur maison. Ils avaient pris l'habitude de prendre leurs repas sur la terrasse, dès que le temps le leur permettait.

Ils venaient de trouver leur prochaine destination de vacances pour les congés de la Toussaint et s'apprêtaient à passer à l'agence de voyages pour la réservation, quand le carillon de la porte d'entrée se mit à résonner.

— Tu attends quelqu'un ? voulut savoir Lorraine.

— Non ! répondit Alain en allant ouvrir.

Sur le pas de la porte, une belle femme, la soixantaine attendait. Son visage lui sembla quelque peu familier mais il ne se rappelait pas où il avait déjà pu la croiser. Elle était vêtue élégamment d'un tailleur pantalon gris et d'un chemisier blanc et portait ses cheveux bruns en un chignon flou. Elle avait de beaux yeux verts, une bouche fine, un joli sourire et le teint légèrement bronzé.

— Bonjour, je peux vous aider ? demanda-t-il.

— Bonjour Monsieur. Pourrais-je parler à Monsieur Albert Narval ?

— Albert Narval ? Mais il n'habite plus ici.

— Auriez-vous sa nouvelle adresse ?

— Pourquoi voulez-vous le rencontrer et qui êtes-vous ?

— Oh, je suis désolée. Je ne me suis pas présentée. Excusez-moi. Je m'appelle Marine Blondel.

— Votre nom ne m'est pas familier, répondit Alain.

— Non, c'est vrai, nous ne nous connaissons pas. Je ne voudrais pas vous déranger... mais connaissez-vous Monsieur Albert Narval ?

— Ecoutez, je ne sais pas pourquoi vous le cherchez, mais je peux vous dire que là où il est, vous aurez du mal à lui parler.

— Ah !

— Mon grand-père est, hélas, décédé.

— Décédé ? Oh non !

Elle prit son visage entre ses mains et se mit à sangloter, sans pouvoir s'arrêter. Alain, soudain très surpris, l'entoura de ses bras pour la consoler.

— Que vous arrive-t-il, Madame ?

— Je suis désolée, mais je suis sous le choc. Vous avez bien dit que Monsieur Narval était votre grand-père ?

— Absolument.

— Alors, vous êtes mon neveu ?

— Attendez ! Vous allez trop loin, à présent. Mon père n'a jamais eu de sœur.

—Votre père, vous dites ? J'ai donc un frère ?

— Ecoutez, je crois que vous devriez partir. Vous vous trompez d'adresse et de personne. Rentrez chez vous.

246

— Attendez ! Ne fermez pas la porte. Je voudrais vous montrer quelque chose.

Elle fouilla dans son sac et en sortit son portefeuille. À l'intérieur, elle retira une photo jaunie et la montra à Alain.

— Vous reconnaissez la photo ?

Alain prit la photo entre ses mains et la regarda un long moment, avant de répondre.

— On dirait mon père.

— Non, c'est Mon père, répondit la femme.

— Votre père ? Mais qu'est-ce que vous racontez ?

— Ce cliché représente mon père, et donc, votre grand-père, Albert.

— Comment avez-vous eu cette photo ?

— Je l'ai trouvée dans les affaires de ma mère, après son décès. Elle ne m'avait jamais parlé de mon père et j'ai tout découvert, en vidant la maison.

— Vous racontez n'importe quoi ! Il faut que je vous laisse. Avec ma femme, nous nous apprêtions à sortir.

— Dans ce cas, prenons rendez-vous et je vous expliquerai tout. Je vous en prie, laissez-moi une chance !

— Je ne sais pas trop. Toute cette histoire semble être tirée par les cheveux. Je pense réellement que vous faites fausse route.

— Mais la photo, vous la reconnaissez ?

— Il y a, effectivement, une ressemblance avec mon père et mon grand-père, mais la photo est jaunie et très ancienne et on ne distingue plus très bien le visage.

— Albert Narval est bien le nom de l'homme de la photo, et par conséquent, votre aïeul.

— Je ne sais pas trop si j'ai envie d'en savoir plus.

— Ecoutez, j'ai toujours voulu connaître mon père, mais maman ne voulait pas en parler. Et, à présent que je l'ai retrouvé, je l'ai perdu, définitivement. Laissez-moi une chance de vous parler, je vous en prie. C'est très important, pour moi.

— Venez en fin de semaine, disons vendredi, vers 16 h 00 et nous verrons.

— Merci beaucoup. À vendredi.

Alain retourna à l'intérieur de la maison, l'air sceptique.

— Qui c'était, mon chéri ? voulut savoir Lorraine.

— C'était une femme qui cherchait mon grand-père.

— Ton grand-père ? Tu es sérieux ?

— Très sérieux.

— Pourquoi voulait-elle le rencontrer ?

— C'est une histoire à dormir debout. Elle m'a montré une photo de lui, en prétendant qu'il était son père.

— Son père, tu dis ?

— Oui, son père. Je ne sais pas comment elle a eu la photo mais je veux en avoir le cœur net. Je lui ai demandé de revenir vendredi pour 16 h 00.

— Attends, chéri, elle veut peut-être toucher un héritage de la maison ?

— Grand-père n'a jamais eu d'autre enfant que mon père, chérie. Et donc, il n'y a aucune raison qu'elle ait droit à un quelconque héritage.

— Tes grands-parents avaient des secrets, Alain. Rappelle-toi de Julie.

— Julie c'est différent. Attendons vendredi et nous en saurons plus. Je n'ai pas l'intention de me laisser déposséder par qui que ce soit, ne t'inquiète pas.

— Tout de même ! C'est une histoire bizarre.

248

— Allons à l'agence de voyages avant qu'elle ne ferme, pour réserver nos prochaines vacances et oublier cette femme. Cela ne peut-être qu'une erreur.

— Tu as raison…

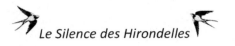 *Le Silence des Hirondelles*

Le Silence des Hirondelles

DEUXIÈME PARTIE

 *Le Silence des Hirondelles*

Chapitre 1

— Mademoiselle, Mademoiselle, vous avez perdu votre foulard !

— Alertée par les cris, Marisa s'arrêta et se retourna. C'était une jeune femme charmante, la trentaine, avec de longs cheveux blonds flottant au vent et des lunettes de soleil posées sur un petit bout de nez retroussé. Elle sourit et de petites fossettes se dessinèrent sur ses deux joues.

— Merci, Monsieur. Je n'avais pas remarqué que je l'avais perdu.

— Je me présente. Je m'appelle Albert.

— Bonjour Albert. Moi, c'est Marisa.

— C'est un très beau prénom. Vous venez souvent vous promener en bord de mer ?

— Chaque fois que j'ai un moment de libre, oui, répondit Marisa, avec le sourire.

— Je peux faire un bout de chemin en votre compagnie ?

— Pourquoi pas. La plage appartient à tout le monde, après tout.

— Je ne suis pas un solitaire.

— Je vois cela. Vous habitez dans le coin ?

— J'ai une maison à Bray-Dunes. Et vous ? Vous vivez ici ?

— J'ai emménagé à Bray-Dunes il y a quelques mois.

— Qu'est-ce qui vous amène dans le Pas-de-Calais ?

— Disons que je suis originaire du Pas-de-Calais et j'ai déménagé de Nœux-les-Mines à Bray-Dunes, pour être exacte.

— Pour le travail, je suppose ?

— Vous supposez bien. Je suis institutrice et j'ai obtenu une mutation que j'attendais depuis quelques années.

— Vous vous plaisez à Bray-Dunes ?

— Beaucoup. J'ai trouvé une petite maison en bord de plage.

— Je vous trouve charmante et c'est bien agréable de discuter avec une personne pleine de vie, comme vous.

— Merci pour le compliment. Et vous, alors ? Vous travaillez dans quel domaine ?

— Je suis ébéniste et je travaille pour une société qui fabrique des maisons.

— C'est un noble métier, il faut le reconnaitre. Vous êtes habile de vos doigts.

— Là c'est moi qui vous remercie.

Ils passèrent une heure à bavarder tout en longeant le bord de mer. Cela faisait bien longtemps qu'Albert n'avait plus eu de discussion désintéressée avec une personne agréable. Cela lui fit beaucoup de bien et lui donna envie de revoir Marisa, pour rompre la solitude.

— Quand est-ce que vous revenez vous promener sur la plage ?

— Je ne sais pas encore. Pourquoi cette question ?

— J'aimerais beaucoup me promener avec vous, une nouvelle fois, si vous y consentez ?

— Avec plaisir. J'ai passé un moment fort agréable en votre compagnie.

— Si on disait vendredi ?

—Va pour vendredi, mais ce sera après 17 h 00.

— Je vous attendrai, répondit Albert, heureux de sa belle rencontre.

— Vous me parlerez de vous, la prochaine fois.

— Peut-être… Nous verrons… Mais je n'ai rien d'intéressant à vous dire, me concernant. Je préfèrerais que vous me parliez encore de vous.

— Nous verrons. Aurevoir Albert, c'était un plaisir.

— Plaisir réciproque Marisa, répondit Albert, en souriant.

Chacun partit du côté opposé. Albert reprit sa voiture pour rentrer chez lui. Il avait passé un moment fort agréable, oubliant le quotidien et se réjouissait de revoir Marisa vendredi.

De retour chez elle, Marisa avait un sourire aux lèvres. Elle trouvait Albert, très séduisant. C'était un homme intéressant, avec une belle élocution, un port de tête altier, des yeux rieurs et elle était tombée sous le charme.

* * *

Marisa s'apprêta avec beaucoup de soin pour retrouver Albert. Elle avait choisi un pantalon blanc en coton du Nil, rehaussé d'un haut rose sur lequel on pouvait lire « Je suis une fille extra ». Elle avait retenu ses cheveux en une queue de cheval, avec un chouchou rose qui lui donnait un air de gamine. Ses chaussures de sport blanches terminaient sa tenue. Elle portait une sacoche en bandoulière pour y ranger ses clés, une bouteille d'eau… À son cou, le même petit foulard rose. Son cœur battait très fort car elle craignait qu'il ne vienne pas.

Albert avait enfilé son jogging et ses chaussures de sport pour se rendre sur la plage retrouver Marisa.

Il ne s'expliquait pas ce qui lui arrivait mais il avait attendu de la revoir avec une impatience fébrile. Lui aussi craignait qu'elle ne soit pas au rendez-vous. Dire qu'il n'avait pas ses coordonnées et ne saurait pas où la retrouver…

Il fut le premier, sur la plage, avec une vingtaine de minutes d'avance. Il s'installa sur le sable fin et regarda la mer au loin, ses pensées vagabondant au gré du vent, quand il sursauta :

— Bonjour Albert.

— Bonjour Marisa, répondit-il en se levant rapidement. Vous êtes très jolie et le rose vous va à ravir. Je suis très heureux de vous revoir.

— Merci. Vous n'avez pas oublié qu'aujourd'hui, on parle de vous ?

— Si vous voulez. Dans ce cas, je vais vous raconter comment j'ai obtenu mon premier emploi à Toulon.

— Il expliqua qu'après son diplôme d'ébéniste, il recherchait activement du travail quand il était tombé sur l'écriteau : « Nous recherchons un ébéniste ainsi que d'autres corps de métiers pour terminer un bateau. » Il s'était présenté au bureau de recrutement, montrant ses diplômes et, comme il avait une bonne tête, il fut embauché, à l'essai. La qualité de son travail lui valut d'occuper le poste, durant trois longues années.

— J'ai conçu tout l'intérieur du bateau, avec le coin cuisine, les chambres, les placards, les banquettes.

— Vous êtes un artiste, vous créez de vos propres mains.

— On peut dire les choses de cette façon. J'aime le bois. C'est un matériau noble qui ne demande qu'à se laisser travailler. On lui donne les formes qu'on veut et le résultat final laisse une certaine fierté, je dois le reconnaître.

— Pourquoi avoir quitté Toulon ?

— Disons que c'est une longue histoire que je vous raconterai, peut-être, une autre fois. Pour faire court, mon travail à Toulon était achevé et j'avais besoin de changer d'air. Vous aimez les bateaux ?

— Oui, beaucoup, répondit Marisa.

— Nous pourrions faire une sortie en mer, une fois prochaine, si cela vous tente ?

— Avec plaisir.

Le temps passa très vite, trop vite, pour chacun d'eux. Ils avaient encore passé un moment formidable, ensemble, mais il fallait se quitter.

Marisa était sur un nuage et Albert lui plaisait de plus en plus. Elle ne savait pas où cela pouvait la conduire, mais elle était certaine de vouloir le revoir. Cela faisait bien longtemps qu'aucun homme ne lui avait fait battre ainsi le cœur.

Albert était très partagé, entre l'envie de revoir Marisa, d'apprendre à mieux la connaître et la vie qu'il menait. Il savait qu'il ne pouvait rien lui apporter, car elle était entrée trop tardivement, dans sa vie perturbée. Mais son attirance pour la jeune femme et le bien que lui faisaient ces promenades en sa compagnie, l'empêchaient de mettre un terme à leur rencontre. Devait-il lui parler ou valait-il mieux rester bons amis… Il en était là de ses réflexions quand il arriva à hauteur de sa voiture. Il ressentait de moins en moins l'envie de rentrer et de se retrouver avec ses fantômes du passé, mais avait-il le choix ?

* * *

Les journées passèrent, puis les semaines et enfin, les mois. Albert voyait toujours Marisa. Elle était devenue sa bouffée d'oxygène pour supporter son quotidien, si lourd…

Ils avaient fini par se promener, bras dessus, bras dessous, comme un vieux couple, ils se tutoyaient, à présent et refaisaient, ensemble, le monde.

Albert s'absentait de plus en plus longtemps et de plus en plus souvent de la maison, pour retrouver un peu de liberté. Avec Marisa, il avait l'impression de revivre, de n'être plus triste et que son passé appartenait à un autre… Mais en rentrant, la triste réalité faisait surface et il n'avait qu'une seule hâte, s'échapper à nouveau, pour oublier…

Leurs promenades n'étaient plus leurs seuls échanges. Ils avaient fait du bateau, ensemble, mangé à la terrasse de plusieurs restaurants, assisté à des expositions, choisi des fleurs pour la maison de Marisa, quand elle l'invita, un soir, à manger chez elle.

Albert hésitait à répondre positivement à l'invitation de Marisa. Cela risquait d'aller trop loin, et il ne pouvait se le permettre, il n'en avait pas le droit. Son cœur était partagé entre deux femmes… et il fallait qu'il le dise à Marisa, mais pas ce soir, pas maintenant. C'était trop dur. Il décida de ne plus y penser et accepta l'invitation pour le lendemain soir.

* * *

Marisa vint lui ouvrir, un joli tablier blanc sur une robe colorée, les cheveux attachés en un chignon rapide qui la rendait irrésistible. Il lui tendit le bouquet de roses qu'il avait acheté avant de venir et elle en fut ravie.

— Viens, entre. Je te souhaite la bienvenue, dans mon humble demeure.

Albert pénétra dans une maison lumineuse et chaleureuse à la fois. C'était un beau bungalow de plain-pied qui débutait par un couloir carré s'ouvrant sur une grande pièce à vivre composée d'une cuisine incorporée rose et blanc, d'une salle à manger en merisier et d'un salon en cuir noir. Une bonne odeur lui parvint et son estomac grogna.

— Tu as faim, on dirait ?

— C'est cette bonne odeur qui me met l'eau à la bouche, répondit Albert, en riant.

— On va pouvoir passer à table, dans ce cas. Installe-toi confortablement.

La table avait été dressée sur la terrasse. Deux sets représentant des vues de Bray-Dunes étaient disposés sur une table de jardin grise, avec un chemin de table rose, entre une bougie décorative et les roses qu'il venait de ramener, disposées dans un vase oriental.

Marisa arriva avec un premier plat.

— J'ai fait des cassolettes de la mer, en entrée. J'espère que tu vas aimer ?

— Je sens que je vais adorer.

C'était leur premier, tête à tête, intime et Albert était très partagé entre le bonheur exquis qu'il vivait et ses démons qui le hantaient. Mais il fit le nécessaire pour que la soirée soit inoubliable.

Vers 21 h 00, il s'excusa, mais il devait rentrer. Marisa ne dit rien, mais elle aurait tant aimé qu'il reste et se rapproche d'elle. Elle ne comprenait pas pourquoi leur relation restait amicale. Il lui semblait qu'Albert aurait aimé aller plus loin, dans la relation, mais que quelque chose le bloquait. Elle se promit de lui en parler une fois prochaine, sans pour autant lui forcer la main.

Il fallait qu'elle comprenne. Il était inutile qu'elle se berce d'illusions si les sentiments n'étaient pas partagés…

* * *

Sur la route du retour, Albert se mit à réfléchir. Cette soirée était merveilleuse, et, pour la première fois, il aurait aimé rester avec une autre femme, avec Marisa. Cela lui fit très peur et il se rendit à l'évidence, il fallait qu'il la quitte, avant qu'il ne soit trop tard…

* * *

Les congés scolaires causèrent sa perte, car il retourna, régulièrement chez Marisa et ils passèrent des moments exceptionnels ensemble. Chacun voulait parler à l'autre, clarifier la situation, mais aucun d'eux ne le fit, et ce qui devait arriver, arriva…

C'était un soir, comme beaucoup d'autres, Marisa avait fait la cuisine, les lumières étaient tamisées, et une douce musique passait en fond sonore, rendant l'atmosphère féérique. C'est Marisa qui fit le premier pas en se plaçant derrière Albert, lui entourant les épaules de ses bras et lui donnant un baiser léger sur la joue.

Albert se leva, se retourna et la serra, fort, dans ses bras.

— Marisa, je ne peux pas, je ne veux pas franchir ce pas, sans quoi nous serons perdus.

— Comment cela, perdus ? Je crois que je suis tombée amoureuse de toi mon Albert et personne n'y peut rien changer.

— Je n'ai pas le droit de t'aimer, Marisa. C'est trop tard, pour moi, trop tard, tu comprends ?

— Prends-moi dans tes bras et fais-moi tienne, c'est tout ce que je te demande. Je brûle d'amour pour toi, je me consume à petit feu. J'ai envie de te sentir tout contre moi, je t'en prie…

Il n'avait su résister à la tentation et tous deux s'étaient aimés, fougueusement, comme si leur vie en dépendait… et il fut perdu…

* * *

De retour chez lui, les remords l'accablèrent. Il aimait toujours Catherine, d'un amour fort et unique, mais depuis le drame de leur petite Julie, elle ne voulait plus qu'il lui fasse l'amour, elle avait peur et disait toujours qu'elle était morte, à l'intérieur, et qu'elle ne pouvait plus rien lui donner.

Il en souffrait, intérieurement, car il l'aimait, comme au premier jour, mais c'était aussi un homme, avec des besoins et des pulsions qu'il avait du mal à réfréner, depuis qu'il avait rencontré Marisa. Dans une autre vie, il aurait épousé Marisa et un bonheur différent aurait été possible, mais il appartenait corps et âme à Catherine et espérait toujours qu'elle lui reviendrait.

Qu'avait-il fait ? Comment avait-il pu céder à la tentation de la chair, lui si honnête, si sûr de ses sentiments et de son attachement pour Catherine ? Il fallait qu'il cesse de voir Marisa, aucune autre solution n'était envisageable. Il ne pouvait quitter Catherine, elle était déjà totalement anéantie par le décès de la petite Julie et s'il la quittait, elle en mourrait.

Il décida de parler à Marisa très rapidement et de lui dire toute la vérité. Il ne fallait pas qu'ils s'aiment, c'était mal, c'était inconvenant.

* * *

Quand il la retrouva, sur la plage, elle était rayonnante et chantait. Le bonheur se lisait sur son visage et il fut meurtri par l'idée de lui faire du mal. Et pourtant, le mal était fait…

Bras dessus, bras dessous, ils profitèrent du beau temps pour marcher le long de la plage, bercés par le bruit des vagues, quand Albert se décida, enfin, à lui parler.

— Marisa, il faut que je te parle de quelque chose de très grave. J'ai le cœur lourd, mais je ne peux pas me taire, plus longtemps.

— Que se passe-t-il, mon chéri ?

— Quand nous nous sommes croisés, sur cette plage, la première fois, je ne pensais pas que nous nous rapprocherions de la sorte. J'avais besoin de parler, de partager, de rompre une certaine solitude.

— Je ne comprends pas où tu veux en venir ?

— Marisa, je ne suis pas libre.

— Comment cela ? Tu veux dire que tu es marié ?

— Oui, avoua Albert, dans un souffle.

— Pourquoi tu ne m'en as pas parlé avant ? Comment je vais faire, à présent, sans toi ?

— Je n'ai rien prémédité, vois-tu. Mais viens, rentrons chez toi et je te raconterai mon histoire.

Ils rentrèrent au bungalow de Marisa. Elle prépara deux cocktails et s'installa face à Albert pour écouter ses confidences.

— Je t'écoute Albert.

— Marisa, je tiens à te dire que je n'ai rien vu venir. Je n'avais pas l'intention de franchir cette limite, tu comprends ?

— Mais tu l'as franchie…

— Je sais et je m'en veux terriblement. Je crois, en fait, que j'aime deux femmes, en même temps et je me sens perdu.

— Mon pauvre chéri. Que va-t-on faire, à présent ? Moi aussi, je t'aime et je ne veux pas te perdre, pas maintenant, pas encore. J'en mourrais…

— Ne dis pas ça, Marisa, ne dis pas des choses aussi graves.

— Est-ce que tu aimes encore ta femme ?

— Oui, je le crains.

— Mais pourquoi t'es-tu abandonné à moi, dans ce cas ?

— Parce que je t'aime aussi.

— Là, il va falloir que tu m'expliques…

— Il y a quelques temps, je travaillais à Toulon, et j'y ai connu Catherine. C'était le coup de foudre et nous nous sommes mariés. Catherine a donné naissance à notre petite Julie. C'était une enfant merveilleuse, qui riait sans cesse. Mais, malheureusement, neuf mois plus tard, elle nous a quittés, emportée par un mal étrange.

— Oh mon pauvre chéri, c'est horrible !

— Catherine en est devenue malade, ne dormant plus, refusant de se nourrir, l'angoisse au ventre. J'ai alors décidé de quitter Toulon et de venir m'installer ici. Catherine m'a suivi mais elle n'était plus la même. Son esprit était ailleurs, avec la petite. Je ne savais plus quoi faire pour la sortir de ce trou dans lequel elle s'était enfoncée. Elle avait tenu à emporter les affaires de Julie avec elle, condition pour me suivre jusqu' ici. Je lui ai aménagé une pièce pour y déposer tous ses souvenirs et depuis, elle passe une grande partie de son temps à se rappeler le passé.

— Je comprends mieux à présent, répondit Marisa.

— Quand je t'ai rencontrée, sur cette plage, je voulais simplement me faire une amie, quelqu'un avec qui je puisse discuter d'autre chose, quelqu'un qui m'aide à survivre, à voir les belles choses de la vie, tu comprends ?

— Évidemment que je comprends. Je suis très triste de ce qui s'est passé dans ta vie et je ne regrette pas de m'être rapprochée de toi. Ne t'en veux pas, j'en avais très envie et je t'ai poussé à commettre l'irréparable, j'en suis bien consciente.

— Tu ne m'en veux pas ?

— Je suis contrariée, parce que je t'aime profondément et que je sais que je vais te perdre, un jour ou l'autre. Mais tu aurais, tout de même dû m'en parler. J'aurais compris que c'était d'une amie dont tu avais besoin, et non d'une seconde épouse.

— C'est à ce moment que Marisa s'effondra en larmes. Elle avait tenu à faire contre mauvaise fortune, bon cœur, mais la vanne venait de s'ouvrir et elle s'abandonna à son chagrin.

— Oh, ma douce, je suis tellement désolé, tellement désolé, si tu savais.

— Ne me quitte pas brutalement, je t'en prie, je ne pourrais pas le supporter.

— Je te promets de ne pas te laisser. Je resterai ton ami à jamais, mais il ne faut plus que nous nous aimions.

— Si tu restes près de moi, je pourrai le supporter, je pense. Serre-moi encore une fois dans tes bras Albert, mon tendre amour. J'avais, enfin, trouvé l'homme de ma vie, celui avec lequel j'aurais pu fonder une famille et être heureuse, et voilà, qu'à présent, tout est impossible.

— Je te demande pardon Marisa. Mille fois pardon…

Chapitre 2

Deux mois s'étaient écoulés, depuis qu'Albert s'était livré à Marisa. Ils n'avaient pas renouvelé l'expérience conduisant leurs deux corps à s'aimer, mais ils s'étaient revus, régulièrement.

Ils faisaient toujours leurs promenades, main dans la main, ou bras dessus, bras dessous. Albert continuait à lui faire de tendres câlins, ne pouvant plus lui offrir d'avantage, à son grand regret.

Il aimait, profondément, Marisa, et rester éloigné d'elle était un véritable calvaire. Mais il ne pouvait mener une double vie, comme l'aurait aimé sa douce compagne. Il lui offrait quelques heures de douceur et de tendresse chaque fois qu'il le pouvait, pour ne pas l'abandonner brutalement. Même lui en aurait souffert. Il ignorait lequel des deux était le plus malheureux, mais il savait que Marisa, lui manquerait, cruellement, le jour où il la quitterait, définitivement.

* * *

La décision concernant leur séparation, se fit d'elle-même, un soir de juin, quand Albert rentra chez lui, après avoir passé un moment exquis, avec Marisa.

Catherine l'attendait, assise sur le canapé du salon. Elle s'était apprêtée et portait une jolie robe colorée. Un trait de maquillage et une jolie coiffure, la rajeunissaient.

Albert, nota tout de suite le changement et le lui fit remarquer.

— Coucou mon cœur. Tu es très en beauté, ce soir !

— C'est pour toi, mon Albert, que je me suis faite belle.

— J'en suis très heureux, rajouta Albert, en s'approchant de son épouse.

— J'aimerais que tu m'emmènes dîner ce soir. J'ai à te parler.

— Bien sûr. On pourrait aller dans la petite pizzéria qui fait le coin ?

— Comme tu veux.

Ils sortirent et marchèrent, lentement et en silence, jusque chez « Pédro », qui préparait les meilleures pizzas du coin.

Une table près de la baie vitrée, leur fut proposée et ils s'attablèrent. Ils commandèrent un rosé et deux pizzas quatre saisons.

En attendant d'être servis, Catherine prit la parole :

— Mon Albert, j'ai fait le bilan de notre vie aujourd'hui, et je me suis rendue compte que j'étais une grande égoïste.

— Que veux-tu dire, par-là, demanda Albert ?

— Je n'ai pensé qu'à moi, depuis le départ de notre petite Julie et je me suis emmurée dans ma douleur.

— Ne dis pas cela.

— Si, au contraire. Je n'ai pas pensé un seul instant à toi et à ton propre chagrin. Toi aussi, tu as perdu, ta petite Julie et tu en souffres, autant que moi. Mais je t'ai abandonné, pour rester, seule avec mon chagrin, alors que nous aurions dû le partager.

— Tu as fait de ton mieux pour surmonter ce malheur, ma chérie.

— Merci pour ton indulgence, Albert. Mais, à présent, j'ai décidé de poursuivre ma route avec toi et de revivre. Je n'oublierai jamais cette tragique nuit, et tous les mois qui ont suivi, mais je n'ai pas le droit de te priver de bonheur.

— Je suis heureux, mon cœur, parce que tu es à mes côtés.

— Ce soir, est un nouveau départ, Albert. Nous allons tenter de poursuivre notre chemin, en laissant le passé derrière nous, sans pour autant l'oublier.

— Tes paroles me réjouissent, mon amour. Je ferai tout ce qui est en mon pouvoir pour t'aider à aller mieux, je te le promets.

— Mangeons notre pizza avant qu'elle ne refroidisse. J'ai très faim soudain.

Ils passèrent une excellente soirée et leurs retrouvailles rallumèrent la flamme entre eux. De retour à la maison, Catherine entraîna son homme jusqu'à la chambre et lui glissa quelques mots à l'oreille.

— Mon Amour, fais-moi vibrer comme au premier jour.

Albert la serra fort dans ses bras et s'abandonna à son étreinte. Il lui refit l'amour, avec une infinie douceur, redécouvrant chaque centimètre de son corps, qu'il avait jadis tant aimé.

Ils furent heureux ce soir-là, de s'être retrouvés et démarrèrent une nouvelle vie, plus colorée, plus joyeuse, plus captivante.

Albert en oublia, presque, de revoir Marisa. Il la rejoignit sur la plage, quelques jours plus tard, un peu confus et ne sachant trop quoi dire.

Marisa lui facilita la tâche. Elle avait un sourire triste, quand il lui glissa un bisou sur la joue.

— Coucou Albert. Il fait très beau, aujourd'hui. Viens, faisons quelques pas, tu veux bien ?

— Bien sûr, répondit Albert, qui avait bien noté le changement chez la jeune femme.

— Tiens, mon cœur. Je t'ai écrit une lettre. Emporte-la. Tu la liras, quand tu seras seul.

— Pourquoi une lettre, voulut savoir Albert ?

— Parce que j'avais une multitude de choses à te dire et que je n'aurais pas eu le courage, de te les dire en face.

— Mais tu sais que tu peux te confier à moi, Marisa.

— Oui, mais cette fois, c'est différent.

— Que veux-tu dire, par différent ?

— Je pars, Albert. J'ai demandé ma mutation et je l'ai obtenue. C'est mieux pour nous deux.

— C'est tellement rapide, tellement soudain.

— J'y ai longuement réfléchi, au contraire, et je pense qu'il vaut mieux que nous arrêtions de nous voir. Je dois poursuivre mon chemin, et toi, le tien.

— Viens dans mes bras, ma douce. Je suis tellement désolé de ne pouvoir t'apporter tout l'amour que tu mérites. Je n'étais qu'un égoïste et je m'en veux, terriblement.

—Ne dis pas cela. J'ai connu le grand bonheur, grâce à toi, et je ne t'en veux pas du tout. Ce qui devait arriver, est arrivé, voilà tout. Tu m'as offert les plus beaux mois de mon existence, et pour cela, je te remercie. Tu liras ma lettre quand tu te sentiras prêt. Il n'y a pas d'urgence.

— Quand est-ce que tu t'en vas ?

— Aujourd'hui sera notre dernière balade sur la plage, mon Albert. Bientôt, je serai loin, et tu garderas en souvenir nos beaux instants de bonheur.

Il serra Marisa fort contre son corps et eut du mal à la lâcher. C'est elle qui se dégagea, doucement.

Elle lui glissa un doux baiser sur les lèvres, prit son visage entre ses mains et le regarda, profondément, dans les yeux, afin de graver, à jamais, son beau visage dans son subconscient. Elle aimait cet homme plus que sa vie, mais elle devait partir.

Elle tourna les talons et, les mains dans les poches, le visage baissé vers le sable fin, elle partit en petites foulées et s'éloigna définitivement de son homme de cœur.

— Attends, voulut crier Albert, en ramassant le foulard rose qui venait de tomber sur le sable fin.

Mais il se retint et enfouit son visage dans le foulard de Marisa, et laissa libre cours à ses larmes. Lui aussi aimait Marisa follement, mais il avait une vie, déjà, et se devait de la poursuivre aux côtés de Catherine.

Il resta encore un long moment sur cette plage, assis à même le sable, le regard absent et des pensées plein la tête. Il se souvenait de sa première rencontre avec Marisa, de son beau visage, de son sourire, de son parfum envoûtant, de ses éclats de rire…

Chaque minute passée, en compagnie de la jeune femme, jusqu'à leur étreinte interdite, lui revint en mémoire. Il s'imprégna des images qui étaient ancrées au fond de son âme et de son cœur, avant de se lever, pour quitter définitivement cette plage, et Marisa…

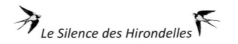 *Le Silence des Hirondelles*

Chapitre 3

— Chérie, fais attention, avec ton vélo. Il y a beaucoup de monde, dans le parc, aujourd'hui.

— D'accord, maman. Je roule plus doucement.

Marisa était très fière de sa petite Marine. C'était une enfant adorable, toujours souriante et de bonne humeur, avec de grands yeux verts et de jolis cheveux blonds, retenus par deux tresses. Son petit minois rendait Marisa, gâteuse. Elle adorait sa fillette, âgée, à présent de quatre ans. C'était son rayon de soleil et sa raison de vivre, depuis qu'Albert l'avait quittée.

Il ignorait qu'en partant pour Nœux-les-Mines, Marisa était enceinte de trois mois déjà. Elle avait, volontairement, décidé de partir, afin de ne pas obliger Albert à choisir. De plus, elle voulait garder cet enfant, garder une partie d'Albert, à tout jamais, pour elle seule.

Son métier lui permettait de passer beaucoup de temps avec sa fille et elle la voyait grandir et ressembler, de plus en plus, à son père.

Elle n'avait, plus jamais, eu de nouvelles d'Albert, et c'était bien mieux, ainsi.

Cela lui évitait de partager sa douce enfant avec lui. Il ignorait qu'il lui avait offert un cadeau merveilleux, grâce à cette unique étreinte d'un soir.

Depuis, sa vie tout entière s'en trouvait changée, embellie, enrichie. Elle n'avait pas souhaité rencontrer un autre homme, se consacrant entièrement à sa fille et à son travail.

À l'école, Marine était vive et toujours partante pour apprendre des nouveautés. Elle adorait sa maîtresse, ses copains et copines de classe et se rendait chaque matin, avec un grand sourire, rejoindre ses petits amis.

Sa meilleure copine s'appelait Laura et toutes deux passaient de nombreux week-ends chez l'une ou l'autre gamine. Pour Marine, c'était un peu comme une sœur, et elle se sentait ainsi moins seule.

Marisa adorait les soirs, quand les deux petites frimousses se retrouvaient ensemble dans leur bain mousseux, à jouer dans l'eau avec leurs petits animaux en plastique. Le bonheur de leur complicité, leurs rires communicatifs, lui apportaient une joie immense.

Elle aurait adoré avoir d'autres enfants, mais sans Albert, elle n'envisageait pas de redevenir mère.

Marisa se rappelait tous les instants, magiques, qu'elle avait partagés avec sa fille. Elle avait confectionné plusieurs albums photos, et, souvent, le soir, quand Marine dormait paisiblement, elle replongeait dans ses souvenirs.

Quand elle avait appris qu'elle était enceinte, un bonheur indescriptible s'était emparé d'elle. Les premières photos, représentaient d'ailleurs les diverses échographies montrant le développement de sa future petite poupée.

Elle était la maman la plus heureuse à la naissance de sa fille. Ses parents, qui vivaient également à Nœux-les-Mines et l'épaulaient au quotidien, furent les grands-parents les plus fiers de la clinique.

Marine avait poussé comme un champignon et les photos la montraient, dans son petit lit tout bébé, puis installée sur son tapis d'éveil sur lequel elle gazouillait à longueur de journée. Dès onze mois, elle avait fait ses premiers pas, seule. Elle était en avance sur tout, la marche, mais aussi les premières syllabes, qu'elle avait prononcées dès son neuvième mois.

C'était une enfant bien potelée, sur laquelle on ne pouvait que craquer. Même grippée, elle ne pleurait pas.

Marisa se souvenait qu'elle partait toujours à la découverte, quand elle commença à marcher. Elle voulait toucher à tout, ouvrir les portes des placards, tirer sur la nappe de la table et Marisa devait être très attentive.

Sur les photos suivantes, elle fêtait son premier anniversaire, assise sur les genoux de sa mamie. Marisa lui avait mis une jolie robe fleurie et ses cheveux étaient attachés en deux petits palmiers qui la rendaient belle à croquer.

Le premier Noël fut aussi très émouvant, Marine regardant, émerveillée, les lumières du sapin et les guirlandes. Elle essayait d'attraper les boules et poussait des cris de bonheur. Quelle enfant adorable, se disait Marisa. Elle avait eu beaucoup de chance de pouvoir mettre cette petite poupée au monde, alors qu'elle n'avait goûté, qu'une seule fois, au bonheur d'être aimée par Albert. Elle se disait que c'était le destin.

Aujourd'hui, Marine n'était encore qu'une petite fille, mais un jour, elle voudrait savoir pourquoi elle n'avait pas de papa comme ses camarades d'école. Que lui dirait-elle ?

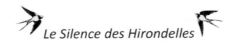

Son papy jouait, parfaitement, le rôle de la figure masculine, pour le moment, et Marisa remerciait le ciel d'avoir ses parents à ses côtés.

Chapitre 4

De retour chez lui, Albert rangea soigneusement la lettre, dans un vieux livre parlant de la guerre, que Catherine ne lirait jamais. Elle préférait les romans à l'eau de rose, à toute autre lecture. Il ne se sentait pas capable de lire les mots, que Marisa avait glissés sur le papier, pour le moment. Il le ferait, plus tard, un autre jour, quand la douleur de ne plus la voir l'aurait quitté…

* * *

Catherine, depuis quelques semaines déjà, mangeait, avec un appétit féroce. Albert se disait, qu'elle revenait à la vie, et s'en réjouissait. Elle se réfugiait, moins souvent, dans cette pièce qu'Albert avait conçue pour elle et ses souvenirs. Leur vie de couple s'en trouva renforcée et ils profitèrent, à nouveau, du bonheur retrouvé.

Un soir, de retour du travail, elle l'attendait, fébrilement, le sourire aux lèvres.

— Chérie, je te trouve très en forme, aujourd'hui.

— J'ai une bonne raison, pour cela, déclara Catherine, le visage rayonnant.

— Vraiment ?

— Viens t'asseoir à côté de moi, mon chéri.

Albert prit place sur le grand canapé du salon et attendit que Catherine lui révèle la raison de son enthousiasme. Elle lui tendit une feuille de papier, sur laquelle il put lire le compte rendu d'une échographie qu'elle avait passée.

Bientôt, ses yeux se mirent à briller et il serra sa femme dans ses bras, en riant.

— Nous allons avoir un enfant ? Mais c'est formidable, ma chérie. Et tu ne m'avais rien dit !

— Je voulais en être sûre, vois-tu. Quand j'ai eu du retard dans mon cycle, je n'y ai, tout d'abord, porté aucune attention. Mais comme les semaines passaient, et que rien ne se déclenchait, je suis allée m'acheter un test de grossesse qui s'est révélé positif. Je ne voulais toujours pas y croire. C'est pourquoi, j'ai pris rendez-vous chez mon gynécologue, qui m'a confirmé que j'étais bien enceinte.

— Et le bébé est prévu pour quand ?

— Je viens de démarrer le troisième mois. Il faudra encore être patient, durant les six mois restants.

— C'est une formidable nouvelle, ma chérie. Il faut prendre soin de toi à présent et te ménager.

— Ne t'inquiète pas, je fais très attention et je suis tous les conseils de mon médecin. J'ai des rendez-vous réguliers pour la surveillance de la grossesse, de toute façon.

— Je suis heureux, mon cœur.

— Moi aussi, tu peux me croire. J'ai hâte de pouvoir reprendre un bébé, dans mes bras.

— Il faudra choisir des prénoms.

— Attendons de savoir si c'est un garçon ou une fille.

— Comme tu veux.

* * *

La vie suivit son cours et le ventre de Catherine s'arrondissait, de jour en jour. Le neuvième mois était déjà bien avancé, quand elle perdit les eaux. Albert l'emmena d'urgence à la clinique et moins de quatre heures plus tard, il tenait dans ses bras, son fils, un magnifique nourrisson rose, aux joues rebondies, qui suçait son pouce.

Albert était un homme comblé. Secrètement, il avait prié pour que cet enfant soit un garçon, car il craignait que Catherine ne confonde le bébé avec leur petite Julie, si une nouvelle petite poupée avait vu le jour.

En souvenir de leur premier enfant, Albert accepta de prénommer son fils Julien.

* * *

À la sortie de la maternité, Catherine était rayonnante, au grand bonheur d'Albert. Dès le premier jour, elle couva son petit garçon, pour que rien de fâcheux ne lui arrive. Elle passait des heures à le veiller, surveillant son souffle, le moindre de ses rhumes, pour éviter un nouveau malheur.

Julien grandit très vite. C'était un enfant plein de vie, bien portant et souriant. Il mangeait avec appétit et se développait harmonieusement.

Avec son teint halé, ses beaux yeux verts et sa tignasse sombre, il était magnifique.

En grandissant, il voulait partir, seul, à vélo ou dormir chez un copain, mais Catherine le gardait à ses côtés, afin de lui éviter le moindre danger. C'était son garçon, et elle tenait à lui comme à la prunelle de ses yeux. Albert n'osa interférer dans l'éducation que lui donnait sa femme, car il la comprenait et ne voulait que son bonheur.

Il n'eut jamais l'occasion de lire la lettre, laissée par Marisa, oubliée, dans ce livre parlant de la guerre…

Chapitre 5

Marine était une enfant exquise, qui comblait le cœur vide de Marisa. Elle consacrait tout son temps libre à sa fille, qui grandissait bien trop vite.

Elle démarra le cours préparatoire et se révéla être, rapidement, une petite fille très studieuse, curieuse de tout et avide d'apprendre. Dès qu'elle sut lire, elle déchiffra toutes les publicités qu'elle voyait sur son passage, le nom des magasins et Marisa lui acheta de nombreux livres pour enfant, à son grand bonheur.

Les années défilèrent, et bientôt, elle entra au collège, toujours fascinée par la multitude d'informations qu'elle recevait de ses professeurs. C'était une très jolie fille, gaie et heureuse de vivre. Mis à part, quelques rhumes, elle ne tombait pas souvent malade et elle grandissait comme un champignon, pleine de vitalité. Marisa l'observait, souvent en secret, quand elle jouait, quand elle s'entretenait avec ses amies ou encore, quand son visage serein reposait sur l'oreiller.

Elle entra au lycée et commença à s'intéresser aux garçons. Son joli minois séduisait les jeunes gens. Mais Marine restait prudente. Elle s'était fixé un objectif, celui de réussir ses études, avant de penser à une relation sérieuse.

Déjà, enfant, elle avait interrogé Marisa, sur son père. Elle ne comprenait pas pourquoi elle n'avait pas de papa. Marisa lui expliquait calmement qu'elle avait eu un papa, comme ses petites copines de classe, mais qu'il n'avait pu rester vivre avec elles.

— Mon papa n'est pas resté parce qu'il ne m'aimait pas ? demandait-elle

— Non, mon cœur. Ton papa avait déjà une famille et ne pouvait pas rester avec nous.

— Comment il s'appelle ?...

Marisa avait eu toutes les peines du monde, à retenir ses larmes. Elle qui tentait d'oublier Albert, le retrouvait dans chaque trait du visage de sa petite Marine. Elle brûlait d'envie de lui parler de lui, du bonheur qu'ils avaient partagé, mais les paroles ne sortaient pas et le chagrin lui nouait la gorge.

Avec le temps, en grandissant, Marine avait cessé de poser des questions. Marisa ignorait si c'était bon signe, mais elle laissa faire le temps.

Cependant, secrètement, elle avait créé un album souvenirs de son tendre Albert. Toujours équipée de son portable, elle avait fait de nombreuses photos de leurs jours heureux et feuilletait, régulièrement, les pages de son passé.

Discrètement, un soir, quand Albert était passé aux toilettes, elle avait sorti de sa veste son portefeuille et contrôlé, sur sa carte d'identité, son nom et son adresse. Il lui était même arrivé, fréquemment, de prendre la voiture, de rouler jusqu'à Bray-Dunes et de s'arrêter devant la maison de celui qu'elle aimait toujours, tout au fond de son cœur. Elle espérait toujours le voir sortir de la maison, ou le rencontrer, par hasard, sur la plage, refaisant leurs promenades.

Elle avait poussé sa curiosité, jusqu'à rechercher le constructeur de maisons qui employait Albert, pour ne pas perdre sa trace.

Toutes les informations qu'elle avait pu glaner, de ci, de là, elle les avait consignées dans cet album, pour plus tard, pour sa fille. Un jour, elle lui parlerait de son père, lui relatant quel homme merveilleux il était, combien ils s'étaient aimés et avec quelle tristesse, ils avaient accepté de renoncer l'un à l'autre. Elle lui dirait, également, qu'elle avait gardé sa grossesse cachée, pour ne pas avoir à partager sa petite Marine…

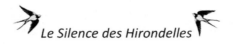 *Le Silence des Hirondelles*

Chapitre 5

Tous les parents étaient installés sur les chaises, préparées à l'extérieur, pour la remise des diplômes de fin d'année.

Marisa, aux côtés de ses parents, avait les yeux humides et le cœur gros, en pensant qu'Albert ne profiterait pas de ces moments intenses et ne partagerait jamais tout ce bonheur avec Marine. Elle s'en voulait de taire l'existence de sa fille à Albert et regrettait de ne pouvoir parler à Marine, pour lui présenter son papa.

Mais aujourd'hui, était un grand jour, et elle se devait d'être fière et heureuse. Marine avait suivi des années d'études, aux beaux-arts et se prédestinait à devenir décoratrice d'intérieur. Métier lui rappelant combien Albert travaillait harmonieusement le bois. Elle avait hérité de son côté créatif, à n'en pas douter.

La journée se passa comme dans un rêve, entre félicitations, discours, collations et embrassades, avant le retour à la maison. Les vacances d'été leur permettraient, à toutes les deux, d'entreprendre une croisière aux Caraïbes, à bord du d'un bateau de croisières.

Après leurs longues vacances communes, la jeune fille, envisageait de travailler dans diverses maisons : publicité, mode, journalisme, afin d'acquérir de l'expérience et gagner suffisamment d'argent, pour créer, par la suite, sa propre boutique de décoratrice d'intérieur.

Marisa, l'encouragea, dans son projet et l'épaula de son mieux.

* * *

Elles montèrent à bord du bateau, la seconde semaine de juillet, pour une escapade de quinze jours, prêtes à profiter, au maximum, de toutes les opportunités qu'offrait la croisière.

Chaque jour, elles découvrirent de nouvelles activités et s'amusèrent comme deux gamines. Plaisirs de l'eau, farniente, repas succulents, sauna, hammam, bains à remous, massages, boutiques et dépenses de folie, soirée spéciale au casino, spectacles, escales pour découvrir la beauté des endroits de visites organisées, rien ne leur résista.

À leur retour, elles étaient ressourcées et pleines d'énergie. Le reste de l'été, elles firent de nombreuses sorties culturelles, profitèrent du soleil pour des séances de bronzage sur la terrasse ou à la piscine, et partagèrent leur merveilleuse complicité mère-fille. Marisa n'avait, certes, pas eu le bonheur, de partager sa vie avec Albert, mais il lui avait offert un cadeau exceptionnel, en lui donnant sa fille. Aujourd'hui, c'est avec Marine, qu'elle partageait, tant de belles choses, qu'elle avait rêvé de connaître, avec Albert.

Elle se demandait si elle le reverrait, un jour, et comment il réagirait, en la revoyant. Ferait-il l'indifférent ? Viendrait-il la rejoindre ? Serait-il gêné ou maladroit, ou engagerait-il la conversation, comme un ami ?

Elle avait beau essayer de l'oublier, de penser à d'autres choses, il ne lui sortait pas de la tête. Jour après jour, elle se rappelait son beau visage, ses mains si douces, malgré son travail du bois, ses yeux rieurs, son magnifique sourire, la force de ses bras, sa voix unique, leurs discussions…

Elle mourrait d'envie de lui écrire, d'aller l'attendre à sa sortie du travail ou près de sa maison, mais elle se retenait, toujours, en dernière minute, n'osant bousculer sa vie, ne voulant pas troubler sa sérénité, respectant sa vie de famille.

 *Le Silence des Hirondelles*

Chapitre 6

Marine fit de nombreuses expériences, dans le monde du travail. Elle apprit énormément et mit une belle somme d'argent de côté, pour pouvoir ouvrir sa boutique. Elle vivait toujours chez sa mère et cela lui convenait parfaitement. Entre les deux femmes, aucune tension ne régnait, elles étaient au contraire très complices.

C'est dans le cabinet d'architecture que Marine rencontra Alex, un beau jeune homme blond aux yeux bleus, toujours souriant. D'abord collègues de travail, ils tombèrent ensuite amoureux, très rapidement.

Marisa se rendit compte d'un changement chez sa fille, dès les premières semaines. Elle mangeait, de moins en moins souvent à la maison, en sa compagnie, prétextant qu'elle partait au restaurant avec une collègue. Elle était également, plus épanouie et souvent dans les nuages, quand Marisa lui parlait le matin, au petit-déjeuner.

Après quatre mois, Marine présenta Alex à sa mère. Elle détestait les secrets et ne voulait pas la blesser. Marisa organisa un repas un vendredi soir et fut très heureuse pour le bonheur de sa fille. Cependant, une ombre se dessinait au tableau, car durant toutes ces années, elle partageait entièrement son temps libre avec sa fille.

À présent, Marine serait très occupée avec son petit ami, et leur complicité en serait certainement, perturbée. Marisa fit de gros efforts pour rester positive et ne pas gâcher la soirée du jeune couple.

En voyant Marine et Alex avec leurs regards amoureux et les petits gestes de tendresse, elle souffrit du manque d'Albert, à en hurler. Mais c'était la vie et elle savait, pertinemment, qu'un jour ou l'autre, la jeune fille construirait sa propre existence et qu'elle la verrait moins souvent.

* * *

Moins d'un an plus tard, après de belles fiançailles, ils se marièrent. Marine était radieuse et d'une beauté à couper le souffle. Ils organisèrent un grand mariage, et partirent en voyage de noces durant quinze jours aux Seychelles. Marine envoyait, régulièrement des messages contenant des photos de leur lieu de rêve. Marisa était très heureuse pour sa fille unique. Elle semblait avoir trouvé le grand bonheur. À présent, il fallait qu'elle se trouve de nouvelles occupations, pour combler le vide de leurs moments de partage.

* * *

Alex et Marine travaillaient, toujours, ensemble, dans le cabinet d'architecture. Ce fut l'occasion pour eux de faire les plans de leur future maison. Ils trouvèrent un terrain à Bray-Dunes et quand Marisa apprit la nouvelle, elle resta un moment, sous le choc. Décidément, le passé reprenait le dessus. Elle laissa les jeunes gens choisir leur future résidence, sans se mêler de leur vie, mais de savoir que sa fille habiterait bientôt à proximité de son père, la mettait dans tous ses états.

Moins d'une année plus tard, Marine et Alex emménageaient dans leur nouvelle maison. C'était une demeure, magnifique, très moderne, avec de belles baies vitrées et un grand terrain, à quelques kilomètres du bord de mer qu'elle avait tant chéri. Alex était associé à son père dans le cabinet d'architecture et touchait de confortables revenus. Marine avait tenu à travailler avec son mari, jusqu'à ce que leur maison soit achevée. Elle souhaitait aménager dans une aile de la maison, son atelier de décoratrice d'intérieur. Tout l'argent qu'elle avait mis de côté lui permettrait de réaliser son rêve. Elle pourrait ainsi travailler de la maison et s'occuper de ses futurs enfants.

Durant toute la durée des travaux, les enfants avaient emménagé chez Marisa, Marine ne souhaitant pas la laisser seule trop brutalement. Avoir les jeunes tourtereaux sous son toit, égayait la maison tout en apportant une certaine nostalgie du passé pour Marisa.

Au moment du déménagement, Marisa sentit son cœur se serrer. La maison allait lui paraître vide, après le départ de Marine et Alex. De plus, elle appréhendait de retourner à Bray Dunes…

Après le départ des enfants, Marisa réorganisa sa vie pour ne pas perdre pied. Elle s'inscrivit à des séances de piscine, au yoga le jeudi soir et rejoignit la bibliothèque, tous les samedis après-midi pour un moment de détente. Elle passa du temps avec ses collègues de travail, organisa des repas chez elle, pour recevoir ses amis, afin de combler le nouveau vide que laissait le départ de Marine.

Elle se rendit, aussi, très régulièrement, à Bray-Dunes, alors qu'elle s'était promis d'y aller le moins souvent possible.

Un jour, alors qu'elle refaisait leur balade en bord de mer, elle revit, au loin, Albert. Il était debout, face à la grande étendue bleue et regardait dans le vide. Elle l'aurait reconnu entre mille.

Il avait toujours le même charme, avec sa carrure sportive et elle eut un pincement au cœur. Devait-elle aller le rejoindre ou fallait-il poursuivre sa route ?

Au moment où elle se dirigeait pour le retrouver, une jolie femme approcha de lui et le prit par le bras. Ce devait être sa femme, sans doute. Ils partirent, ensemble, du côté opposé, bras dessus, bras dessous…

Elle s'assit dans le sable et, les mains sur son visage, sanglota. Elle pensait, qu'avec le temps, elle arriverait à l'oublier, à vivre sans lui, mais la réalité était tout autre. À l'intérieur, quelque chose la rongeait, irrémédiablement, le passé ne lui laissait pas de répit.

Elle n'avait toujours rien dévoilé à sa fille et se demandait, si, un jour, ce serait le bon moment ? Peut-être qu'en lui parlant d'Albert, elle se libèrerait… Peut-être qu'après, elle pourrait parler avec Marine de cet homme si merveilleux qu'elle portait toujours dans son cœur…

* * *

Marine avait aménagé son espace, pour recevoir ses futures clientes. Elle était bien équipée et préparait soigneusement un site pour se faire connaitre.

Elle reçut rapidement de nombreuses demandes et démarra son travail dans la bonne humeur. Pour le moment, elle continuait d'occuper son poste au cabinet d'architecture, à mi-temps, étant donné qu'elle n'avait pas encore d'enfant.

Les affaires commencèrent à être florissantes, dès l'année suivante. Marine avait du goût et de l'imagination, proposant, toujours des aménagements, sortant de l'ordinaire.

La touche personnelle qu'elle imaginait, pour chaque nouvel événement plaisait à la clientèle. Elle organisa de nombreux mariages, préparant les salles avec beaucoup de soin, interrogeant les futurs couples sur leurs envies, les couleurs qu'ils aimaient…

Un de ses gros chantiers fut celui de la décoration d'un nouveau magasin de prêt à porter, qui lui valut une prime spéciale et des félicitations.

De nombreux clients faisaient également sa publicité sur Facebook pour la remercier de l'excellent travail qu'elle réalisait. Elle se sentait, totalement, épanouie dans son travail et Alex était fier d'elle.

* * *

L'année suivante apporta de grands changements, Marine étant enceinte de son premier enfant. Elle prit un plaisir, tout spécial, à décorer la chambre d'enfant, avec l'aide de Marisa, enchantée de devenir mamie.

La grossesse se passa fort bien, Marisa prenant garde de ne pas prendre trop de poids et faisant, régulièrement, de l'exercice.

Le 15 juin, la petite Louella vit le jour. C'était un nourrisson magnifique, qui rappela à Marisa sa propre grossesse.

La mère fut de plus en plus présente pour sa fille, à partir de ce moment-là. Elle l'épaula et s'occupa de son adorable petite fille, chaque fois qu'elle ne travaillait pas. Un nouveau bonheur l'envahissait. Elle se sentait, à nouveau, utile et remplie d'une mission.

Quand Louella posait son doux regard sur elle, elle craquait littéralement. C'était une enfant facile à vivre, qui dormait beaucoup et mangeait avec appétit.

Marisa la gâtait énormément, lui achetant, régulièrement, de jolis vêtements, des jouets, des peluches.

En grandissant, elle l'emmenait à son école, pour s'en occuper. Elle l'inscrivit à la danse et lui acheta un joli tutu rose et des collants assortis.

* * *

Trois années plus tard, Marine donna naissance à des jumeaux, deux adorables petits garçons, qui nécessitèrent une césarienne. Les deux petits ne pesaient que deux kg et restèrent en couveuse quelques mois. On les baptisa, seulement un an plus tard, Marine étant très fatiguée par cette naissance double. Noé et Liam demandaient beaucoup d'attention et de travail à leur maman, et pendant un temps, elle dut renoncer à de nombreux contrats, la priorité étant de s'occuper des petits. Marisa et la maman d'Alex se relayaient pour aider le jeune couple à faire face à la somme de travail importante. Ce furent trois années difficiles et fatigantes. Quand les garçonnets entrèrent à l'école maternelle, Marine put reprendre son activité. Il lui fallut retrouver une clientèle, attendre d'être sollicitée, avant que son activité ne redevienne florissante.

Quand Marisa prit sa retraite, elle prit le temps d'aider sa fille, au quotidien. Elle ne vivait que pour ses enfants et petits-enfants et se sentait épanouie dans son rôle de mamie.

* * *

Les années passèrent, les unes après les autres, trop rapidement, hélas et bientôt, les petits enfants partirent pour l'université, à leur tour.

Marisa se remettait doucement, de son intervention chirurgicale. Elle venait de se faire opérer de la vésicule biliaire et se sentait, très fatiguée. Marine lui proposa de venir vivre à la maison, mais, pour la première fois, elle sentit le besoin de rester chez elle, au calme, pour récupérer.

Elle n'avait guère d'appétit et perdit beaucoup de poids, inquiétant Marine, qui insista pour qu'elle fasse une cure. Elle partit pour trois semaines à la mer, sa fille l'accompagnant avec sa famille. Petit à petit, avec sa belle petite famille autour d'elle, elle reprit des couleurs et des forces et recommença à faire de la marche pour récupérer du muscle. Elle se rendait bien compte qu'elle avait causé des inquiétudes à sa fille et son gendre, mais ce passage à vide était, à présent, derrière elle.

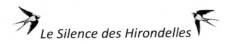 *Le Silence des Hirondelles*

Chapitre 7

L'année de ses quatre-vingts ans, Marine emmena sa mère au Tyrol. Elle avait organisé avec son mari une semaine de détente, un bain de nature, dans un lieu calme et reposant. De nombreux orchestres se produisaient en plein air, au grand ravissement de Marisa.

Au départ, elle ne voulut pas les accompagner, se sentant trop âgée, trop fatiguée, mais Marine avait insisté et elle avait fini par accepter.

Les petits enfants étaient déjà indépendants et organisaient leurs propres voyages, sans les parents. Marisa retrouva au Tyrol sa complicité avec sa fille. Elles profitèrent du beau temps pour se reposer en terrasse ou se promener en calèche afin de découvrir les beautés qu'offrait la nature. Elles assistèrent à de nombreuses journées musicales, profitant de la bonne ambiance.

Marisa se sentait vieille et usée, mais ce voyage lui fit beaucoup de bien. Tant d'années s'étaient déjà écoulées et il ne lui restait plus beaucoup de temps, à présent, et elle le sentait. Elle se demandait si Albert était toujours en vie, si sa femme était encore à ses côtés.

Elle aurait tant aimé le revoir une fois encore pour lui parler, pour lui révéler qu'il était papa d'une admirable fille et papy également. Elle y repenserait, à leur retour. Sa décision était prise, il fallait qu'elle lui parle, une dernière fois, avant le grand départ qui ne saurait tarder.

Elle était heureuse, car sa vie avait été très belle aux côtés de Marine. Elle avait mené une riche carrière professionnelle, dans laquelle elle s'était sentie épanouie. La vie lui avait aussi donné la chance, de connaître le grand amour, même s'il n'avait duré qu'un temps.

À présent, sa fille était en de bonnes mains, ses petits-enfants menaient une existence positive et elle irait rejoindre sereinement ses parents, qui lui manquaient énormément.

Elle avait préparé pour Marine des photos, un album, un journal, pour lui permettre de connaître son père, enfin. Dès leur retour, elle prendrait le temps de tout remettre à sa fille, en lui demandant de lui pardonner son silence.

La route du retour parut très longue et difficile à Marisa, qui se sentait fatiguée. Pour elle, il était temps de retrouver le calme de sa petite maison et la routine qu'elle s'était créée depuis ses vieux jours.

Marisa insista pour que sa fille la ramène directement chez elle, afin qu'elle puisse se reposer. Elle avait besoin de paix, de silence, de repos. Elle voulait également, préparer tous les documents pour sa fille afin de tout lui remettre à la première occasion.

* * *

L'automne s'installa, sans que Marisa n'ait trouvé le bon moment pour parler à sa fille de son cher Albert.

Le temps devenait humide, les feuilles des arbres jonchaient le sol et les journées déclinaient, laissant la place à des soirées sombres et froides.

Marisa contracta un mauvais rhume et le médecin dut la mettre sous cortisone. Elle n'avait plus d'appétit et Marine resta à son chevet, occupant la chambre d'amis, jusqu'à sa guérison. Elle lui préparait des bols de soupe bien chaude et des tisanes. Une tristesse se lisait dans les yeux des deux femmes, regrets du temps qui passe, nostalgie de belles années vécues, soucis de l'âge…

* * *

Après quelques semaines, Marisa se sentait mieux et Marine regagna son foyer, n'omettant pas d'appeler sa maman, très régulièrement.

De nouveaux mois passèrent et l'hiver s'installa avec sa blancheur et sa froidure. Marisa resta calfeutrée, chez elle, à lire ou faire des mots croisés. Noël était sur le pas de la porte, et cette année, elle le fêterait, chez sa fille et resterait dormir, à Bray-Dunes.

* * *

Janvier s'installa, très froid et gris. Marisa n'aimait pas cette période de l'année, emplie de tristesse. Elle prit le journal, à l'extérieur, comme chaque jour et un vent glacial lui cingla le visage. Elle se hâta à l'intérieur, en frissonnant.

Elle commença à lire les premières pages du journal, sans réelle envie, pour passer le temps, regarda l'horoscope, la météo avant de rester figée sur la page qu'elle venait d'ouvrir.

Soudain, elle sentit un malaise la gagner, tout devint sombre autour d'elle et elle tomba sur le sol, inanimée.

* * *

— Chéri, tu m'accompagnes chez ma mère ? J'essaie de la joindre depuis une bonne demi-heure, mais elle ne répond pas.

— Elle est peut-être sortie pour acheter son pain.

Non, elle ne sort pas quand il fait mauvais, je la connais. J'ai un mauvais pressentiment.

— Dans ce cas, allons sur place, pour que tu sois rassurée. Tu verras, elle aura mis son poste de télé trop fort et elle n'aura pas entendu la sonnerie.

— Je préfère en avoir le cœur net et me déplacer pour rien, plutôt que de rester dans l'angoisse.

Ils prirent la route, rapidement. Le temps était glacial et le vent rendait la conduite dangereuse. Ils garèrent leur véhicule devant la maison de Marisa et sortirent en se protégeant des rafales qui leur fouettaient le visage.

Marine enfonça le bouton de la sonnette et attendit, en tapant des pieds pour se réchauffer.

— Personne ne répond, Alex.

— Tu as la clé ?

— Oui, je l'ai sur moi. J'espère qu'elle a pensé à sortir la sienne, comme je le lui avais demandé.

Marine introduisit la clé dans la serrure, qui tourna sans problème. Elle appela :

— Maman, tu es là ?

— Aucune réponse ne lui parvint et elle commença à paniquer sérieusement.

— Maman, tu es là ? C'est moi. Maman, tu es où ?

— Elle alluma la lumière du couloir et pénétra dans la cuisine.

— Maman !!! Oh non !!! Alex, appelle le SAMU ! Tout de suite !

— Qu'est-ce qui se passe ?

— Maman est par terre. Il faut appeler les secours. Fais vite ! Je t'en prie ! Maman, maman, oh non ! maman ! Tu n'as pas le droit de me quitter.

Marine s'effondra en larmes, entourant sa maman de ses bras. Elle sentait, encore faiblement, son cœur battre, mais elle ignorait si elle pouvait l'entendre…

* * *

Moins de vingt minutes plus tard, l'équipe du SAMU arrivait, avec médecin, brancardiers et tout le matériel médical.

— Que s'est-il passé ?

— Je l'ignore, répondit Marine. J'ai appelé ma mère au téléphone, mais elle ne répondait pas. Avec mon mari, nous avons, immédiatement pris la route pour la rejoindre et nous l'avons trouvée, inanimée, sur le sol.

— Son cœur bat très faiblement. Elle a dû faire un AVC. Nous allons l'emmener à l'hôpital. Vous pouvez nous suivre ?

— Bien sûr.

Sirène hurlante, l'équipe du SAMU fonçait sur l'hôpital, suivie de Marine, en larmes, et Alex, choqué.

Ils emmenèrent Marisa aux soins intensifs. L'attente fut interminable, tous deux tournaient en rond, le cœur battant.

— Tu crois qu'elle va mourir ?

— Il faut attendre, ma chérie. On en saura plus, dans peu de temps.

Après une heure d'attente, un médecin vint, enfin, à leur rencontre.

— Vous êtes les enfants ?

— Je suis sa fille, répondit Marine et voici mon époux.

— Alors, votre maman a fait un AVC. Nous l'avons stabilisée mais il reste peu d'espoir qu'elle revienne à elle. Depuis son malaise, elle a dû rester allongée, un trop long moment, son cerveau n'étant, par conséquent, plus correctement oxygéné.

— Elle va mourir ?

— Je ne voudrais pas vous donner de faux espoirs, Madame. Votre maman est dans le coma. Si elle en ressort, elle aura, très certainement de lourdes séquelles, je le crains.

— Quand est-ce qu'elle va se réveiller ?

— Il est fort possible, qu'elle ne sorte pas de son coma. Nous le saurons d'ici deux jours, au maximum. Rentrez chez vous et reposez-vous. Il n'y a rien d'autre à faire, pour le moment.

Effondrés, ils quittèrent l'hôpital et rentrèrent chez eux. Aucun ne put trouver le sommeil, par peur que l'hôpital n'appelle. Au matin, ils prirent une douche et préparèrent un café. Alex avertit les enfants de l'état de leur grand-mère et ils retournèrent à l'hôpital.

* * *

Marisa sortit du coma une dizaine de minutes, avant de refaire un nouvel AVC qui se révéla, fatal. Elle n'eut pas le temps de parler à sa fille, mais prononça faiblement, le nom d'Albert, avant de partir avec son secret…

300

Le médecin reçut Marine et son époux dans son bureau pour leur expliquer la situation. Il leur offrit un siège.

— Je suis désolé de n'avoir pu sauver votre maman. Son AVC a duré trop longtemps pour espérer la récupérer. Elle a dû faire un malaise vagal, en raison de son âge déjà avancé. Il est aussi possible que quelque chose l'ait suffisamment perturbée pour que sa tension monte en flèche et provoque sa perte de conscience. Nous n'en saurons pas davantage, hélas.

— Je vous remercie Docteur pour vos efforts pour la sauver. Son départ est tellement soudain, que j'en suis toute retournée. Je n'ai pas connu mon père et suis fille unique. Ma mère est tout ce qui me restait.

— Je comprends, mais il va falloir être forte et poursuivre votre route avec votre époux. Nous sommes tous amenés, un jour ou l'autre, à quitter ce bas monde hélas.

— Merci Docteur.

— Voici le certificat indiquant l'heure de son décès, ainsi que le diagnostic. Je vous souhaite beaucoup de courage.

— Merci.

Ils quittèrent l'hôpital, le cœur gros, la tête lourde et des larmes plein les yeux. Marine se sentait orpheline, comme amputée d'une partie d'elle-même. Elle n'arrivait toujours pas à réaliser que sa maman ne serait plus à ses côtés, qu'elle n'entendrait plus le son de sa voix, qu'elle ne reverrait plus son doux visage, qu'elle ne sentirait plus ses bras se refermer sur elle en une douce étreinte. Comment allait-elle surmonter ce choc ? Elle se sentait, vidée, lasse, sans aucune énergie, sans aucune envie. Or, le plus dur restait à venir avec la préparation de la cérémonie et, plus tard, avec la maison à vider de tout souvenir…

Le Silence des Hirondelles

Chapitre 8

Les obsèques eurent lieu un mardi, gris et triste. Il faisait un temps humide mais la pluie ne vint pas troubler la cérémonie.

De nombreux collègues de travail de Marisa assistaient à la messe, ainsi que des voisins et le bureau d'architecture.

Marine était drapée de noir, des lunettes sombres cachant son regard aux yeux des participants. Les enfants étaient aussi secoués que leur maman. Ils avaient partagé tant de choses avec leur grand-mère, tant de moments de bonheur…

Après la cérémonie, ils se retrouvèrent autour d'un café-gâteaux pour partager leur peine avec les proches, avant de regagner leur maison.

* * *

Marine attendit les beaux jours, pour s'occuper de vider la maison de sa mère. Elle s'était contentée de vider le réfrigérateur-congélateur, ainsi que les aliments qui restaient, sans toucher au reste de la maison.

Marisa avait fait une donation de son petit bungalow, à sa fille, pour que la demeure lui appartienne, au moment du grand départ… Marine en était, à présent, l'unique propriétaire et pouvait le vendre ou le louer. Elle décida, en priorité, de retourner sur les lieux, en compagnie d'Alex, afin de vider les armoires et appréhendait le moment où elle ferait tourner la clé dans la serrure.

À son arrivée, elle resta indécise, un court instant, laissant à Alex, le soin de déverrouiller la porte d'entrée.

À l'intérieur, un calme morbide régnait, qui lui glaça les os. Tout était resté comme au jour du départ de Marisa, le journal encore ouvert sur la table.

Marine fit quelques pas dans le couloir et plongea son regard dans la pièce à vivre, avec une nostalgie qui lui serra le cœur. Des larmes roulèrent sur ses joues et son regard s'embua.

Alex la prit par les épaules, pour la seconder.

— Chérie, si tu ne te sens pas prête, nous pouvons revenir un autre jour ?

— Je ne serai jamais réellement, prête, vois-tu ! lui répondit Marine. Cette maison me rappelle trop de souvenirs, mon enfance heureuse, ma complicité avec maman, nos moments de partage, nos fous rires. À présent, tout est si triste, si désolant. J'ai peur de ce que je vais trouver.

— Je suis à tes côtés et nous prendrons le temps qu'il faut pour vider, pas à pas, la maison. Nous pouvons attendre que tu ailles mieux.

— Seul le temps finira par cicatriser ma douleur, mais mes souvenirs resteront à tout jamais enfouis au fond de mon cœur et de mes pensées.

— Je le sais bien. Par où veux-tu commencer ?

— Nous allons remplir les sacs avec les vêtements de maman, que je compte donner à la croix rouge.

Ils se dirigèrent vers la chambre, ouvrirent la fenêtre en grand, pour laisser entrer les premiers rayons de soleil. Marine s'assit sur le lit et caressa le couvre-lit, comme si Marisa était encore là, allongée sous les draps, pendant qu'Alex ouvrait les armoires.

Ils remplirent une dizaine de sacs, avec les effets de Marisa. Marine garda quelques-unes des écharpes de sa maman, qu'elle aimait tant.

Alex sortit une pile de chandails de l'étagère, quand il fit tomber quelque chose, sur le sol.

— C'est quoi, chéri ? voulut savoir Marine.

— On dirait un album photos et un cahier. Ta maman a dû garder des photos de toi, quand tu étais enfant.

— Fais voir !

Marine s'installa sur le lit et étala les objets qu'Alex venait de trouver, enfouis sous une pile de vêtements.

— Chéri, viens voir. C'est bien un album photos, mais pas de moi.

— Que veux-tu dire, au juste, interrogea Alex ?

— C'est un album de ma mère, avec un homme.

— Vraiment ? s'étonna Alex, soudain curieux.

— Regarde, elle a écrit des textes, sur toutes les pages de gauche et collé les photos sur les pages de droite.

— C'est vrai. Qu'est-ce qu'elle écrit ?

— Elle a noté : photos du papa de Marine… Oh non ! Elle ne voulait jamais me parler de mon père, de son vivant. Pourtant, je l'ai interrogée, de nombreuses fois, mais chaque fois, elle me répétait, qu'il ne pouvait pas être à nos côtés et restait évasive.

— Qui est cet homme ?

— D'après les photos, il s'appelle Albert. Mais attends un peu. Quand maman est revenue, brièvement à elle, elle a prononcé le nom Albert, avant de nous quitter, tu t'en souviens ?

— Vaguement.

— Si Alex ! J'en suis certaine. Elle a bien prononcé le prénom Albert. Elle voulait peut-être me dire quelque chose, à son sujet.

— Nous ne le saurons jamais, je le crains.

— Pourtant, cet album est bien réel. Je peux, enfin, mettre un nom et un visage sur mon père. C'était un très bel homme.

— Mais attends ! je repense à quelque chose. Tu te rappelles le journal, que ta mère regardait, avant de tomber ?

— Quel rapport avec les photos de mon père ?

— Je vais le chercher. Je reviens tout de suite. Il me semble avoir vu la photo de cet Albert sur la page ouverte du journal.

— Tu es sérieux ?

— Oui, il me semble. Je suis de retour, dans un instant.

Alex revint quelques secondes plus tard, triomphant, le journal ouvert à la page que regardait Marisa.

— Regarde, chérie. La photo de mariage, sur la page de droite. Cela ne te rappelle rien ?

Marine prit le journal entre ses mains et regarda, attentivement, le couple qui se trouvait sur l'article du journal et lut à haute voix :

— Mariage d'Alain Narval, professeur d'éducation physique avec Lorraine Michaud, enseignante, domiciliés à Bray-Dunes.

— Narval, tu dis ? c'est bien le nom inscrit sur l'album photos, regarde, chérie.

— C'est vrai. Albert était donc un homme marié, avec une famille ! C'est la raison pour laquelle il ne pouvait vivre avec maman. Voilà l'explication !

— Ce jeune homme ressemble beaucoup à ton père, tu ne trouves pas ?

— Tu as raison. La ressemblance est flagrante. Maman a dû tomber sur la photo et s'effondrer, sous le choc. Ce jeune homme lui avait rappelé son amour de jeunesse.

— Probablement. Regardons le reste de l'album. Nous en apprendrons, certainement, davantage, sur ton père.

Marine feuilleta chaque page de l'album photos, commenté par Marisa. Sa maman avait soigneusement noté chaque étape de leur relation. De nombreuses prises les montraient, main dans la main, sur la plage de Bray-Dunes. Un promeneur avait dû les prendre en photo. Ils étaient souriants et semblaient heureux. Marisa rayonnait et l'amour qu'elle devait porter à Albert, se lisait dans le regard qu'elle lui portait. D'autres clichés étaient pris dans une maison qu'elle ne connaissait pas, tantôt sur la terrasse, tantôt à table ou installés sur le canapé. Marisa avait noté qu'il s'agissait de sa maison de Bray-Dunes.

— Je ne savais pas que maman avait vécu à Bray-Dunes ! Elle ne m'en a jamais parlé.

— C'est curieux, tu as raison. Cela a dû lui paraître très difficile d'y revenir, quand nous y avons construit notre maison.

— C'est bien vrai. Je regrette, tellement, qu'elle ne m'ait jamais parlé de lui. Pourtant, nous étions très proches, et, une fois adulte, j'aurais fort bien compris la situation.

— Elle préférait sans doute laisser le passé derrière elle. En parler, devait lui sembler trop douloureux.

— C'est vrai qu'elle n'a jamais eu d'autre homme dans sa vie, après Albert. Je l'ai toujours connue, solitaire. Pourtant, c'était une bien jolie femme, intelligente et agréable.

— Je pense que cet Albert, était l'homme de sa vie et que le perdre, lui a ôté toute envie de se relancer dans une nouvelle idylle. Et puis, elle t'avait, toi ! Tu étais, pour elle, le prolongement de son amour. En toi, elle le retrouvait, lui.

— Quel gâchis, tout de même. Je persiste à dire, qu'elle aurait dû m'en parler. Je n'arrive pas à accepter, que durant toutes ces années, elle m'ait caché la vérité.

— Elle ne voulait pas te perturber, je pense et elle t'a fort bien élevée toute seule.

— Je me suis toujours sentie différente des autres enfants. Il me manquait des repères. Mon grand-père représentait la figure masculine et me rendait très heureuse, certes, mais mon père me manquait.

— Les photos ne parlent pas de l'endroit où il vit ?

— Je n'ai rien relevé de tel, non. Mais attends ! Il y a encore ce cahier, que je n'ai pas ouvert. Je me demande ce qu'il peut contenir.

Elle ouvrit le cahier relié de cuir et retrouva la belle écriture ronde de sa mère, qu'elle aimait tant. Elle commença à lire, à haute voix :

— « Confidences, pour ma fille chérie, Marine. » Je sens que je vais pleurer, dit Marine, d'une voix faible. J'ai mon cœur qui bat très fort. Maman m'a laissé des souvenirs…

— Elle n'a peut-être pas eu le courage ou l'envie de te parler, de vive voix, mais elle a tenu à te parler, à sa façon. Tu te sens prête, à lire ce qu'elle t'a écrit ?

— Oui. Je vais en savoir plus. Peut-être que je vais, enfin, avoir les explications que je lui réclamais depuis tant d'années…

Alex rejoignit Marine sur le lit de Marisa et l'écouta, pendant qu'elle faisait resurgir, le passé.

« Marine, ma chérie, à maintes reprises, je voulais te révéler mon passé, te parler de ton père, mais, à chaque fois, quelque chose me retenait de le faire. Si tu lis mes notes, aujourd'hui, c'est que je ne suis plus, à tes côtés, hélas !

Je te demande de ne pas m'en vouloir, pour mon silence, mais je devais protéger Albert, que j'aimais passionnément.

Tout a commencé sur cette plage de Bray-Dunes, où j'aimais me promener durant mon temps libre.

Le vent avait fait glisser mon foulard rose sur le sable fin et une voix m'avait interpellée pour me dire que je l'avais égaré.

Quand je me suis retournée, mon cœur s'est mis à battre très fort, mes joues se sont empourprées et ma vue s'est troublée…

Il s'est présenté, disant s'appeler Albert. Il m'a demandé s'il pouvait se promener, à mes côtés, sur la plage et je lui ai répondu positivement. Qu'il était beau ! Je suis tout de suite, tombée sous le charme. C'était la première fois qu'un homme me faisait un tel effet.

J'ignorais tout de lui, mais je savais, que quelque chose, allait nous unir…

Il m'a demandé s'il pouvait refaire d'autres balades, avec moi, sur cette plage et j'en étais ravie.

Nous nous sommes revus et il m'a révélé qu'il était ébéniste et travaillait le bois, avec passion. Il avait réalisé tout l'intérieur d'un bateau à Toulon et travaillait, à présent, pour un constructeur de maisons.

Nous avons commencé à nous voir, régulièrement et nous nous sommes rapprochés. Il aimait ma compagnie, qui le faisait revivre, d'après ses dires. Quand il a pris ma main dans la sienne, je savais déjà que j'avais envie d'aller plus loin...

Nous avons passé des moments merveilleux, sur cette plage, ou encore, attablés à la terrasse d'un restaurant, mais aussi, enlacés sur un bateau, à admirer la belle étendue bleue qui nous emportait vers notre destin.

Je l'ai invité dans mon bungalow que j'avais acheté à Bray Dunes. J'ai toujours aimé cet endroit, empli de liberté, d'immensité.

Albert ne restait, jamais très longtemps et cela aurait dû m'interpeller. Mais j'ai préféré profiter des doux instants qu'il m'offrait.

Un soir, nous nous sommes rapprochés. C'était, pour moi, comme une évidence. J'avais une folle envie de me retrouver dans ses bras vigoureux.

Ce jour-là, nous nous sommes aimés, avec passion, et j'ai pensé, naïvement, que ce serait le début d'une belle vie de couple.

Mais, hélas, c'était tout le contraire... Il n'est pas resté, avec moi, cette nuit-là, ni d'ailleurs, aucune autre.

Il m'a avoué, peu de temps après, qu'il m'aimait, mais qu'il n'était pas libre...

Quand je lui ai posé la question, il a reconnu, qu'il était marié et qu'il ne pouvait quitter sa femme, meurtrie par le décès de leur fillette de neuf mois, Julie.

J'étais effondrée et des larmes ont jailli, à n'en plus finir. Albert m'a serrée dans ses bras, en me disant qu'il était désolé, que j'étais entrée, trop tardivement dans sa vie troublée et que son cœur appartenait à une autre, à sa femme.

Il a, cependant, rajouté, qu'il m'aimait, également, profondément. C'était un homme meurtri, et partagé entre l'amour qu'il me portait et celui qui le liait à sa femme.

Je lui ai demandé, de ne pas me quitter, brutalement, de ne pas me laisser, sans quoi, j'en mourrais...

Il a continué à venir et nous sommes restés amis... Il me tenait, toujours la main, me faisait des câlins, me serrait dans ses bras, mais il ne s'aventurait jamais au-delà...

Heureusement, cette unique étreinte qui avait uni nos corps a porté ses fruits et, aussi curieux que cela puisse paraître, de notre passion commune, tu t'es développée en moi.

Quand j'ai su que j'étais enceinte, j'ai demandé ma mutation pour Nœux-Les-Mines, j'ai vendu ma maison et je suis retournée m'installer à proximité de mes parents, pour te garder, te protéger et te mettre au monde.

J'ai écrit une longue lettre à Albert, lui demandant de la lire, quand il se sentirait prêt à le faire et je l'ai quitté, en m'imprégnant, une dernière fois, de son doux regard. J'ai pris son visage dans mes mains et je lui ai déposé, un dernier baiser, au coin de ses lèvres.

Nous avons pleuré, tous les deux, car nous nous aimions. S'il avait été un homme libre, nous nous serions mariés et aurions créé une grande famille, mais le destin en a décidé, autrement.

J'ai quitté la plage, en petites foulées, les yeux plein de larmes, sans jamais me retourner...

Quand j'ai commencé à sentir ta petite vie, grandir en moi, mon bonheur fut immense. Je n'avais pu garder Albert, mais il m'avait laissé un cadeau inestimable : TOI.

Quand tu es née, j'étais la plus heureuse des mamans. Depuis l'instant où j'ai porté mon regard sur ton joli minois, mon amour pour Albert s'est reporté sur toi, ma douce enfant.

Tu m'as apporté tant de bonheur, tant de joies, tant de satisfactions et j'ai réussi à poursuivre ma vie, sans trop de tristesse.

Albert me manquait, certes, mais j'arrivais à surmonter sa perte, grâce à toi. À travers ton sourire, dans ton regard, dans tes gestes, je le retrouvais et cela emplissait mon cœur.

Il m'est arrivé de retourner à Bray-Dunes, à bonne distance de la maison qu'il occupait avec son épouse, dans l'espoir de le revoir, d'entendre le son de sa voix... J'avais relevé son nom de famille et son adresse, sur sa carte d'identité, discrètement. Il n'en a jamais rien su...

Un jour, je l'ai aperçu, au loin, sur notre plage et mon cœur s'est remis à battre, très fort. J'ai hésité un instant, un moment de trop, pour aller le rejoindre, pour prendre de ses nouvelles, quand une femme est venue vers lui, l'a pris par le bras, l'entraînant au loin...

Plus d'une fois, j'ai failli aller l'attendre, sur son lieu de travail, mais je n'osais pas perturber sa vie...

Je ne sais pas s'il a pris le temps de lire ma longue lettre, s'il a pensé à moi, durant toutes ces années, si je lui ai manqué ?

Ce dont je peux t'assurer, c'est qu'il n'était pas au courant de ta naissance. Comment aurait-il réagi si je lui avais annoncé que j'étais enceinte ? M'aurait-il quittée ? Aurait-il tenté d'entretenir une double relation ? Nous ne le saurons jamais, hélas.

Je te demande pardon, ma douce fille adorée, pour mon silence, pour mon choix de taire toute cette partie de ma vie.

Je sais, qu'en lisant ces lignes, tu vas être très déçue, par ma décision, et je le comprends. Peut-être aurais-tu réagi, différemment... Pour ma part, j'ai fait, selon mon cœur.

Je t'ai gardée, égoïstement, pour moi seule, parce qu'il n'était pas libre de nous aimer et de partager notre quotidien. Mon amour pour ton père était tellement profond, que je n'ai pas voulu, perturber davantage sa vie, déjà bien chargée. Ai-je eu tort ou raison ? Cela n'a plus d'importance, à présent. Tu as grandi, tu es devenue une jolie fille, épanouie, intelligente et heureuse de vivre, et le reste, ne compte pas.

Mon silence vient aussi de la crainte sourde, que je nourrissais à ton égard. Je craignais, en effet, que, si Albert avait su, pour ta naissance, il aurait voulu te garder, pour lui, pour remplacer la perte de sa petite Julie ou encore, qu'il demande la garde alternée. Je ne l'aurais pas supporté, vois-tu... Le perdre, lui, était déjà quasiment, au-dessus de mes forces, alors t'abandonner à lui... il n'en était pas question.

Je ne sais pas, si, par la suite, il a eu d'autres enfants, s'il est resté avec sa femme, mais il n'a pas réussi à perturber davantage ma vie, au moins...

Je t'ai laissé un album photos, représentant ton père, durant les mois où nous nous sommes fréquentés. Mon bonheur, avec lui, à mes côtés, fut de courte durée, mais tellement intense, que je ne regrette rien.

Tu apprendras, à travers cet album, à le connaître, un peu. Je t'ai noté tout ce que je connaissais de lui, de ses envies, de ses passions, de ses habitudes de vie, de ses manies, pour que tu puisses te familiariser avec cette paternité.

Tu penseras, sans doute, qu'il est trop tard, à présent, et tu n'auras pas totalement, tort, car le passé ne se rattrape pas et les photos ne remplacent pas le contact physique d'un papa.

Aujourd'hui, je ne saurais dire, s'il est toujours en vie, mais, si tu ressens le besoin de le découvrir, tu as ses coordonnées. À présent, tu es libre de tes choix.

Si tu le rencontres, ne sois pas trop dure, avec lui. C'est un homme bon, qui a eu sa part de souffrances et de regrets. Je sais que notre séparation lui a causé beaucoup de peine et de remords. »

— Tu sais, chéri, à présent que je connais toute la vérité, je ne sais plus si j'ai encore envie de le connaître. J'ai l'impression qu'il est déjà trop tard et que cela ne servirait plus à rien de le rencontrer.

— Je ne suis pas d'accord avec toi, Marine. Je pense, au contraire, que tu devrais en avoir le cœur net. S'il est toujours en vie, il est en droit de savoir qu'il a une fille.

— Mais je pense soudain à autre chose. Maman disait qu'elle ignorait s'il était toujours, en vie, et s'il avait eu d'autres enfants, tu te rappelles.

— Oui, et alors ?

— La photo du journal nous informe, clairement, qu'il a eu un autre enfant, sans doute un garçon.

— Comment peux-tu en être sûre ?

— Le couple qui s'est marié… Le jeune homme porte le même nom de famille qu'Albert.

— C'est peut-être un pur hasard. C'est peut-être un nom de famille très répandu ?

— Oui, tu as raison, mais, ce jeune couple porte le même nom que mon père et lui ressemble, aussi, étrangement, tu ne trouves pas ?

— Sans doute. Le seul moyen de connaître la vérité, c'est de te rendre sur place, à l'adresse indiquée par ta mère.

— Je crois que tu as raison. Il faut que j'en aie le cœur net. Je vais emporter tout cela, chez nous et je vais rendre visite à ce jeune couple. Mais, regarde, le cahier contient encore de nombreuses autres pages, qu'il va falloir que je lise. Maman y a noté tout ce qu'elle aurait dû me dire de vive voix et qu'elle a eu du mal à partager.

— Ne lui en veux pas trop ma chérie. Elle a fait les choses avec son cœur et t'a élevée dans le bonheur.

— C'est vrai que je n'ai jamais, manqué de rien. Elle était douce et aimante, toujours présente à mes côtés et j'ai eu une vie très heureuse.

Ils rentrèrent chez eux et Marine programma, dès le lendemain, de se rendre à l'adresse indiquée par sa mère, espérant, secrètement, voir, pour la première fois, en chair et en os, son père. Elle appréhendait, également, l'instant de cette rencontre, de peur qu'il ne lui ferme la porte au nez, la prenne pour une intrigante, pire, pour une folle.

Mais elle avait les preuves de ses dires et ne se laisserait pas faire. C'était déjà suffisamment douloureux d'admettre qu'il avait laissé tomber sa mère, après l'avoir séduite…

Elle se rendit, dès le lendemain, à l'adresse voulue, refusant qu'Alex l'accompagne. Elle estimait qu'il s'agissait de sa vie, de son passé, et elle voulait y faire face, seule.

Quand elle se retrouva devant le jeune homme de la photo de journal, elle sut qu'elle n'avait pas fait fausse route, mais il ne semblait pas la croire et la révélation qu'il lui avait faite, l'avait totalement anéantie…

À deux doigts de la traiter de folle et de lui fermer la porte au nez, elle avait obtenu de revenir le voir le vendredi suivant et elle comptait bien y aller, preuves à l'appui…

Chapitre 9

Le vendredi, tant attendu, arriva, enfin. Marine s'apprêta, avec soin, rangea dans son grand sac à main, les documents que lui avait laissés Marisa et prit la route pour Bray-Dunes et la maison dans laquelle vivait jadis son père.

Elle remit les plis de sa robe en ordre, passa ses doigts dans ses cheveux retenus en un chignon et sonna, la peur au ventre, à l'entrée de la maison de son père.

Alain vint lui ouvrir. Il n'avait pas oublié son rendez-vous et, l'air très sérieux, l'invita à entrer. Il l'introduisit dans le salon et lui présenta Lorraine.

— Je vous présente ma femme.

— Enchantée, Madame.

— Installez-vous, confortablement pendant que je nous prépare une petite collation. Vous prenez du café ou plutôt du thé ?

— Une tasse de thé, ce sera parfait, répondit Marine.

Pendant que Lorraine se dirigeait vers la cuisine, Alain s'installa, en face de sa visiteuse.

— J'ai beaucoup réfléchi à ce que vous m'avez appris, la dernière fois et je suis à la fois intrigué, curieux et étonné par vos propos.

— Je vous comprends. Quand j'ai fait cette découverte, j'étais aussi sous le choc.

Lorraine revint de la cuisine avec un plateau bien garni d'une théière, de café, sucre, lait et petits gâteaux. Elle posa le plateau sur la table et commença à remplir les tasses. Elle tendit le thé à Marine et s'installa à côté de son mari, aussi impatiente que lui d'en savoir plus sur les dires de cette femme.

— Bien, je vous écoute, commença Alain.

— Tout d'abord, je tiens à vous dire que je suis une femme très sérieuse et que je ne cherche, en aucune façon, à vous nuire. Mon seul désir, en sonnant à votre porte, était de rencontrer Albert. Je m'appelle Marine, à propos.

— Enchanté, Marine, répondit Alain.

— Moi, de même, enchaîna Lorraine.

— L'histoire dont je vais vous parler est réelle et totalement exacte, débuta Marine. J'ai, avec moi, les preuves de mes dires, que je vous remettrai, tout à l'heure.

— Parfait ! Dans ce cas, nous vous écoutons.

— Je suis, un peu gênée de vous faire mes révélations, car je suis consciente, qu'elles vont vous donner une image d'Albert différente de vos souvenirs.

— Nous sommes prêts à entendre vos paroles, confirma Alain.

— Ma mère, Marisa Blondel, vient, hélas, de décéder. Elle a toujours refusé de me parler de mon père, disant qu'il ne pouvait pas vivre avec nous. Je n'ai rien connu, de son existence. J'ignorais jusqu'à son nom. C'est au départ de ma maman, quand j'ai commencé à ranger la maison, que je suis tombée, tout d'abord, sur cet album de photos. Je vous laisse le feuilleter. Il vous expliquera, comment et à quel moment, maman a rencontré Albert, l'a aimé, puis, perdu.

Maman disait que c'était un homme marié, mais qu'elle ne l'avait appris, qu'après leur union. Quand elle a compris qu'elle était enceinte, elle a quitté Bray-Dunes, pour permettre à Albert de poursuivre sa vie, avec son épouse. Maman s'est effacée pour le bonheur de celui qu'elle aimait profondément, et qui la portait, également dans son cœur.

Marine tendit l'album photos à Alain et but une gorgée de thé. Elle se tut et laissa les jeunes gens s'imprégner des photos d'Albert et des révélations de Marisa.

Après cinq minutes, Alain releva les yeux et les plongea dans le regard de Marine, anxieuse.

— J'ai du mal à imaginer mon grand-père mener une double vie. Il aimait ma grand-mère, c'était la femme de sa vie, j'en suis certain.

— C'est bien vrai qu'il l'aimait, répondit calmement Marine. Mais, quand il a rencontré maman, son couple n'allait pas fort. C'était après le décès de la petite Julie. Votre grand-mère s'était enfermée dans son malheur et s'était éloignée d'Albert. Il a trouvé, en maman, une amie et confidente, une personne gaie et heureuse de vivre, qui l'a aidé à supporter sa propre douleur. Hélas, ce qui devait arriver se produisit et ils tombèrent amoureux, l'un de l'autre.

— Grand-père nous avait, également, caché l'histoire de Julie. Nous l'avons découverte en devenant propriétaires de la maison. Je peux comprendre, que tous deux aient tenté de surmonter leur peine, chacun à leur façon. Pourtant, mon grand-père était un homme honnête et fidèle, dans mes souvenirs.

— Je pense que les événements ont dépassé leurs préjugés. Ils n'ont rien prémédité, rien programmé. Tout est arrivé, naturellement, à un moment douloureux pour Albert et son épouse. Tous deux s'étaient éloignés et avaient du mal à communiquer.

Maman, devait être, pour lui, une bouffée d'oxygène, un lien pour le faire revivre, pour lui permettre de se sentir vivant, réceptif, sensible au monde et ses beautés. Mais, vous devriez lire ce que maman a écrit. Elle raconte, avec beaucoup de cœur et d'humilité, sa rencontre avec Albert et leur amour, de même que leur séparation.

Marine tendit le cahier, écrit des mains de Marisa et attendit que les jeunes gens lisent les lignes, glissées sur les feuillets par sa douce maman. Elle prit un petit gâteau et termina sa tasse de thé, avant de s'enfoncer dans les coussins du canapé, l'esprit ailleurs, dans ses souvenirs avec Marisa.

Quand la lecture fut terminée, Alain rendit le cahier à Marine, ému par ce qu'il venait de lire.

— Votre maman semblait beaucoup l'aimer ?

— C'est peu de le dire. Elle s'est sacrifiée, pour son bonheur et m'a élevée, seule. Elle n'a jamais voulu qu'un autre homme entre dans sa vie. Pour elle, Albert était, tout simplement, irremplaçable.

— Je suis réellement désolé pour vous. Mon grand-père nous a, hélas, quittés et nous avons hérité de sa maison. Nous y avons apporté des transformations mais nous avons gardé un certain nombre de souvenirs. Si vous voulez, je peux vous montrer quelques photos ?

— Avec plaisir. Je suis tellement triste d'être arrivée trop tard, de ne pas l'avoir vu, au moins une fois, de ne pas avoir senti son regard plonger dans le mien, de ne pas avoir reçu ses explications, de ne pas savoir quelles auraient été ses réactions, s'il avait su, pour ma naissance…

— La vie est ainsi faite, que voulez-vous. Nous avons, aussi, été très choqués quand nous avons découvert le passé de Julie et son triste départ.

Mon père était très secoué et a mis du temps avant d'accepter. Ses parents ne lui avaient jamais parlé de cette sœur, décédée de si bonne heure. Et pourtant, il aurait aimé savoir.

— Vous dites, votre père ? Par conséquent, j'ai un demi-frère, déclara timidement Marine, émue.

— Venez, je vais vous montrer quelques photos de famille, de mes grands-parents, mais aussi de mes propres parents et donc, de votre frère. J'ai encore du mal à prononcer ce mot. Je ne sais pas si papa voudra vous connaître ? Je crains qu'il ne subisse, encore un nouveau choc, de taille, cette fois-ci.

— Pourtant, j'aimerais, beaucoup, apprendre à le connaître. Il est tout ce qui me reste, à présent, vous comprenez ?

— Vous n'avez pas de famille, demanda Lorraine ?

— Oh si ! bien sûr, répondit Marine, confuse. Mon mari s'appelle Alex et nous avons trois enfants : Louella et les jumeaux Noé et Liam.

— Je réalise, seulement, que vous êtes ma tante, déclara Alain et que j'ai des cousins.

— Si vous voulez m'accepter dans vos vies, je serais très heureuse de devenir, officiellement, votre tante, répondit Marine.

— Alain montra à Marine les divers portraits de ses aïeux, de ses parents, de lui, enfant et Marine sentit ses yeux s'embuer.

— C'est une très belle famille et Albert était un bel homme, très fier. Je comprends que maman soit tombée sous le charme.

— C'est vrai que c'était un bel homme, sensible, prévenant.

— Votre grand-mère était, aussi, une très belle femme. Elle n'est plus en vie ?

— Grand-mère est partie une dizaine d'années avant mon grand-père. Le chagrin l'a consumée, petit à petit.

— C'est vrai qu'elle a le regard empli de tristesse.

— Nous avons trouvé, dans le grenier une pièce, à l'abri des regards, dans laquelle mon grand-père avait aménagé un endroit spécial pour ma grand-mère, afin qu'elle puisse se recueillir. Nous y avons trouvé le lit de Julie, une commode remplie de petits vêtements et de peluches et une malle contenant des objets ayant appartenu à la petite, ainsi que des photos et un journal, dans lequel, ma grand-mère notait ses souvenirs, sa tristesse.

— Je comprends l'était d'esprit d'Albert, à présent. Il devait être partagé entre sa vie passée, son chagrin et l'amour que lui portait maman et qui le faisait revivre. Son choix a dû lui paraître très douloureux, je pense.

— Certainement, répondit Alain.

— À propos, ma mère parlait d'une lettre qu'elle avait remise à Albert, quand ils se sont quittés… L'avez-vous retrouvée, en vidant la maison ?

— Nous n'avons rien trouvé de tel, répondit Lorraine. Albert l'a, sans doute brulée ou déchirée après l'avoir lue.

— Je ne pense pas, répondit Alain. Grand-père était très sentimental et conservateur. Si son amour pour Marisa était aussi important, il a dû garder la lettre, à l'abri des regards, afin de pouvoir la relire, de temps en temps.

— Vous le pensez sérieusement ? demanda Marine, soudain intriguée.

— Ils avaient gardé les souvenirs de Julie, pour grand-mère. Pourquoi ne pas garder, dans ce cas, une lettre d'amour, pour mon grand-père ?

— Vous dites ne rien avoir trouvé, en vidant la maison, pourtant, avança Marine.

— Le seul endroit de la maison, resté intact, est la bibliothèque de grand-père. Il y tenait beaucoup et tous ses livres, sont encore, en place.

— Vous pensez qu'il aurait pu, glisser la lettre, dans un de ces livres ?

— C'est fort possible, répondit Alain. Avec Lorraine, nous allons tout vérifier. Si nous trouvons quelque chose, nous vous recontacterons.

— Ce serait très gentil de votre part, répondit Marine. Vous pensez que nous pourrions organiser une rencontre, avec votre père ?

— Je vais y réfléchir et nous en reparlerons. Je ne sais pas si remuer le passé peut apporter quelque chose, voyez-vous ?

— Je pense qu'il est en droit de connaître mon existence. C'est à lui de juger s'il souhaite me côtoyer ou pas, vous ne pensez pas ?

— Peut-être, mais il a déjà suffisamment, été ébranlé par les découvertes faites sur Julie.

— Avec moi, c'est différent. Je suis en vie et nous pourrions partager de beaux moments, ensemble.

— Certes, mais il faudra, aussi qu'il digère le fait que son père a trompé sa mère, et là, je suis moins sûr qu'il apprécie, répondit Alain.

— S'il prend connaissance des écrits de maman, il comprendra que, lorsque c'est arrivé, Albert était dans la détresse.

— Laissons passer un peu de temps, voulez-vous. J'ai moi-même, beaucoup de mal, à me dire, que, brutalement, j'ai une tante et des cousins.

— Je comprends. Je vais vous laisser, à présent, en vous remerciant de m'avoir reçue et écoutée. Je vous laisse ma carte de visite, au cas où vous souhaiteriez me recontacter. J'habite, aussi Bray-Dunes.

Marine prit congé des jeunes gens, heureuse de sa démarche, mais déçue, de n'avoir créé de lien réel avec son neveu. Elle aurait tant aimé rencontrer son frère, mais ne voulait pas se bercer d'illusions. Elle avait un doute sur le fait qu'Alain la rappelle. Il avait été charmant et accueillant, mais peu enclin à l'intégrer dans sa vie.

De retour chez elle, elle raconta son entrevue à son mari, tout en lui faisant part de ses doutes, quant à une issue favorable.

— Ne sois pas si négative, voyons. Je pense, au contraire, qu'ils vont te rappeler. Il leur faut le temps de digérer ce qu'ils viennent d'apprendre. Comment tu réagirais si, demain, on venait t'annoncer que tu as une demi-sœur ?

— J'en serais très heureuse, voyons.

— Je n'en suis pas certain. Tu penserais tout de suite à une tromperie avant de voir les choses de façon positive. Oublie, pour le moment toute cette affaire et replonge-toi dans le travail. Si les choses doivent évoluer positivement, ils savent où te trouver. Dans le cas contraire, tu as fait ce qu'il fallait. Tu ne peux rien provoquer et certainement pas obliger qui que ce soit à t'inclure dans sa vie.

— Je sais, chéri, je sais. Excuse-moi. Je deviens envahissante avec mon histoire.

— Pas du tout. Tu te fais seulement beaucoup de soucis, pour rien. Laisse venir les choses comme elles doivent se produire. Mais je reste, persuadé, qu'ils vont te rappeler… Patience, mon cœur.

Marine reprit le travail, petit à petit. Elle avait pris le temps de lire tout le journal de sa maman qui relatait tout son passé, bébé, enfant, adolescente, lycéenne, puis adulte. Marisa avait pris le temps de noter tous les progrès de Marine, les moments heureux passés ensemble, la fierté qu'elle ressentait en voyant sa fille évoluer.

Elle avait aussi noté les instants difficiles où ses paroles exprimaient sa souffrance du manque d'Albert, de son envie de le retrouver, de l'appeler, d'entendre sa voix… C'étaient des écrits très touchants. Marine aurait, tant aimé, que sa maman se confie à elle, partage sa peine, son manque, lui parle d'Albert, mais elle devait se contenter de ce que sa mère lui avait légué, après son départ. Elle avait, sans doute, rejoint Albert, dans les étoiles et reposait, sereinement, à présent. Marine se souvenait que le dernier mot qu'elle avait prononcé était le nom d'Albert…

 *Le Silence des Hirondelles*

Chapitre 10

À peine un mois après son entrevue avec Alain, Marine reçut un coup de fil. Elle décrocha, pensant à une cliente, quand elle resta, quelques instants, muette, le cœur battant. C'était Alain, qui la rappelait…

— Bonjour Marine. C'est Alain.

— Bonjour Alain.

— Je vous rappelle parce que j'aimerais vous revoir.

— Bien sûr. Quand voulez-vous que je passe ?

— Dès que vous trouverez un créneau, un soir.

— Je peux passer, ce soir, si vous êtes libre ?

— Pas de problème. Je vous attends ce soir, disons vers 18 h00 ?

— Parfait. Je viendrai.

— Elle contacta Alex, sur son portable, pour lui faire part de l'appel qu'elle venait de recevoir.

— Chéri, je viens d'avoir un appel d'Alain.

— Alain ?

— Oui, tu sais, mon neveu.

— Ah ! Bien sûr. Que te voulait-il ?

— Il m'a demandé de passer ce soir, vers 18 h 00.

— Il t'a dit pourquoi ?

— Non, il paressait très désireux de me rencontrer, rapidement.

— Tu veux que je t'accompagne ?

— Non, laisse. Il faut que je règle ces histoires de famille, seule.

— Comme tu voudras. S'il y a un souci, tu m'appelles, chérie.

— Promis. Bisous et à ce soir.

— À ce soir, mon cœur.

* * *

Peu avant 18 h 00, Marine gara son véhicule devant la maison d'Alain. Elle prit son sac, verrouilla la voiture et se dirigea vers l'entrée.

Elle n'eut pas besoin de sonner car Alain lui ouvrit tout de suite la porte.

— Bonsoir Marine. Entrez.

— Bonsoir Alain.

À l'intérieur, le calme régnait. Alain invita Marine à s'installer au salon et démarra la conversation.

— Avec Lorraine, nous avons vérifié tous les livres de la bibliothèque de grand-père et c'est dans un livre parlant de la guerre, que nous l'avons trouvée.

— La lettre de maman ?

— Oui. Malheureusement, elle ne semble pas avoir été ouverte.

— Oh ! Je vois. Maman aurait été très déçue.

— Je m'en doute bien. Etant donné que l'enveloppe est intacte, je suppose que grand-père l'a oubliée, avec le temps.

— Quel dommage ! Cela veut dire qu'il a oublié ma mère, également, dit tristement Marine.

— Je pense que grand-père a poursuivi sa vie, et quand mon père est né, il s'est consacré, entièrement, à sa famille.

— Je comprends. Votre père est né en quelle année ?

— En 1968, pourquoi ?

— C'est aussi mon année de naissance ! Ce qui veut dire que maman et votre grand-mère étaient enceintes, en même temps !

— Cela parait aberrant, en effet, confirma Alain. Mais c'est effectivement le cas.

— Votre père est pratiquement, mon jumeau, dans ce cas. Je comprends mieux, à présent, pourquoi Albert est resté avec votre grand-mère. Ils commençaient une nouvelle vie, avec un nouvel espoir de devenir parents. Et comme il ignorait que maman portait, elle aussi, son enfant, il a fait le choix qui s'imposait.

— Mes grands-parents s'aimaient, s'offusqua Alain.

— Bien sûr, je le sais fort bien. J'essaie, simplement, de comprendre ce qui s'est passé.

— Revenons à notre lettre, à présent. Je tiens à vous la remettre. Elle vous revient de droit. Je n'ai pas très envie d'en lire le contenu.

— Je comprends. Je vais l'emporter. Je vous remercie pour ce que vous avez fait.

— Attendez, Marine. Ce n'est pas tout ! Je pense, que mon père a le droit de connaître votre existence, également. Vous êtes sa sœur et il a toujours rêvé de ne pas être fils unique. Il n'arrêtait pas de répéter, que s'il avait eu un frère ou une sœur, sa vie aurait été différente.

— Vous voulez dire que vous accepteriez d'organiser une rencontre ? s'exclama Marine, heureuse.

— Oui. Je vais d'abord lui parler de votre visite et lui laisser le choix d'apprendre à vous connaître. S'il accepte, nous pourrons organiser une soirée de retrouvailles.

— C'est formidable ! Merci infiniment Alain.

— Attendez ! Rien n'est fait. Il faut que je lui parle et que je le prépare à la nouvelle. Lui apprendre, après toutes ces années, alors que son père est déjà décédé, qu'il a une sœur, cela ne va pas être chose aisée.

— Je vous remercie, en tous les cas, pour les efforts que vous déployez pour nous réunir. J'en suis très touchée.

— Je ferai de mon mieux. De toute façon, quelle que soit l'issue, je vous recontacte.

— Merci. Au revoir Alain.

— Au revoir, tante Marine.

Marine se tourna vers son neveu, les larmes aux yeux. Elle lui tendit les bras et il accepta l'étreinte.

— Je suis très heureuse d'avoir un aussi charmant neveu, déclara Marine.

— Je suis très heureux d'avoir une tante, moi aussi.

— Je te dis à très bientôt, dans ce cas.

— À très bientôt, Marine.

Chapitre 11

Sur le chemin du retour, Marine laissa glisser les larmes sur son beau visage. Elle était heureuse d'avoir retrouvé sa famille paternelle, même si, Albert manquait au tableau.

Elle prit la route du retour et raconta en détails les faits à Alex, toujours émue.

— Je savais qu'il te recontacterait, lui répondit-il.

— À présent, j'attends de pouvoir rencontrer mon frère.

— Ce sera la prochaine étape, tu verras, et bientôt, nous formerons, ensemble, une belle et grande famille.

— Maman aurait été heureuse d'apprendre que j'ai réussi à m'intégrer dans la vie d'Albert.

— Attends que les choses se concrétisent mon cœur, avant de crier victoire.

— C'est vrai, tu as raison. À propos, Alain a retrouvé la lettre que maman avait écrite à Albert, quand ils se sont quittés.

— Tu l'as lue ?

— Non, j'ai préféré attendre d'être rentrée. La lettre n'a, malheureusement, pas été ouverte. Albert ne l'a pas lue.

Maman en aurait été très triste. Je pense qu'il l'avait oubliée, alors qu'elle le portait dans son cœur, jusqu'à son dernier souffle.

— On ne sait pas ce qui s'est passé dans la tête d'Albert, après leur séparation. Peut-être qu'il pensait toujours, à elle mais qu'il avait oublié la lettre, tout simplement. Il se peut aussi qu'il ait attendu le bon moment pour la lire et que ce moment n'est jamais arrivé. Il ne l'a pas jetée, cela prouve qu'il y tenait, tout de même.

— Peut-être, mais quel gâchis, tout de même.

— La vie n'est pas un long fleuve tranquille, ma chérie. Que veux-tu…

— Je prépare le dîner et ce soir, nous lirons la lettre, ensemble, si tu veux bien ?

— Avec plaisir.

Marine prépara une assiette froide avec jambon, pâté et crudités et ils passèrent un moment, en tête à tête, à discuter. Après le repas, elle prépara deux infusions et ils s'installèrent, côte à côte, sur le canapé, pour prendre connaissance de la lettre de Marisa pour Albert.

« Mon Albert adoré,

J'ai préféré t'écrire une lettre pour te dire, adieu, plutôt que des paroles que j'aurais, sans doute, eu toutes les peines du monde à prononcer.

Le jour où tu es entré dans ma vie, tu m'as transformée. Dès le premier regard que j'ai porté sur toi, mon cœur était tien. C'était, pour moi, un réel coup de foudre. Je te trouvais tellement beau et j'adorais le son de ta voix.

Nos balades étaient magiques et me ressourçaient. J'étais comme une gamine, à qui on venait de tendre un cornet de glace.

Quand tu m'as demandé de poursuivre nos balades, ensemble, j'ai senti qu'un fil invisible commençait à nous lier.

J'ai aimé chaque jour, chaque minute, chaque seconde, en ta compagnie. Tes mains si douces, malgré ton travail d'ébéniste, vont me manquer.

Quand nous marchions, main dans la main, sur notre plage, le regard au loin, le vent dans les cheveux, une certaine liberté nous emportait vers un destin inconnu.

J'aurais pu t'écouter durant des heures. Tu savais entretenir une conversation comme personne.

Nos sorties en bateau nous unissaient, secrètement. Nous aimions la mer, le large, le vent dans nos cheveux, partir vers l'inconnu, s'abandonner à l'immensité bleue…

Quand nous partagions nos repas, dans un bon restaurant, je t'admirais, discrètement. Tu avais une façon très élégante de tenir ta fourchette, je m'en souviens…

Notre première et unique étreinte, fut, pour moi, un immense bonheur. Te sentir en moi, ton souffle doux sur mon cou, tes mains câlines sur mon corps, tes baisers brûlants, ton regard amoureux…

Tu vas, terriblement, me manquer, mon Albert chéri. Je ne sais si je vais réussir à vivre, sans toi… J'ai l'impression qu'on vient de m'amputer, qu'il me manque une partie essentielle de moi-même. J'avais trouvé, en toi, l'homme de ma vie, mon partenaire des vieux jours, mon double, ma raison de vivre.

Je ne te remercierai jamais assez, pour tout le bonheur que tu m'as apporté. Il était, certes, de courte durée, mais d'une valeur inestimable. Chaque instant, en ta compagnie, m'a comblée d'un bonheur infini et je vais vivre, avec ces souvenirs, au fond de mon cœur et de mon âme.

J'ai été, également, très touchée, parce que tu ne m'as pas quittée, brutalement. Tu as pris du temps, pour continuer à me voir, à me prendre la main, à me faire de petits câlins, à me serrer dans tes bras, même si tu refusais que nos deux corps s'unissent, à nouveau.

J'aurais aimé que tu me refasses l'amour, rien qu'une seule fois, que tu passes, rien qu'une nuit, entière, avec moi, lovée dans tes bras, que tu reprennes contact avec moi, même après mon départ, que tu me cherches, que tu me dises que je te manque...

J'ai fait le choix de te laisser mener ta vie, avec ton épouse, parce qu'elle était là, bien avant moi, et que tu l'aimais encore...

Je sais que tu cherchais, juste une amie, une oreille attentive, une complicité, un partage, mais je t'ai entraîné, plus loin et tu n'as su résister car ton couple souffrait de la perte de Julie. Tu ne voulais pas franchir le pas, je m'en souviens, mais j'ai insisté, parce que j'en avais tellement envie. Ensuite, tu as eu des regrets, parce que tu aimais profondément ta femme, et tu me l'as avoué.

Je suis entrée, trop tardivement, dans ta vie troublée, c'est ce que tu m'as expliqué, mais le mal était fait.

Comme c'est moi qui ait insisté et que ton mal être dans ta vie de couple t'a fait céder, j'ai décidé de m'effacer, pour te laisser vivre ta vie, avec ta femme.

Ce fut un choix terrible, difficile et déchirant. J'ai dû vendre ma maison, quitter ce bord de mer que j'aimais tant et retourner, auprès de mes parents, pour ne pas courir le risque de te voir, au bras d'une autre, sur cette plage, qui était la nôtre.

Je vais te quitter mais mes pensées seront avec toi, jusqu'à la fin de ma vie, car tu es tout pour moi et je t'aime à en crever. Mais je pars, pour te laisser une chance de recoller les morceaux de ta vie brisée, avec ton épouse. J'aimerais être à sa place, pour partager ton quotidien, mais je sais, que désormais, je ne partagerai plus que notre passé…

Je te souhaite bon vent ! Ne m'oublie pas trop vite ! Souviens-toi de nos instants de bonheur, de nos moments de partage, de notre Amour…

Marisa, À Toi, À Jamais… »

Marine moucha son nez qui coulait. Elle avait les larmes aux yeux, après la lecture de la lettre et se serra dans les bras d'Alex.

— Pauvre maman. Elle aimait tellement Albert et elle s'est sacrifiée pour qu'il vive sa vie, avec son épouse.

— C'était son grand amour.

— Son seul amour Alex, son unique amour. Elle n'a plus jamais vécu en couple, après cela. Cette relation avec Albert, l'a marquée, à jamais. Comme elle a dû souffrir de devoir le quitter, et moi qui la harcelait pour connaître mon père…

— Tu avais une réaction tout à fait normale, ma chérie. Tout le monde veut connaître ses parents, rien de plus naturel. Elle aurait dû t'en parler.

— C'est vrai. Aujourd'hui, il est trop tard. Mon père n'est plus là, il ne m'aura pas connu.

— Il ignorait ton existence et je pense qu'il aurait assumé son rôle de père, si ta mère l'avait mis au courant.

— Ce ne sont que des suppositions, voyons. Il faut tirer un trait sur le passé et regarder vers l'avenir. J'ai hâte de pouvoir rencontrer mon frère, à présent.

— Je te comprends. Sois patiente.

EPILOGUE

C'était un beau samedi de juillet, le soleil chauffait à 32° et un ciel bleu, sans nuages, annonçait la canicule.

Marine enfila une jolie robe colorée, releva ses cheveux, se maquilla délicatement, avant d'ajouter une touche de parfum.

Elle repartit en cuisine pour vérifier que tout était prêt, contrôla que rien ne manquait sur la belle table qu'elle avait préparée, pour l'occasion. Elle avait choisi une nappe grise, un chemin de table noir et des serviettes roses pour le contraste.

Aujourd'hui était un grand jour ! Elle attendait ses invités qui ne devaient plus tarder…

Des pneus crissèrent sur le gravier et un 4 x 4 s'arrêta devant le perron. Alex et Marine sortirent pour accueillir leurs invités.

Alain et Lorraine ouvraient la marche, suivis d'un homme grisonnant, de haute taille, le teint mat suivi d'une jolie femme d'allure sportive.

— Bonjour Marine.

— Bonjour Alain. Je suis très heureuse de vous recevoir.

— Papa, je te présente Marine. Comme je te l'ai expliqué, elle est ta demi-sœur.

— Marine, voici Mariette, ma maman et Julien, mon père.

Marine se dirigea vers lui, le regard embué, ne sachant trop, comment réagir. Elle finit par prononcer quelques paroles.

— Bonjour et bienvenue. Je suis très heureuse de faire votre connaissance et je vous remercie d'avoir accepté notre invitation.

— Merci de nous recevoir, répondit Mariette.

— Venez, entrez, ne restez pas sur le pas de la porte, enchaîna Alex.

Il les entraîna vers la salle à manger. Tout le monde restait tendu.

— Je vous présente nos enfants, poursuivit Alex. Voici notre fille Louella et nos jumeaux Noé et Liam.

— Vous avez une belle famille poursuivit Alain.

— Merci. Prenez place. Nous pourrons démarrer par l'apéritif.

Ils s'installèrent, un peu maladroitement. Au bout d'un petit quart d'heure, les langues se délièrent, sous l'effet de l'alcool.

— Je n'arrive toujours pas à croire que j'ai une sœur, débuta Julien.

— J'ai mis du temps, également, à me faire à l'idée, d'avoir un frère, à vrai dire, répondit Marine.

— Albert nous a caché tellement de choses, poursuivit Julien. Je pensais le connaître mais j'ignorais tout de sa vie, en fait.

— Maman ne m'a rien dit, au sujet de mon père. Elle aussi, savait garder ses secrets, répondit Marine. C'est en vidant la maison, que j'ai trouvé photos et journal.

— Pareil pour nous. Mais je n'arrive pas à imaginer mon père, avec une autre femme, tout de même.

— Je vous donnerai une lettre, tout à l'heure. C'est la lettre d'adieu de maman, pour Albert. Vous comprendrez qu'ils étaient amis, au départ et qu'ils se sont rapprochés à un moment de leur vie où votre père était très malheureux.

— Quand mon fils a découvert que mes parents avaient perdu un enfant de neuf mois, une fillette, j'en étais choqué. Je me disais que les choses auraient été différentes si nous avions été deux. Et aujourd'hui, le destin se met sur ma route, pour me ramener une sœur, de façon tout aussi inattendue.

— Je pense que nos parents ont fait de leur mieux pour gérer leurs vies. Leur en vouloir ne nous amènerait à rien, conclut Marine.

Marine servit le repas, aidée par sa fille. Au fur et à mesure, la conversation devenait plus intense. Ils rattrapèrent le passé parlant de la vie des uns et des autres. Il leur faudrait de nombreuses journées de retrouvailles pour mieux se connaître.

Alex proposa de prendre le café sur la terrasse et tout le monde se leva. Bientôt, confortablement installés à l'extérieur, ils poursuivirent leurs conversations.

Marine rentra, un instant, pour prendre le gâteau. Julien la suivit et se retrouva, face à elle. Elle faillit laisser tomber le gâteau et le rattrapa, en dernière minute. Elle le posa sur le plan de travail et leurs regards se croisèrent.

— Je suis très heureux d'avoir une sœur, Marine.

— Merci, Julien. Je suis aussi, très heureuse d'avoir un frère.

— Notre père était un homme très secret, semble-t-il ?

— Quand il a rencontré maman, il vivait une période difficile. Il ne pensait pas que leur relation amicale irait aussi loin. Il n'a rien prémédité. Tenez, voici la lettre que maman a écrite à Albert, quand elle l'a quitté. Vous verrez, elle est très explicite.

— Merci Marine. Prenons le café, je la lirai ensuite.

— Je peux aussi vous confier le journal de maman. Elle y relate leur rencontre et les moments qu'ils ont passé ensemble.

C'est très touchant. Maman aimait Albert, énormément. Elle a beaucoup souffert de leur rupture.

— Je m'en doute. Aimer deux femmes, en même temps, n'est pas chose aisée. Je ne sais pas comment j'aurais réagi si cela m'était arrivé…

Ils passèrent encore un long moment ensemble. Julien prit connaissance de la lettre de Marisa à Albert, du journal, de l'album photos. Il comprit aisément la situation qu'avait vécue son père et ne lui en voulait pas.

À partir de ce jour, ils formèrent une famille agrandie et unie. Julien et Marine tentèrent de rattraper le temps passé et une belle complicité finit par les unir. Ils avaient de nombreux points en commun et partageaient des moments heureux. Julien parla, énormément d'Albert, avec sa sœur, afin de lui permettre de mieux le connaître.

Albert et Marisa auraient été très heureux de savoir leurs enfants réunis, formant une belle et grande famille…

By Suzie Wath
Imaginer57@gmail.com
www.imaginer57.com
Illustrations de couverture
IMAGINER

REMERCIEMENTS

Durant tant d'années
Ecrire, j'en ai rêvé
Mais beaucoup de temps a passé
Avant que mon rêve ne devienne réalité

Ecrire, c'est imaginer
Et après plusieurs années
C'est Suzie que j'ai rencontrée
Elle m'a fait penser
À Liliane, ma sœur bienaimée
Qui hélas, nous a quittés
Depuis déjà… me semble-t-il une éternité

Quand Imaginer est né
Et que de moi Suzie s'est rapprochée
J'ai su que nos routes croisées
N'étaient pas un hasard mais une réalité

Je lui dédie ce poème pour la remercier
Pour son envie de m'aider
À réaliser mon nouveau projet
Ensemble nous avons ri et concrétisé
Ce roman-fiction si particulier

Nous en avons beaucoup parlé
Et ce livre que vous avez lu
Laissera dans vos cœurs à jamais
Un peu de nostalgie du temps passé

Suzie a un talent inné
Ceux qui croisent sa route sont enchantés
Car elle est entière et dévouée

Je tiens aussi à remercier
André, mon mari adoré
Qui m'a toujours encouragée
Pour ne jamais abandonner

Pour mes enfants et petits-enfants adorés
Une trace vivante je voulais laisser
Pour qu'un jour avec fierté
De moi ils puissent se rappeler

Je remercie enfin avec respect
Tous ceux qui m'ont aidée à avancer
Je ne suis qu'une conteuse d'écrits romancés
Qui laisse son cœur parler
Et son âme s'évader

À mes lecteurs, mes ami(e)s dévoués
Que ma plume a su charmer
J'espère que vous avez aimé le secret
Du « SILENCE DES HIRONDELLES »
Que je vous ai conté

Yolaine Krys

Requête à mes lecteurs / lectrices

Les commentaires sont d'une part, très importants pour la réussite d'un livre, et d'autre part ils permettent à son auteur de savoir comment améliorer son travail.

Je vous serais reconnaissante de m'indiquer par message envoyé sur mon compte facebook Yolande Haffner ce que vous avez apprécié dans ce livre, mais aussi quels sont ses points forts, les passages qui vous ont le plus plu, les sujets qui vous ont passionné(e) ?

Un commentaire sur ma page Amazon permettrait également de partager votre vision avec d'autres lecteurs.

Avec tous mes remerciements !

Yolaine Krys

Printed in Great Britain
by Amazon